Gallmeister

LA FILLE DU PÊCHEUR DE PERLES

Pour Rose

NOTE DE L'AUTRICE

Je rends hommage aux Aborigènes et aux indigènes du détroit de Torres, les Premiers Habitants de la terre où se passe mon roman, et je présente mes respects aux Anciens, d'hier et d'aujourd'hui.

À cinq brasses sous les eaux ton père est gisant
Ses os sont changés en corail;
Ses yeux sont devenus deux perles:
Rien de lui ne s'est flétri,
Mais tout a subi dans la mer un changement
En quelque chose de riche et de rare.
D'heure en heure les nymphes de la mer tintent son glas:
Écoutez, je les entends: ding, dong, glas.

WILLIAM SHAKESPEARE, *La Tempête*

Au large! Qu'importe le trésor! C'est la splendeur de la mer qui m'a tourné la tête.

ROBERT LOUIS STEVENSON, *L'Île au trésor*

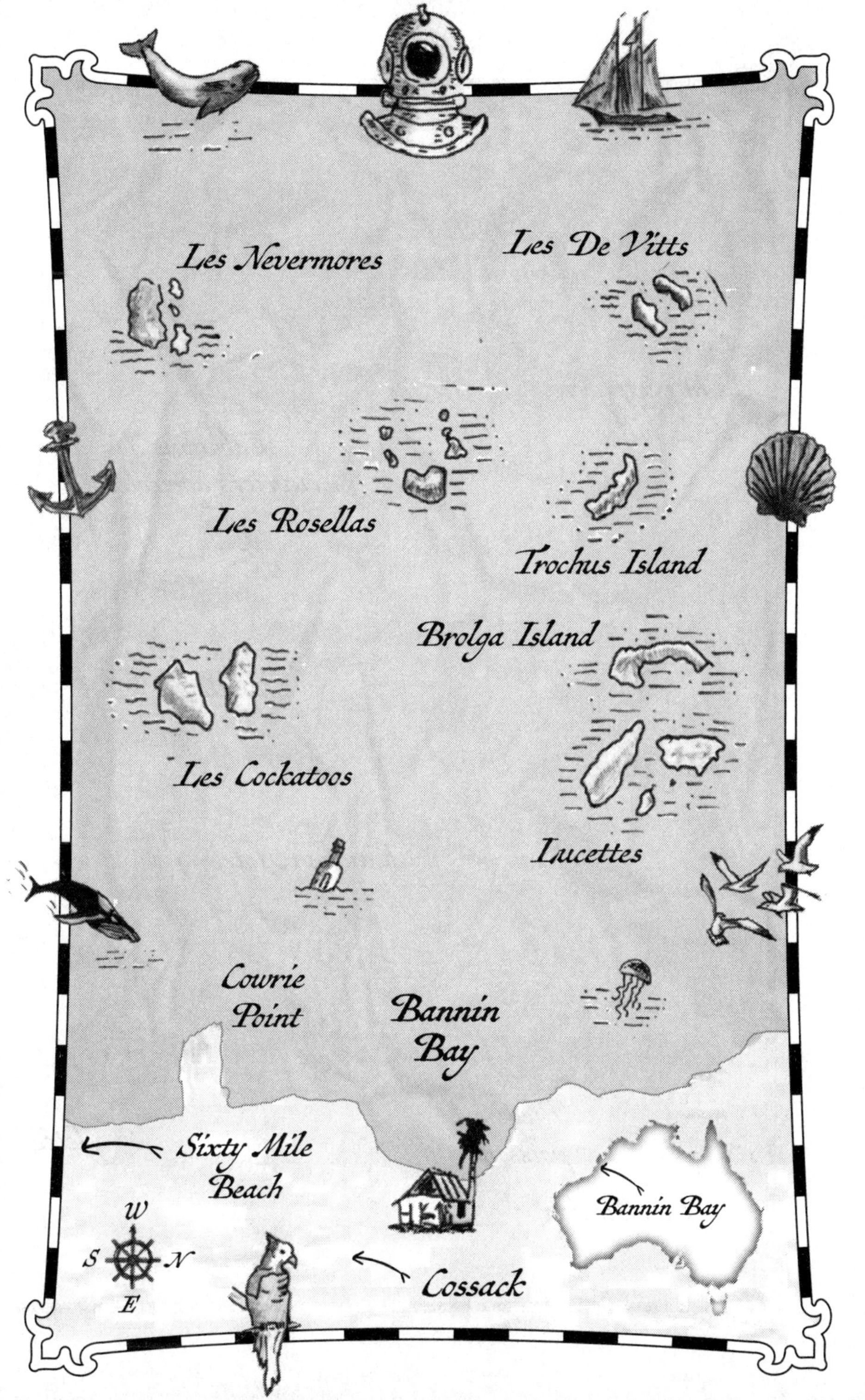
Les Nevermores
Les De Vitts
Les Rosellas
Trochus Island
Brolga Island
Les Cockatoos
Lucettes
Cowrie Point
Bannin Bay
Sixty Mile Beach
W
S
N
E
Cossack
Bannin Bay

Camps
à la périphérie
de la ville
Baobab
Cabanons des
ouvriers agricoles
Chinatown
Mangroves
Kingfish Hotel
Piège à
poissons
Jetée
La Mission

Bungalow des Stanson
Cimetière
Bungalow des Brightwell
Bungalows
Entrepôts
Camps sur la laisse de mer
BANNIN BAY
Sixty Mile Beach

PROLOGUE

Bannin Bay, Australie-Occidentale, 1886

Eliza n'a jamais vu de contrée qui ressemble autant à du sang. Depuis le pont du steamer, la terre scintille, immense tache indolente, estompée par le soleil.

Elle lève une main pour se protéger de la lumière aveuglante, se dresse sur la pointe des pieds et regarde en plissant les yeux par-dessus le garde-corps poli. Devant elle, des nuages de poussière rouge s'agitent dans la chaleur, et la mer est d'un vert tumultueux, torride. Il y a quelque chose de troublant dans la lassitude de la brise, chaude et lourde de la puanteur minérale des algues marines.

— On a réussi, mes chéris, on l'a fait. Incroyable.

Les moustaches graissées d'huile de son père se soulèvent tandis qu'il sourit. Il se détourne de sa famille pour contempler l'étrange paysage – des baies aux eaux miroitantes et des rochers à pic ombragés de la couleur des insectes écrasés.

Ce voyage sera ce qui les sauvera. Père le leur a dit quand ils étaient encore chez eux, autour d'un repas de mouton arrosé de jus de viande. Il les avait d'abord régalés d'histoires d'huîtres perlières, leurs nacres étincelantes, champagne, argentées, crème. Il allait travailler avec son frère et lancer une flotte de lougres pour pêcher des coquilles et les vendre en gros aux Américains et aux Français. Le monde tirait déjà profit de Bannin Bay, transformant la nacre en boutons et en crosses de pistolet les plus belles que l'on ait jamais vues.

Ils ne l'avaient pas quitté des yeux, bouche bée, cependant que Père sortait son vieil atlas, repliait la page et lissait de sa paume l'endroit appelé Nouvelle-Hollande.

— Regardez. (Il avait tracé le contour de la côte ouest avec son doigt.) Quand nous serons là, nous pourrons oublier tout ce qui s'est passé.

La plage qui fait face à Eliza jette un éclat blanc et cru. Des dunes, tranchantes sous les ondoyantes arroches, ondulent au loin. Sous le parapet d'une jetée se déployant comme la queue tordue d'un crocodile au milieu d'un long goulet de palétuviers, des mouettes poussent leurs cris aigus.

Son père prend la direction des choses et d'un pas ferme les conduit à terre – son oncle Willem, sa tante Martha, suivie de près par sa mère et son frère. Thomas a une tête de plus qu'elle maintenant, et avec son pantalon court et sa veste chic bien repassée, on le remarque par cette chaleur. Jetant un coup d'œil en arrière, elle voit les épaules voûtées des arrimeurs. En débardeurs sales et moleskine jusqu'aux genoux, ils déchargent du bateau le reste des affaires des Brightwell.

Tout en s'accrochant aux jupes de sa mère, Eliza s'avance sur la jetée. Avec la vitesse d'un couteau s'enfonçant dans du saindoux, son pied glisse sous elle et elle tombe assise, lourdement, sur les planches. Une odeur immonde s'en dégage, mais elle pose néanmoins une main à plat sur le bois graisseux. Il y a des traînées d'écailles de poisson un peu partout et de la viande filandreuse qui sèche au soleil.

— Viens, Eliza. Époussète-toi.

Sa mère lui tend une large main rassurante.

Eliza se frotte les coudes, lisse ses jupes et laisse sa mère la hisser debout. Le soleil a éparpillé des ronds de lumière sur la mer; ils font se noyer ses yeux d'étoiles. Relevant la tête, elle découvre le ciel obscurci par le chapeau de soie de sa mère, les bords si absurdement larges qu'elle a vu des hommes, au pays, avoir un mouvement de recul devant lui. *Comme elle a l'air bizarre dans cet endroit nouveau et inconnu*, pense Eliza. *On dirait une libellule, autrefois resplendissante, abandonnée dans un seau rempli d'une vieille eau fangeuse.*

Ils avancent le long de la jetée, son père et son frère marchant devant à grands pas. La sueur s'accumule dans le creux de ses coudes et les plis à l'arrière de ses genoux. Des hommes, sur le côté, les regardent passer sans sourciller, maniant des maillets de calfat, des marteaux et des lames sales dans leurs mains rêches. Sa mère ne leur accorde aucune attention – une tâche facile pour quelqu'un habitué à être admiré –, préférant contempler le littoral et la soie changeante de la mer.

— Tu vois, ma fille, comme c'est beau.

Elle sourit et s'agenouille pour se mettre à la hauteur de sa fille. Eliza entend le liquide gicler avant qu'il ne se répande. Elle suit son mouvement du coin de l'œil mais s'écarte un instant trop tard. Le liquide les éclabousse dans un soupir – tout visqueux de boyaux et à l'odeur nauséabonde. Il glisse avec une lenteur rebutante sur les joues d'Eliza. Elles se tournent toutes les deux vers un homme, pétrifié, boucané par le soleil comme un raisin sec et avec seulement quelques dents grises. Il tient un seau rempli d'entrailles de poisson sous le bras et lève une paume crevassée en signe de reddition.

— Mes excuses, lâche-t-il avec un sursaut de surprise, bien qu'un sourire flotte sur ses lèvres. Ces dames étaient pile dans le passage. Je vous demande pardon. (Il s'écarte pour les laisser passer.) Je vous en prie.

Sa mère pousse un soupir d'indignation tout en tirant sa fille d'un coup sec et brusque pour l'obliger à avancer. Eliza essuie les boyaux des poissons de son visage et se retourne pour voir l'homme ôter son chapeau. Elle l'observe tandis qu'il se racle la gorge et crache un amas de glaire qui tombe à ses pieds avec un filet gluant de salive. Sa mère presse le pas, ulcérée, tenant toujours sa fille par le bras, qui continue de regarder derrière elle.

Les mots l'atteignent à peine avant d'être emportés par la brise. Quatre mots qu'elle n'oubliera jamais.

— Bienvenue à Bannin Bay, disent-ils.

I

Dix ans plus tard
Bannin Bay, Australie-Occidentale, 1896

ELLE LAISSERA simplement la blatte mourir. C'est ce qu'elle fera. Immobilisée sur le dos dans la chaleur frémissante de la saison des pluies, ses pattes molliront, puis se contracteront, puis cesseront complètement de s'agiter.

Dehors, le soleil levant dessine des doigts aux contours suaves sur la terre. Au-dessus de la baie, des volées d'oiseaux de mer montent en flèche et le sol rosit dans la lumière vaporeuse de l'aube. Eliza regarde en vitesse la pendule sur la commode, ses quatre lunes brillant derrière le verre biseauté couvert de poussière. Ses doigts dansent tandis qu'elle compte dans sa tête.

Soixante et un.

C'est le nombre de jours durant lesquels elle a dormi seule dans le bungalow. Et avec chaque nuit, la solitude s'est accumulée, telle de la suie compacte. Livrée à elle-même, comme elle l'est souvent, les bruits sont devenus ses compagnons : le tic-tac impatient de la tôle ondulée, le léger *clic*

clic clic des pattes d'une blatte sur le plancher de jarrah ciré. Aujourd'hui, toutefois – une journée si humide qu'elle est là pour être goûtée –, aujourd'hui sa maison s'animera de nouveau.

Elle enfile des bottines et lisse ses jupes, imagine Bannin Bay qui commence à s'éveiller – les volets en ville s'ouvrant brusquement en grand, les marchands, les épaules tombantes, balayant devant leurs boutiques. Le vent chantera le long des ruelles boueuses, transportant avec lui des récits de morts en mer. Les gens se salueront, marmonnant le décompte des coquilles et évoquant à voix basse les tempêtes qui s'annoncent et marbrent le ciel comme des dents pourries. Sur la laisse de mer, les premiers lougres se coucheront sur le flanc dans la vase noir bleuté. Plus tard, les dernières flottes reviendront après des mois passés à pêcher la perle. Son père et son frère se trouveront parmi elles. Eliza ne sera plus seule.

Elle noue ses cheveux avec un ruban et essuie une tache sur son cou. Le soleil du matin, plus vif à chaque minute, exsude par la fenêtre treillissée et projette des motifs qui se détachent sur les meubles. Un coup d'œil par-dessus son épaule lui confirme que l'insecte est toujours vivant. Cela fait dix ans maintenant, et elle ne s'est toujours pas habituée aux blattes. Elle ne sait pas si elle le sera un jour. Elle s'avance vers la créature et la regarde, luisante et couchée sur le dos, ses pattes comme des brindilles cassées. *Bannin est un endroit où rôdent les cadavres*, se dit-elle. La ville en est pleine : des crocodiles, le ventre gonflé de gaz, dans les pièges près du Kingfish Hotel, les corps des plongeurs qui se sont noyés, ensevelis dans le sable au-dessus de la laisse de haute mer.

Elle attache les boutons de son col et sort discrètement du bungalow. Les chemins de terre lui sont aussi familiers à présent que les rues de Londres l'étaient autrefois. Mais à la place d'un épais brouillard et des eaux sales des caniveaux, une poussière rouge orangé s'élève en volutes vers le ciel à chacun de ses pas. Des cacatoès rosalbins crient furieusement dans les fleurs et des mangues trop mûres jubilent comme des reines dodues dans les arbres.

Elle n'a le temps de parcourir que quelques mètres qu'elle s'arrête subitement. Elle regarde le bungalow, élevé sur des pilotis en pierre grise au-dessus du sol. Ses épaules s'affaissent. La respiration bruyante, elle remonte péniblement les marches et franchit la porte. Elle traverse la pièce et se penche, ses jupes balayant l'encaustique vieille de plusieurs semaines. Elle glisse son index sous l'insecte et, de la chiquenaude la plus délicate qui soit, elle le retourne. Son corps semble trembler légèrement, puis de ses fines antennes il sonde l'air. Il a déjà détalé quand Eliza s'enfonce dans la chaleur.

Un lougre perlier peut rester plusieurs mois en mer, les hommes d'équipage conservés dans d'épaisses couches de sel comme des harengs séchés quand ils regagnent la terre ferme. À force d'être seuls sur leurs petits bateaux en bois, affrontant des turbulences et des courants tourbillonnants, il n'est guère surprenant que des liens se nouent entre eux qu'aucun incident ou humain ne pourrait briser. Pendant qu'ils travaillent dur, les plongeurs demeurent au fond de l'océan grâce à des bottes lestées de plomb, ainsi qu'un lourd plastron et un corselet de cuivre sur les épaules. Eliza a lu des articles dans la presse décrivant des hommes tombant à l'eau après avoir été heurtés par la bôme, et sombrant vers leur mort sous le poids de tout ce métal. "L'équipier doit veiller à remonter lentement son plongeur, disait son père. S'il ne le fait pas, ce dernier peut finir affreusement paralysé." Des hommes étaient hissés morts hors de l'eau, évidemment qu'ils l'étaient. Tellement broyés qu'on ne les reconnaissait plus, le ventre enfoncé dans la cavité thoracique. D'autres rencontraient la mort avec le visage bouffi, la langue noire et gonflée, les yeux hagards complètement sortis de leurs orbites.

Cela fait presque neuf semaines maintenant que le *White Starling* est parti, avec ses hommes qui ramassent des coquilles au fond de la mer et les cachent dans la cale parmi les poissons séchés et la poudre de curry. Eliza a souvent assisté à leur retour : fantômes aux traits tirés et aux yeux caves, descendant du bateau, amorphes, leurs os visibles comme une collection de touches de piano, prêtes à être jouées.

Elle se dirige vers la jetée, attirant sur son passage de légers saluts de la tête de la part des habitants de la ville. Leurs bungalows à l'avant-toit incliné sont à l'abri sous les palmiers qui ondoient et les gommiers argentés. Ils ont tous été peints en jaune grisâtre ou en vert caca d'oie, mais ce n'est pas suffisant pour empêcher la prolifération des taches rouges de la terre du Pindan*.

— Vous allez les attendre ?

* Pays des terres rouges du sud-est de la région du Kimberley en Australie-Occidentale. (Toutes les notes sont de la traductrice.)

Mme Riesly sort la tête de dessous un linge qu'elle a mouillé pour se rafraîchir. Eliza tend l'oreille pour entendre par-dessus la querelle des cacatoès blancs sur le toit.

— Sont de retour aujourd'hui, n'est-ce pas ?

La vieille veuve, assise sur sa véranda, se soulève lourdement. Eliza hoche la tête, sourit faiblement, laissant derrière elle des yeux qui la regardent avidement.

Les broussailles résonnent du bourdonnement frénétique des insectes tandis qu'elle passe rapidement à côté. Devant elle, la terre rouge cède au sable pâle et doré. Au loin, des cabanons battus par les tempêtes broient du noir sous des eucalyptus dépouillés. Le contraste la fait encore sourciller : les bungalows avec leurs luxuriants terrains d'un demi-acre, et derrière, l'océan de tôle aplatie, ondulant dans la chaleur abrutissante.

— Tu n'as pas eu envie de passer la brosse dans ces cheveux ?

Min l'interpelle depuis l'embrasure d'une porte toute proche. Elle doit être en plein travail. Eliza sourit, la rejoint.

— C'est le grand jour, pas vrai ? dit son amie.

Les cheveux de Min sont soigneusement retenus en chignon par des épingles nacrées qui scintillent comme des traînées de bave d'escargot au soleil. Eliza se tourne tandis qu'une toux discrète s'échappe des profondeurs du cabanon.

— Normalement.

Elle acquiesce fermement, et son cœur se serre en songeant qu'elle va bientôt revoir son père.

— Cette fois-ci, cela m'a paru long. Mais je vais bien, je t'assure. Je vais bien.

Elle parle d'une voix saccadée, elle l'a toujours fait. Une toute petite colombe diamant se pose sur une branche au-dessus du cabanon. Elles la regardent un court instant arranger les plumes de ses ailes jusqu'à ce qu'elle penche la tête et tourne vers elles ses yeux cerclés de rouge.

— J'imagine que toutes les fois, ce doit être dur, finit par dire Min. Aujourd'hui plus que jamais.

Elle se mordille distraitement le coin des lèvres. Elle a les traits anguleux, comme taillés en pointe.

— Tu mets ma patience à bout, petite, crie une voix bourrue depuis l'obscurité du cabanon.

Eliza tressaille mais ne parvient pas à cacher sa grimace assez vite.

— Eh, ma petite demoiselle, est-ce que je dois te rappeler qu'on n'a pas toutes un père qui possède sa propre flotte ?

Min ramène une mèche rebelle derrière son oreille. Eliza ressent une petite pointe de culpabilité, remarque les pierres précieuses passées dans les lobes des petites oreilles de Min – le cadeau d'un admirateur, sans doute. Plus vraisemblablement en guise d'excuse.

Cela n'avait pas toujours été ainsi. Lorsqu'elles étaient enfants, arrivées en même temps dans cette ville qui semblait être au bout du monde, elles se racontaient sur un ton animé toutes sortes d'aventures en mer – partageant des rêves murmurés où elles exploraient des terres exotiques. Min parlait sans détour des histoires d'amour qu'elle vivrait, le beau marin qu'elle épouserait et les enfants qu'ils engraisseraient pour qu'ils soient heureux et grassouillets. Elle gazouillait devant les bébés exhibés par les femmes de la haute société de Bannin. Mais quand elle s'approchait, ces dernières se mordaient les joues et la repoussaient comme une mouche à viande. À mesure qu'elles grandissaient,

Min devint plus belle et Eliza plus quelconque. Son amie la taquinait.

— Tu n'arriveras à rien dans cette ville si tu ne t'intéresses pas aux hommes.

— Je m'intéresse aux hommes, répondait calmement Eliza. C'est les maris qui ne m'intéressent pas.

— S'intéresser aux livres que contient la bibliothèque d'un homme, ce n'est pas s'intéresser aux hommes, grognait Min.

— Hé ! (La voix en colère s'élève à nouveau dans le cabanon.) Je ne te paie pas pour que tu aies une conversation à la noix.

Min jette un coup d'œil derrière elle, desserre le châle qui enveloppe ses épaules.

— Je ferais mieux d'y aller.

Elle embrasse Eliza discrètement et se retire dans les ténèbres de la chambre.

Quand elle arrive, la jetée, figée sous l'éclat du soleil d'un rouge criard, est en pleine activité. Les hommes qui déchargent les paniers des lougres font penser à des fourmis transportant des feuilles pour leur reine, leur bavardage glissant jusqu'à elle sur la brise chaude. La puanteur de l'endroit est dévorante – sueur fétide, vase des criques et chair d'huîtres en décomposition. Cela sent, elle s'en aperçoit en prenant une longue et profonde inspiration, la vie et la mort à la fois.

Certains bateaux sont déjà amarrés ; bientôt ils seront calés dans des tranchées qui les protégeront des tempêtes. Une fois dans la vase, la membrure en cajeput d'un lougre est inclinée sur le côté. À marée haute, l'eau baigne le bateau, dispersant à l'air libre des rats désorientés et envoyant des blattes sillonner la plage.

Elle porte le regard du côté du jusant mais ne voit rien indiquant la présence du bateau de son père. Chaque fois, la soudaineté de la marée dans la baie la surprend. La façon dont elle déferle, rapide et puissante, autour des palétuviers, puis – en un clin d'œil – se retire. Ici, les perliers et leur équipage vivent et meurent en fonction de l'attraction de la lune ; grandes marées de printemps, marées de morte-eau. Une boucle sans fin de bateaux qui rentrent, de bateaux qui sortent.

La chaleur est une torture ; Eliza écarte son col de son cou et remonte ses manches jusqu'aux coudes. Ses avant-bras autrefois blancs ont légèrement bruni au soleil. Les anciennes connaissances de sa mère n'approuveraient pas. Après des années à Bannin Bay, elle sait qu'on attend d'une femme d'être de deux choses l'une : ou bien elle porte des gants blancs, ou bien c'est une vulgaire catin. Eliza n'est ni l'une ni l'autre, et son refus de se plier sagement à la première catégorie avait rendu furieuses les femmes de la haute société de la baie. Lorsqu'elle les voit à présent dans la rue, elles font penser à ce qu'on pourrait trouver au sommet d'un gâteau – robes de jour en taffetas, voilettes et gants, broches en grappe de demi-perles fixées à leurs poitrines. Elles ne lui accordent pas un regard.

Elle s'assoit sur une planche branlante, ramène ses jupes sous ses jambes, et appuie avec ses doigts sur la peau brûlée de son cuir chevelu. La douleur lui fait courir un bref frisson à travers les veines. Non loin d'elle, des pélicans lissent leurs plumes et un balbuzard solitaire parcourt les dunes. Elle balaie les cheveux de son front et fixe l'océan. Des voiles commencent à briser l'horizon, brillantes comme des os polis dans la brume.

— Ils ont tous probablement péri.

Une voix enrouée par des glaires s'élève derrière elle, suivie d'un croassement de corbeau poussif. Elle tourne le buste jusqu'à se retrouver nez à nez avec une épaisse jambe de bois. D'aussi près, elle peut voir qu'elle est piquée et parsemée de petits trous causés par des vers qui y ont creusé des galeries.

— Charles n'a jamais été un bon marin.

Son oncle grimace un sourire. Il a des joues creuses et le genre de peau qui paraît malheureusement cireuse. Il porte un costume blanc devenu marron à cause de la poussière, et il suçote en tremblotant une pipe à tuyau court. La peau de ses mains est rougie par les piqûres de simulies.

— Willem.

Elle se lève pour être confrontée à son haleine âcre qui empeste le rhum. Elle feint de ne pas la sentir.

— Je pensais simplement représenter le comité d'accueil. Tu vas bien ?

Elle espère que son amabilité feinte est à peu près convaincante. Elle est sûre et certaine que l'arrivée de son oncle maintenant, précisément, ne doit rien au hasard ; on le voit souvent rôder dans les parages une fois que les goélettes ont signalé le retour des flottes. Il convoite si manifestement les coquilles qu'il ne pourra plus jamais pêcher, jetant des coups d'œil de côté aux élégants sola topis* des perliers, s'humectant les lèvres devant la blancheur de leurs chaussures cirées.

* Chapeau de soleil, comme le casque colonial, fabriqué à partir des fibres végétales de l'*aeschynomene aspera*.

— Dis à ton père de venir me voir quand il rentrera, s'il te plaît, demande Willem sur un ton autoritaire. Nous avons des choses à régler.

Eliza ne se retourne pas pour le regarder partir.

L'après-midi s'écoule dans un interminable flamboiement de lumière, le soleil, haut dans le ciel, une pièce de monnaie d'une rondeur parfaite. Elle s'occupe l'esprit avec des images du lougre de son père, roulant doucement sur l'eau, voiles gonflées, cabotant sur des mers d'un turquoise crayeux. Elle voit Shuzo Saionji, le premier plongeur, descendant lentement au fond de la mer dès l'aurore aux lueurs terreuses. Elle arrive presque à sentir le relent des muscles des huîtres perlières qui sèchent, suspendus à toutes les poutres du bateau ; l'odeur acide et sucrée de la sueur du reste de l'équipage – les équipiers aux pieds nus, les écaillers et les cuisiniers qui laissent traîner des lignes de pêche lâches par-dessus le plat-bord. Et enfin, elle voit le visage familier de Balarri, les marques du temps profondément gravées sur sa peau ravagée par le soleil.

Alors que ses oreilles tintent dans la chaleur, de nouveaux lougres se dirigent tant bien que mal vers la jetée. Ils apportent avec eux une sensation de fourmillement désagréable qui commence à se propager dans tout son corps avec lenteur, causticité. Elle regarde les équipages épuisés descendre en titubant des bateaux, rêvant de rhum et de confort après tant de journées passées sur des bâches et des planches. D'un des bateaux, deux singes capucins squelettiques se détachent du mât et détalent sur la jetée. Ils sont vêtus de gilets finement brodés et coiffés de fez. Eliza cille à peine. D'élégants perliers se promènent nonchalamment comme les hommes qu'elle a vus dans les livres d'histoire de son père, genoux relevés, fusils fumants et bannières flottantes. Elle connaît si bien leur uniforme d'importation qu'elle pourrait dessiner sur commande les chapeaux de feutre, les chemises blanches, les pyjamas et les mouchoirs en soie.

Le soleil se couche à présent derrière les dunes, illuminant les touffes épineuses des herbes de spinifex desséchées. Mais il n'y a toujours aucun signe du *Starling*. Le fait s'insinue de lui-même jusqu'au fond des entrailles d'Eliza et la tourmente. Elle essaie de l'ignorer. Elle a déjà joué à ce jeu de l'attente ; bientôt le bateau sera là, et alors tout rentrera dans l'ordre. C'est ainsi. Elle a un goût amer dans la bouche et déglutit, puis braque les yeux sur les hommes qui travaillent. Elle sait qu'avec son physique ordinaire, aucun d'eux ne s'intéresserait à elle : ses yeux gris, son corps de garçon, un nez déboîté après un coup de poing donné par un frère. Aussi se sent-elle libre de les observer, trouvant dans leur présence familière comme un baume. Mais alors qu'elle déplace son regard par-dessus leurs larges épaules et leurs nuques en sueur, une sensation de picotement la saisit. D'abord au niveau de la poitrine puis jusque derrière ses oreilles. Alors qu'elle parcourt des yeux l'horizon, elle se rend compte, en tressaillant, qu'on l'observe. Un homme avec un chapeau aux larges bords rabattu en arrière sur sa tête, un visage maigre et un menton pointu, sourit étrangement dans sa direction. Le sentiment que ce sourire évoque n'est pas tout à fait agréable. Elle se détourne ostensiblement.

Plusieurs heures s'écoulent encore et la peur grandit et devient palpable. Les autres lougres ont tous été amarrés bord à bord et désarmés. La lumière faiblit et il ne reste plus que quelques hommes s'éloignant à petits pas. Elle est sur le point de renoncer, de reprendre le chemin tant redouté pour rentrer seule au bungalow, quand un point pas plus gros qu'une tête d'épingle apparaît à l'horizon. Il la fait se lever et pencher la tête de côté. En plissant les yeux, elle parvient tout juste à distinguer la minuscule silhouette d'un lougre. Sa gorge se serre. Elle plisse encore les yeux presque au point de les fermer. Elle arrive à voir la peinture maintenant. Le *Starling* a toujours été entièrement badigeonné de blanc, un bateau fantôme lancé sur des mers aux marbrures bleues et vertes.

Alors que le bateau approche, et bien que des hommes soient occupés sur le pont, elle sent que quelque chose ne va pas. Elle scrute du regard le lougre, le ventre noué par la peur. Là : le drapeau n'est pas où il devrait être, il est maintenu, esseulé, à mi-hauteur du mât. Le sang bat dans ses oreilles. Elle a déjà vu des drapeaux comme celui-ci.

Les matelots sautent à terre pour haler la ligne d'amarrage, et Eliza, les orteils crispés, attend que son père et son frère descendent du bateau. C'est Shuzo, le plongeur, qui se montre en premier, mâchoire serrée, les yeux effroyablement écarquillés. Elle l'appelle mais il évite de croiser son regard.

— Je suis désolé, Eliza.

Sa voix est un filet d'eau, les médailles sur sa poitrine clignotant au soleil déclinant. Il passe rapidement devant elle et est aussitôt avalé par la ville. Elle se précipite vers son frère qui avance à grands pas. Sa chemise est sale, son pantalon couvert de taches de sel et en lambeaux. Elle se demande pourquoi il ne s'est pas changé pour mettre son costume blanc comme Shuzo. Habituellement svelte comme un bouvier australien, Thomas est d'une maigreur qu'elle ne lui a jamais connue, son chapeau si rabattu sur ses yeux qu'il projette une ombre sur tout son visage mal rasé. Quelque chose de sombre parcourt Eliza des pieds à la tête. Elle se faufile à travers la foule, criant son nom jusqu'à ce que leurs yeux finissent par se croiser. Son regard la vide comme une gourde. Au-dedans d'elle, les nerfs craquent sous la peau. La terre semble s'être arrêtée net sur son axe.

— Où est-il ?

Elle ne sait pas très bien comme sa bouche forme les mots.

Il cille une fois. Les yeux comme des pierres.

— Parti.

2

1886

— Vous serez bien ici.

Les paroles de l'homme, mielleuses, n'en finissaient pas. Eliza était incapable de détacher les yeux de ses chaussures en cuir blanc, si vigoureusement cirées qu'elles étaient usées et laissaient voir la forme de ses orteils.

Le steamer qui repartait n'était qu'une traînée de fumée à l'horizon, et Eliza était terrifiée par l'air chaud qui s'accrochait à l'intérieur de sa gorge. Elle pensait aux fumées que crachaient les cheminées des usines, là-bas au pays. Sa poitrine se creusa légèrement. Comme elle regrettait toute cette grisaille familière.

— Bon, je ne voudrais pas vous alarmer, mais il se peut qu'il y ait quelques divergences parmi les habitants de la baie, je dois vous prévenir à ce sujet.

Septimus Stanson essuya la poussière de son pantalon et sortit un éventail de soie qu'il agita devant son visage.

— Nous formons, après tout, une sorte de collection disparate, une sacrée anomalie sur le sol de ce pays, poursuivit-il. Européens, Malais, Philippins de Manille, Indonésiens de Kupang et quantité de Japonais évidemment. (Des gouttelettes de moiteur s'accrochaient dangereusement aux plis de son cou et tremblotaient à chaque ridicule battement de l'éventail.) Nous autres, Européens, sommes largement minoritaires – d'environ cent contre un pendant le désarmement, je dirais –, mais nous détenons toujours le pouvoir dans la colonie, naturellement, et l'Association des Pêcheurs de Perles tient à réserver un très bon accueil aux Britanniques nouvellement arrivés.

Eliza avait regardé l'homme fluet et sa femme, qui se tenait à ses côtés. Elle paraissait tellement plus jeune que lui, et était si étrangement belle dans sa robe d'un jaune osseux.

— En tant que président de l'Association, j'ai le plaisir d'accueillir tous les nouveaux membres. (Il jeta un coup d'œil à son père et à Willem.) J'espère, messieurs, que vous vous joindrez à moi pour un petit verre d'alcool et un cigare ce soir. Quant à vous mesdames – Eliza avait senti sa mère tressaillir –, je veillerai à ce qu'Iris vous présente au Cercle des Dames. C'est vraiment le meilleur moyen pour que vous rencontriez les autres épouses de la baie.

Elle ne parvint pas à déchiffrer ce que ressentait sa mère quand ils parcoururent des yeux cet endroit si peu attirant. Allaient-ils réellement faire fortune ici ? Eliza se tourna vers son père. Il était incapable de croiser son regard.

C'était surtout de la chaleur qu'ils souffraient. Prisonniers, comme ils l'étaient, sous un soleil aussi impitoyable. Au cours des premières semaines, la peau d'Eliza ruisselait de sueur. Elle se réveillait pour découvrir que sa chemise de nuit était entièrement trempée. Lorsqu'elle la lavait, elle ressortait teintée de vieilles croûtes rougeâtres. En un rien de temps, tout se mit à pourrir. La moisissure se propageait comme le sang après la rupture d'un vaisseau et se nichait dans les coins sombres. Les phalènes et les poissons d'argent finirent par affluer. Bientôt, il ne resta plus rien de ce qui lui rappelait sa vie d'avant. Quand elle sortait de la maison, des mouches agressives de la Saint-Marc la piquaient à travers son corsage, lui laissant des marques de la taille d'un œuf. Les broussailles crachaient toutes sortes d'oiseaux, et des tiques tombaient des brins d'herbe pour enfouir leur tête dans sa peau douce. Elles se gorgeaient de son sang jusqu'à ce que Thomas lui montre comment s'en débarrasser en les brûlant, une à une, avec une allumette.

Elle n'avait jamais rien vu de semblable à Bannin Bay, ayant toujours imaginé que le reste du monde était à peu près identique à Londres. Mais ici, les rochers, l'eau, l'air brillaient si insolemment. Les arbres ne savaient-ils donc pas être verts et tendres au lieu d'être informes, se dépouillant de leur écorce comme d'un vieux pansement. Elle fut prise au dépourvu quand la pluie arriva, s'abattant, impérieuse, contre les murs, avec le tonnerre si fort qu'il faisait s'entrechoquer les dents dans sa bouche. La cuisine grouillait de créatures inconnues. D'hardis geckos imperturbables, de vieilles blattes aux corps qui crissent. Dans sa chambre, les araignées tissaient leurs toiles ; le matin, elle se réveillait pour voir des grillons, haletant, pris dans leurs filets.

Elle avait rencontré la fille, Laura-Min, un jour sur la plage. On aurait dit un moineau avançant avec précaution à travers les détritus, avait pensé Eliza.

— Ohé, l'oiselle ! avait-elle appelé timidement, et la fille avait relevé la tête et souri.

Min était la fille d'une infirmière écossaise et d'un homme d'affaires chinois, qui avait travaillé pendant un temps dans les mines d'or. À la mort de sa femme, Xie Hong Yen était parti pour Bannin, sa petite fille juchée sur sa hanche. Chaque fois qu'ils atteignaient une ville, il lui disait : "Non. La prochaine sera mieux." Et ils continuèrent ainsi jusqu'à cet endroit où l'on aurait dit que la terre s'arrêtait. Il avait été employé par l'Association comme interprète, mais lorsque, six ans plus tard, il mourut à son tour, il emporta dans la tombe la sécurité matérielle de Min. En tant que fille d'un prospecteur d'or, elle était vive, fière et d'une curiosité inquisitrice, mais parce qu'elle était de sang mêlé, elle était obligée de vivre dans les cabanons des ouvriers agricoles à la périphérie de la ville.

En ces temps reculés, Bannin paradait comme un animal, décharnée et grouillant de toutes sortes d'hommes – des Britanniques, des Allemands, des Américains et des Hollandais ; des habitants des zones-frontières, des pêcheurs de baleine, des colons et des forçats, tous attirés par la ville comme des asticots par la viande. Beaucoup étaient venus pour chercher fortune dans les huîtres perlières. D'autres étaient simplement arrivés après être passés par Sydney ou la colonie de la Swan River. Certains avaient travaillé dans les fermes d'élevage de bovins et les gisements d'opale, des territoires qui se déployaient comme des mers mais n'apparaissaient pas sur les cartes en Angleterre. Combien avaient tout simplement été obligés de partir, comme sa famille, se demandait-elle toujours ?

Sur le littoral, des hommes avaient construit des habitations temporaires en utilisant de la tôle et de la toile à sac – des abris de fortune trapus et des entrepôts infestés de mouches, façonnés par des mains musclées et couvertes de sel. Son père et son oncle ne mirent pas longtemps à constituer une petite flotte, recherchant des bancs d'huîtres, des zones marécageuses et des points d'eau dans les îles lointaines. C'était étrange et, parfois, un peu effrayant, mais ce qui surprenait le plus Eliza au cours de ces premières années nébuleuses, c'était le degré de convoitise des hommes et ce qu'ils étaient prêts à risquer pour les huîtres perlières, pour les trésors trouvés à l'intérieur. Une perle a une lueur semblable à celle d'un feu ou d'une lampe, apprit-elle très tôt. C'est le chant d'une sirène sous la forme d'une pierre, envoyant des hommes vers des lointains où ils n'ont jamais rêvé d'aller.

Lorsque ces bateaux revenaient à terre, Eliza assaillait de questions les équipages.

"Où le perroquet des figuiers va-t-il chercher ses joues orange ?" demandait-elle.

"Si vous deviez pousser un guerrier avec la pointe d'un bâton, cela lui ferait-il mal ?"

Willem se moquait d'elle, mais son père lui répondait en détail, traçant des dessins dans le sable avec un bout de bois. Parfois, à cette époque-là, il lui donnait même des missions. Des mystères à résoudre pendant qu'il était en mer. Elle trouvait une clé sous son oreiller et avec elle l'ordre de chercher un coffre fermé pour découvrir le trésor à l'intérieur. Ou il lui posait une question – *Où dorment les libellules ?* – et elle consacrait ses journées à essayer de les dénicher, fourrant sa tête dans les géraniums où elles s'accrochaient comme de vieilles feuilles mortes. Elle se rappelle nettement le jour où elle s'était réveillée, une carte dessinée à la main au pied de son lit. Elle avait passé la semaine à suivre les instructions, arpentant de long en large le jardin; cherchant des épices dans la cuisine sous le regard de sa mère. Elle avait fini par déchiffrer les indices et découvert ce qui était caché pour elle seulement: une minuscule amulette en forme de sirène enfouie dans un tiroir secret du bureau de son père. Elle l'avait frottée entre ses doigts et mise dans sa bouche. C'était froid. Elle voulait avaler l'amour qu'elle lui inspirait, garder le souvenir de son père à jamais en elle.

D'autres fois, elle l'aidait à recueillir des spécimens pour ses carnets. Son père était fasciné par la flore et la faune de ces terres nouvelles, et elle était prête à aller n'importe où pour trouver des espèces qu'ils n'avaient pas déjà classées dans leurs notes: dans les rochers escarpés des falaises basses et rouges pour dénicher des œufs tachetés qui venaient d'être pondus; dans des baies dissimulées pour ramener des calamars géants de la taille d'un bateau, échoués sur le rivage après une tempête. Peut-être qu'un jour elle découvrirait quelque chose toute seule et serait félicitée comme un homme l'était. Pour l'instant, elle avait arrêté de compter le nombre de fois où ses recherches s'étaient soldées par des ecchymoses ou du sang. Mais ces cicatrices signifiaient seulement jusqu'où elle était prête à aller pour son père.

3

1896

— Non, il n'y avait pas de sang. On a fouillé tout le bateau.

Thomas garde les yeux baissés.

Les hommes de l'équipage sortent du lougre les uns derrière les autres et les contournent pour se diriger vers la ville, la chair des huîtres formant des croûtes sur leurs chemises, leur peau tannée par le soleil.

Elle a l'impression que son cœur a été délogé. Elle le sent qui bat très fort.

— Comment se fait-il que tu n'aies pas vu ce qui s'est passé ? Quand a-t-il disparu ?

Elle tire son frère par le bras de toutes ses forces. Il la repousse et lève le bord de son chapeau d'une chiquenaude.

— Personne n'a vu ce qui s'est passé, Eliza, dit-il d'une voix sifflante. C'est bien le problème. Il a tout simplement… disparu hier.

Une mouette pique sur eux pour ramasser les morceaux de poisson à leurs pieds. Thomas l'écarte du bout de sa chaussure et continue d'avancer, tête inclinée.

— As-tu parlé à l'équipage ? (Elle le suit. Sa voix monte dans les aigus sous l'emprise de l'angoisse.) Quelqu'un a dû voir quelque chose. Il ne peut pas s'être tout simplement évanoui. Tu ne crois pas que l'un d'eux…

Il laisse échapper un soupir bruyant.

— Bien sûr que je leur ai parlé, Eliza. Tu me prends vraiment pour un incapable ? Je les ai tous interrogés, j'ai fouillé le pont, mis un fichu canot à l'eau. On a cherché pendant des *heures*, on a même fait le tour de l'île la plus proche. On a ensuite mis le cap droit sur Bannin. C'est l'affaire de la police, maintenant.

Elle a été poussée d'une falaise. Ses poumons manquent d'air.

— Il… il faut qu'on leur parle à nouveau, bafouille-t-elle. Ils n'ont pas pu le tuer. Il a dû se passer autre chose. Thomas. Ils ont dû voir *quelque chose*. (Elle parcourt la jetée d'un regard affolé.) Où est Balarri ?

— Père l'a renvoyé plus tôt avec la goélette, il n'est pas là.

Thomas accélère le pas.

— Les autres alors, rassemblons-les. (L'urgence lui donne chaud ; sa langue est lourde et pâteuse.) Thomas !

Ils arrivent à la hauteur du Kingfish, le jacassement des hommes prêts pour le désarmement emplissant l'air comme le bourdonnement des abeilles. Des éclats de verre brisé jonchent le sol et des hommes sont affalés, l'œil morne, contre la rambarde de la véranda. L'équipage doit être à l'intérieur, cherchant à se calmer les nerfs dans le fond de leurs timbales. Ils pourraient facilement entrer maintenant et leur parler, leur demander à nouveau ce qu'ils ont vu.

— Je les ai déjà interrogés. (Thomas ne jette même pas un coup d'œil à l'hôtel.) Ce serait une perte de temps et leur manquer franchement de respect étant donné ce qu'ils ont vécu. Cela me paraît plus sensé de nettoyer les perles. Il faut que j'aille à Cossack avec le *Starling* demain à la première heure. (Il lève les yeux et considère le ciel menaçant.) Ou plus tôt, si je dois affronter le mauvais temps.

Ses paroles sont comme une paume posée à plat sur sa poitrine. Elle stoppe net sur le chemin.

— Mais. Tu viens d'arriver. Tu ne peux pas partir pendant que Père est…

Ses yeux s'embrasent.

— Si je n'y vais pas, il n'y aura plus de flotte et nous – toi et moi – n'aurons plus *rien*. (Il baisse la voix.) Nous avons des dettes à régler. Je dois y aller. Je ne peux plus faire confiance à qui que ce soit ici.

— Que veux-tu dire, par "des dettes" ?

Un bruit dans ses oreilles sonne comme une cloche lointaine.

— Des rendez-vous avec les acheteurs pour nous soutenir, dit Thomas. S'ils nous lâchent, *tout* lâche. (Sa voix attire les regards nonchalants des ivrognes.) Les autres perliers vont s'abattre sur nous si on ne maintient pas la flotte en service – les gens sont sans pitié ici, c'est assez évident. En plus, tu sais comment les rumeurs circulent. (Il chasse les mouches de la main et se penche à l'oreille d'Eliza.) Quelqu'un à Cossack sait peut-être quelque chose à propos de l'équipage. (Il vérifie que personne ne les observe.) Beaucoup d'hommes habitent là-bas pendant la Wet*. Qui sait si l'un d'eux n'a pas prévu… quelque chose. Il y a des

* Période de novembre à mars durant laquelle les flottes restent amarrées à cause de la menace des cyclones.

campements sur la route de Cossack où ils vivent pendant le désarmement. Je vais m'y arrêter, et me renseigner. C'est ce qu'il y a de plus malin à faire, je te le promets.

— Tu ne peux pas partir. Ne sois pas ridicule, Thomas. Je t'en prie.

La panique la submerge.

— Contrôle-toi, Eliza. (Sa voix sort, armée de pointes acérées.) C'est ce que Père aurait attendu de moi et c'est ce que nous avons de mieux à faire pour l'instant, tu le sais bien. (Il parle d'un ton brusque mais sa voix tremble. Il doit être pris de panique, lui aussi.) Il y a d'autres personnes ici qui sont bien mieux placées pour savoir ce qui s'est passé. J'ai envoyé quelqu'un prévenir Parker. En attendant, il est de mon devoir de sauver la flotte. Je ne laisserai pas ma famille perdre quoi que ce soit. (Il lui jette un regard furtif.) Accompagne-moi au bungalow, on préparera mes provisions. Tu pourras parler à l'équipage demain, si tu le souhaites toujours. Après une nuit de sommeil, ils se rappelleront peut-être d'autres détails, qui sait.

L'idée d'attendre est abominable, et le sommeil impossible – surtout en sachant que son père est là-bas, quelque part. Elle songe à tous ces hommes qui ont péri en mer ; des hommes qui ont succombé à la paralysie des plongeurs, des hommes dont la gorge a été tranchée au cours de bagarres, tard dans la nuit. Elle veut se sauver, frapper à toutes les portes de cette ville. Mais elle incline la tête et suit son frère à travers les rues poussiéreuses.

Dans la nuit, elle fouille le bungalow à la recherche de la moindre goutte de whisky qui pourrait forcer son corps à sombrer dans une stupeur proche du sommeil. Lorsqu'il vient, c'est un demi-sommeil, fiévreux et maculé de taches. Elle rêve de son père. “Maintenant, Eliza”, dit-il, les contours de sa silhouette légers comme la fumée d'un cigare, “trouve-moi trois sortes d'insectes différents dans ces broussailles.” Elle sent, même endormie, l'excitation propre aux enfants, imagine les feuilles cireuses tandis qu'elle les frotte entre ses doigts. “Trouve-moi un bupreste d'or* et nous l'examinerons à la loupe. Voyons comment son corps chatoie comme la mer.” Elle rêve du paquebot aussi. Son père l'avait surnommé leur Grande Aventure ; une lente traversée de l'Angleterre à l'Australie. Elle n'avait jamais rien vu de semblable à ce bateau. La salle à manger avec ses colonnes ornées d'arabesques et ses oiseaux peints en blanc et or sur la porcelaine. Combien de fois avait-elle attendu en bas des marches du grand escalier pour regarder les passagers descendre tous les soirs dans leurs plus beaux habits ! Son père et Willem passaient leurs journées à parler de la vie dans la baie de Bannin. Le soir, elle montait avec eux sur le pont supérieur pour voir la Croix du Sud et le Navire Argo voguant à travers l'immensité du ciel étoilé.

— Si j'étais perdue au milieu de l'océan, partirais-tu à ma recherche ? avait-elle demandé à son père.

— Rien ne m'arrêterait. (Il s'était appuyé sur un coude et l'avait regardée droit dans les yeux.) Mais il faudrait que tu m'envoies une bouteille d'abord.

— Une bouteille ?

— Un message dans une bouteille. (Il avait gonflé ses joues et imité un mouvement de ballottement pour la faire

* Insecte coléoptère à reflets métalliques dorés.

rire.) Tu sais, dit-il, il y a très longtemps, la reine Elizabeth a créé un poste très important. Le Déboucheur des Bouteilles de l'Océan, c'était son nom.

Elle avait souri dans l'obscurité.

— Des marins et des espions mettaient des messages dans des bouteilles et les lançaient à la mer jusqu'à ce qu'elles soient rejetées sur le rivage ou trouvées par des bateaux qui passaient près d'elles. Une seule personne dans tout le pays était autorisée à les ouvrir à cause des funèbres secrets qu'elles contenaient : le Déboucheur des Bouteilles de l'Océan.

— Et si quelqu'un d'autre les ouvrait ?

Il avait passé son doigt en travers de sa gorge et laissé pendre sa langue.

Elle se réveille en sursaut, ses membres s'agitant aussitôt avec impatience. Sa tête l'élance à cause du whisky. Elle se tourne vers les persiennes ; le soleil regarde d'un seul œil par-dessus l'horizon. Elle balance ses jambes hors du lit. Il est l'heure de parler à l'équipage.

Tandis qu'elle se prépare, la chaleur trouve inévitablement à s'infiltrer à travers les lames, se pressant autour d'elle, comme l'eau du bain, le temps qu'elle s'habille. Le bungalow est étrangement silencieux ; Thomas n'est peut-être pas encore réveillé. Mais alors qu'elle sort dans le couloir, il apparaît clairement qu'il n'est pas là. Il a dû s'en aller à la faveur de la nuit, craignant qu'avec le jour ne vienne la tempête. Ses épaules s'affaissent.

Lorsqu'elle s'apprête à partir, quelque chose l'arrête. Qui scintille, accroche son regard et l'attire vers la commode.

Elle s'en approche – c'est le stylo à plume en or de son père. *Bizarre*, pense-t-elle, *il le garde toujours avec lui*. Mais au moment où elle tend la main pour le prendre, on frappe bruyamment à la porte. Elle se fige, fronce les sourcils ; qui cela peut-il bien être de si bonne heure ? Elle n'attend personne. Elle ouvre la porte pour découvrir la vieille veuve debout devant elle. Posant une main sur le battant, elle sent sa poitrine palpiter comme celle d'un oiseau qui vient d'éclore. À côté de la vieille veuve, la canne qu'elle utilise pour soutenir le poids de son corps atteint d'arthrite osseuse.

— Madame Riesly, dit Eliza.

La ville aime échanger à voix basse des rumeurs à propos de la vieille veuve. Son attitude étrange y invite ; on peut la voir souvent marcher tard le soir quand la lune embrase les gommiers fantômes. Pas un bruit ne règne hormis le claquement de sa canne sur des marches en bois usées, son pommeau en cuivre représentant la tête d'un cheval brillant d'un vif éclat au clair de lune.

— Est-ce que tout va bien ? demande Eliza.

— C'est ce Balarri, dit Mme Riesly d'une voix haletante. Je viens d'apprendre qu'on l'a mis en prison pour le meurtre de votre père.

4

À LA PÉRIPHÉRIE DE LA VILLE, un arbre se dresse – un baobab, quelque chose d'éléphantesque. Eliza l'a vu pousser au fil des années, elle a fait courir ses mains sur son écorce argentée toute craquelée, elle a attrapé ses feuilles blanches dans ses paumes à mesure qu'elles tombaient. À présent, elle lève les yeux vers ses branches et essaie de retrouver son souffle. À force de tendre vers le soleil violent, les branches paraissent déformées. Eliza a entendu dire qu'on pendait des gens à cet arbre – des plongeurs qui avaient quitté le navire pour échapper aux lougres en mauvais état ; des habitants du bush qui avaient été arrêtés pour avoir tué du bétail avec leurs lances. Cette pensée plante une graine de malaise en elle et elle recule d'un pas. Au même moment, une tête emplumée apparaît lentement au revers du tronc. Puis une patte couverte d'écailles avance en s'aidant de ses griffes. Dans un éclair d'une vive blancheur, un cacatoès surgit de derrière l'arbre. Il tourne autour d'Eliza en poussant un cri perçant comme si on le garrotait et se pose sur son épaule, ses longues serres transperçant le coton.

— Les rumeurs cheminent d'un pas nonchalant, crie-t-il, et il saute pour picoter le ruban dans ses cheveux.

Elle rentre le menton pour mieux voir la créature, même si elle sait déjà ce que c'est et à qui elle appartient.

— Désolé, ma chère.

Reynold Grant, le maître d'équipage, s'avance.

— Confucius a un faible pour les dames, pas vrai, vieille branche ?

La moustache en balai-brosse de Grant cache son large sourire placide. Sa peau ridée est rêche, ses yeux vifs bordés de profonds sillons. Ses mains de travailleur sont rugueuses et calleuses ; elles se tendent pour chasser l'oiseau d'une caresse. Le cacatoès est une présence familière dans Bannin. Bavard, presque grossier quand les hommes lui ont fait boire du rhum, il se montre souvent au-dessus de la ville, survolant les cabanons des ouvriers agricoles. S'il partait dans l'autre direction, il passerait au-dessus des camps destinés à parquer les indigènes. Encore plus loin et il atteindrait les immenses fermes d'élevage installées sur la terre que les éleveurs ont volées à ceux qu'ils ont parqués. Dans les deux cas, nombreux sont ceux qui pensent que l'oiseau est envoyé pour recueillir en douce des informations. Il est vrai que Grant a une connaissance impressionnante des secrets d'autrui ; il sait quelle épouse a quel amant, quel perlier fréquente quelle prostituée. En fait, ce qu'il sait est si indéniable que certains pensent qu'il pratique la magie noire et la sorcellerie. Eliza aimerait bien posséder suffisamment de pouvoirs surnaturels pour prendre l'apparence de l'oiseau, se percher sur les toits et prêter une oreille attentive aux rumeurs. *Que diraient les gens à propos de Père ?* se demande-t-elle. *Que doivent-ils savoir ?*

— Qu'est-ce qui vous amène par ici, belle Eliza ?

Grant tète sa pipe en terre tandis que l'oiseau vient se reposer sur son épaule.

— Ils pensent que Balarri est responsable de la disparition de mon père. (Elle se tourne vers le chemin menant à la prison.) Parker l'a conduit au poste.

Grant secoue la tête.

— Impossible. J'ai entendu dire que votre père avait disparu le dernier jour en mer, c'est bien cela ?

Elle acquiesce.

— J'ai vu Balarri dans le camp avant le retour du *Starling*. Il n'était pas sur le bateau. Ce ne peut pas être lui, en aucune manière.

Le pouls d'Eliza s'accélère. Elle le *savait*. Thomas ne lui avait-il pas dit qu'il était rentré avant avec la goélette ? Elle remercie le maître d'équipage d'un bref signe de tête et prend immédiatement la direction de la prison. Si Balarri y a été conduit, cela signifie que le vrai responsable est toujours dans la nature. Cela signifie qu'il détient toujours son père. Elle s'élance sous le couvert ombragé du chemin.

La prison est un amas de tôle brûlée par le soleil. Ce n'était à l'origine qu'une étable, les prisonniers enchaînés aux côtés des chevaux tandis que les corbeaux regardaient à travers les chaumes. À présent, on y ressent plus une atmosphère de menace permanente, les gardiens bouffis d'orgueil avec leurs ceintures et leurs épais uniformes en sergé bleu. Les cellules, elle le sait, ne sont réellement occupées que par des hommes comme Balarri, à l'exception de l'occasionnel fermier chahuteur, ramassé par la police de Roebourne quand elle entre au trot dans la ville. Un Européen n'est pas souvent puni s'il transgresse la loi dans Bannin Bay, surtout si ses transgressions font couler le sang des indigènes. Les lois promulguées dans la lointaine ville de Perth sont quasiment inefficaces par ici, et comme aucun juge de paix à moins de cinq cents kilomètres n'est impliqué dans l'industrie perlière, il n'est pas dans son intérêt d'engager des poursuites judiciaires contre ceux qui aident à son développement.

L'unique prisonnier qui se trouve là aujourd'hui est plus connu des colons sous le nom de Billy. À une époque, c'était l'un des meilleurs plongeurs de la ville. Mais lorsqu'il a fait la connaissance de son père, ses os avaient vieilli et il ne plongeait pas avec les hommes équipés de scaphandre à casque. Il préférait nettoyer les coquilles sur le *Starling*, ou vendre du bois de chauffage en ville. C'est comme cela en tout cas que les autres le voyaient.

Dans les premiers temps, Eliza était attirée par ces bateaux comme un sphinx tête de mort. Elle les frôlait quand ils étaient encordés en droite ligne à la jetée, y fourrait même le nez pour voir quelles marchandises y étaient cachées. Par une nuit noire et calme, elle était montée à bord et avait découvert un homme étrange, dormant paisiblement sous le pont. Elle avait sursauté et il s'était réveillé, le regard effaré, se levant d'un bond avant de brandir sauvagement les poings. Il hurla avec fureur devant cet esprit indésirable qui avait la forme d'une enfant pâle et débraillée. Alors que ses bras faisaient des moulinets, l'esprit attrapa une assiette en fer-blanc et la lui lança en visant le crâne. L'assiette le toucha, puis heurta le sol avec un bruit de roulement de cymbale. Les deux silhouettes s'immobilisèrent alors, se mesurant du regard à travers l'obscurité. Quand

Balarri vit ce qu'il y avait réellement devant lui, il poussa un soupir grincheux. Eliza eut l'impression que le souffle de l'homme avait empli le bateau entier.

Balarri avait alors déjà fixé les conditions qui le rendraient indispensable à son père et qui, en retour, lui assureraient d'aller à sa guise dans les rues de Bannin Bay. Il conduirait le maître perlier aux choses qu'il voulait consigner dans ses carnets. Ils ne parlaient guère de leur arrangement, mais Balarri mettait facilement la main sur des trésors de la sorte. Il était capable de sélectionner des coquilles au fond des criques aussi belles que les perles en forme de goutte qu'achetaient les Russes ; d'indiquer les endroits où l'on pouvait aller après une tempête pour voir des rochers verts enchâssés dans les troncs des arbres. Il gardait la plupart de ses connaissances secrètes – il y veillait attentivement –, mais en payant le bon prix, un colon pouvait être amené à croire qu'il y avait vaguement accès.

Avec le perlier venait la fille, et quand Charles sut qu'il pouvait compter sur Balarri pour trouver les spécimens qu'il cherchait, il lui demanda s'il autorisait Eliza à l'accompagner. Balarri n'avait pas accepté sans négocier : il occuperait la fille si son père lui accordait une augmentation de salaire. Il ignorait encore ce qu'il ferait de cet argent – on payait rarement un homme comme lui pour quoi que ce soit, et il y avait beaucoup de lieux dans Bannin où il n'avait pas le droit d'aller –, mais Balarri connaissait le pouvoir de ces petits objets brillants, étant donné l'emprise qu'ils avaient sur tous les hommes de la baie.

Eliza voyait bien qu'il luttait contre l'humiliation de devoir l'escorter, mais n'avait-il pas dit qu'il fallait se frotter à toutes sortes de choses pour arriver à s'en sortir dans un endroit comme Bannin Bay ? Pendant des heures elle le suivait pour dénicher une unique tortue échouée sur les bancs de vase ; pour aller là où les algues dans l'eau scintillaient d'une lueur bleu vif quand on les agitait du bout du doigt. Déjà enfant, elle était d'une solide constitution, et elle savait que grâce à cela, elle lui était utile. Elle escaladait sans difficulté les sites de nidification pour ramasser des œufs, repliait ses bras et ses jambes minces dans des crevasses dissimulées. Il avait peur des espaces exigus, était saisi d'une horreur insurmontable à l'idée d'être enfermé, mais ce n'était pas un problème pour elle de se glisser dans l'entrée d'une grotte étroite. Il y avait des endroits totalement inaccessibles, bien sûr, et ils ne devaient y ramasser aucun spécimen, Balarri s'y opposait, aussi Eliza emportait-elle un carnet de croquis et tentait de capturer fidèlement à coups de crayon ce qu'ils avaient découvert.

Les excursions avaient au départ un but utilitaire puis se firent plus fréquentes. Il ne semblait jamais être très longtemps irrité par sa propension à poser des questions, vu qu'il n'était pas dans ses habitudes de poser beaucoup de questions lui-même. Elle l'interrogeait sur ses plats préférés – apparemment, manger lui procurait une jouissance effrénée –, graines d'acacia, prunes de kakadu, soupes avec des nouilles, foie. Elle lui demandait pourquoi il aimait mieux porter un gilet avec son pantalon court et sa chemise ; quel âge il avait, pour de vrai. Il esquivait ses questions en répondant chaque fois différemment. “Vingt-cinq”, avait-il dit un jour. “Deux cent cinquante”, le lendemain. Elle lui enviait la facilité avec laquelle il accomplissait tout ce qu'il faisait ; comment il attrapait des mulets à marée basse avec uniquement des pierres et des branches de palétuvier. Les poissons se débattaient et suffoquaient dans les eaux peu profondes jusqu'à ce qu'il soulève sa lance très haut et en transperce un en la lui plantant dans le ventre. Il le portait alors à la lumière du soleil et ils regardaient, émerveillés, ses écailles ensanglantées étinceler comme des pierres précieuses.

Elle fait le tour de la prison et se retrouve au milieu d'un enchevêtrement de corps et de poussière. Des hommes pestent, leurs bras et leurs jambes animés d'une peur panique. Au pied des marches de la véranda, un pisteur indigène se tient droit, assis sur son cheval hongre. Un sergent en uniforme remplit à la hâte la sacoche de la selle. Au moment où il lève les yeux de dessous son chapeau, Eliza voit qu'ils sont injectés de sang et gonflés.

— Qu'est-ce que vous voulez, Brightwell ?

C'est Archibald Parker. Un chat enragé est plus courtois que cet officier. Voilà un homme qui craint Dieu et dont le vice est le pouvoir ; qui conduit ses prisonniers, les fers au cou, pour leur faire ramasser à la pelle des brisures de coquillages sous le soleil. Elle l'a déjà eue, cette vision d'horreur, ces convois d'hommes enchaînés qui marchent en traînant les pieds dans un bruit sourd, des nuages de poussière blanche tournoyant autour d'eux si bien que leurs corps brillent comme des fantômes.

Elle s'avance.

— Vous savez ce que je veux, dit-elle. Il ne devrait pas être en prison.

D'aussi près, on voit que Parker a la peau brûlée des habitants des zones-frontières – lèvres blanches et rugueuses couvertes de squames et de croûtes desséchées. Il porte à une fine chaîne de cou un vieux médaillon qui s'est ouvert ; une petite photo granuleuse représentant une femme dépasse de l'intérieur.

— Vous aussi ? (Parker attache la sacoche.) J'ai déjà eu droit à la moitié de ce maudit camp d'indigènes ce matin. Venu me dire comment je devais faire mon satané travail.

Une mouche à viande se pose sur sa paupière ; il ne bronche pas.

— Comme je leur ai dit, vous arrivez trop tard.

La mouche rampe le long de son nez.

— Il est parti. A fichu le camp. Mais pas pour longtemps.

Le regard d'Eliza s'accroche au revolver que le pisteur porte à la hanche. Elle sait que les agents de terrain sont recrutés parmi les prisonniers pour leur habilité à chasser, leur connaissance du pays. Un frisson glacial lui court le long du dos quand elle pense à Balarri, là-bas, en pleine nature. Sans cheval il ne les tiendra pas longtemps à distance.

— Il est inutile d'aller à sa recherche, dit-elle. Il n'est pas responsable de ce qui s'est passé.

Parker tourne autour du cheval et elle le suit.

— Il est rentré avant avec la goélette, Grant l'a vu dans le camp.

Le sergent cligne des yeux, indifférent. La mouche se détache paresseusement et s'envole.

— Il ne se trouvait même pas sur le bateau quand mon père a disparu. (Que Parker ne réponde pas la déconcerte.) Il y a un témoin qui peut certifier qu'il était à Bannin, au même moment. (La frustration lui échauffe la bile à présent.) Votre travail n'est-il pas de protéger les gens de cette ville, monsieur ?

— Grant ? (Parker ne s'interrompt pas dans ses préparatifs.) Je m'en tape. Un témoin noir, autant dire pas de témoin du tout. Surtout quand il pratique la sorcellerie. (Il marque une pause, crache des glaires dans un mouchoir puis se penche pour essuyer ses bottes avec ce qu'il a expectoré.) De toutes les façons, une fois que je lui aurai remis la main dessus, à cet indigène, il sera jugé pour coups et blessures sur un officier de police. Condamné à la peine capitale. (Il lève les yeux, comme s'il était surpris de voir qu'elle était toujours là.) Vous perdez votre temps, Brightwell. Passez votre chemin !

La bouche d'Eliza remue en silence. Sa tête lui tourne. Non seulement Balarri est en danger, mais si Parker pèse de tout son poids sur cette chasse à l'homme arbitraire, il ne restera plus personne pour partir à la recherche de son père.

— Dans ce cas, je prouverai que ce n'est pas lui.

Le sergent s'arrête, sourit d'un air narquois.

— Et comment comptez-vous vous y prendre ?

Elle remarque alors que sa barbe grasse effleure les boutons de sa veste.

— Je sais qu'il n'a rien fait. (Elle gagne du temps, n'étant pas tout à fait certaine de savoir comment répondre à sa question.) Cela ne lui ressemble pas. C'est une perte de temps et de moyens alors que vous devriez enquêter pour découvrir la vérité sur ce qui est arrivé à mon père. Il n'y a aucune raison de croire qu'il n'est pas en vie quelque part.

Parker éclate d'un gros rire qui projette des brins de tabac détrempés sur son corsage.

— Si c'est ce que vous pensez, vous êtes encore plus stupide que n'importe qui dans cette maudite ville.

Elle tente d'étouffer les images du corps sans vie de son père au fond de l'océan. Tant qu'on ne lui aura pas prouvé le contraire, elle croira qu'il est en vie. Elle *doit* croire qu'il est en vie.

Parker donne une tape sur la croupe du cheval et l'animal se cabre. Le pisteur sourcille à peine quand il pousse un hennissement dans la poussière.

Le sergent s'avance vers sa jument. Eliza doit l'empêcher de partir. Les pensées lui viennent par fragments. Brûlants. Rapides. Puis s'éparpillent.

— Eh bien, j'en apporterai la preuve, dit-elle, son audace croissant tandis que le sergent inspecte son fusil. Je découvrirai ce qui est arrivé à mon père. Je… je le ramènerai ici. Et il vous faudra alors arrêter vos recherches. Je prouverai qu'il n'y a pas eu de meurtre.

Parker soupire, avec l'air de s'ennuyer.

— Mais certainement, Brightwell, allez flairer partout dans cette ville comme un cabot sans collier. Trouvez-moi un sale bougre qui veut se confesser. (Il s'étrangle de rire.) Encore mieux, amenez-moi votre père ici même, sur cette véranda, comme vous le suggérez. Sauf que vous aurez peut-être besoin d'attacher son cadavre à des bâtons pour qu'il tienne debout.

Eliza serre la mâchoire. Le sergent n'a pas fini.

— Mais si vous le ramenez en vie, *bien sûr*, mademoiselle Brightwell, j'arrêterai les recherches. (Il parle d'une voix qui dégouline d'aigreur.) Au fait, pendant que vous y êtes, ramenez-moi une poule aux œufs d'or. Bien grassouillette, j'en ai plus qu'assez de la viande filandreuse de l'opossum.

Son regard mauvais est un poison, mais Eliza a pris sa décision. Si le sergent refuse de l'aider, elle devra alors découvrir seule ce qui est arrivé à son père, et elle devra le faire sans tarder. Ses doigts s'agitent puis se crispent dans ses poings. Les hommes s'éloignent au galop dans un nuage de poussière rouge.

5

La respiration haletante, elle ouvre avec fracas la porte du bureau de son père. Une lumière tamisée y entre à flots, illuminant les grains de poussière qui tourbillonnent dans son faisceau. Un bref instant, elle est décontenancée. Le parfum de son père flotte partout. L'odeur du sel terreux qui persiste sur sa peau, de l'encens qu'il brûle pour chasser les blattes.

Elle balaie rapidement la pièce du regard. Son père ne se sert que de son stylo en or pour écrire dans son journal. Si le stylo est toujours dans le bungalow, alors son journal s'y trouve peut-être aussi.

L'un des murs est couvert de larges étagères en bois de jarrah remplies de bocaux en verre, de sextants et de globes terrestres délicatement peints. En dessous, serpentent des rangées de livres tout abîmés. Elle se penche et fait courir une main sur leurs dos agréablement frais ; *Éponges de mer de l'hémisphère sud, La Baleine blanche et les cyclones des tropiques*. Elle se redresse et examine un oiseau jardinier peint sur le mur. La curieuse créature a été immortalisée avec sa crête rose hérissée. Derrière lui, un berceau nuptial décoré de pierres, de graines et de coquillages – toutes les babioles qu'il a amassées pour impressionner la femelle. Elle scrute l'intérieur des bocaux qui se trouvent en dessous. Des yeux la regardent d'un air stupide à travers un liquide terne. Dans l'un d'eux, un poisson porc-épic est incroyablement gonflé, sa peau couverte d'épines tendue comme un ballon, sa bouche pincée en un baiser inassouvi. Dans un autre, une petite pieuvre, toute molle et affaissée.

Cela la ramène en pensée à Sixty Mile Beach, un jour de grande chaleur, quand la terre brillait d'un éclat ambré sous les pieds. Ils avaient escaladé les rochers après que la mer s'était retirée. Le littoral avait été avalé et recraché de nouveau. Dans une flaque d'eau salée, elle avait attrapé un magnifique caillou couvert de marques bleues. *Il serait tellement heureux de pouvoir le poser sur ses étagères*, avait-elle pensé, et elle lui en ferait don comme d'un trésor. Alors qu'elle l'effleurait du bout des doigts, les taches bleues se mirent à scintiller. Elle hésita, juste le temps entre deux respirations, mais suffisamment long pour que son père la voie et l'éloigne. “Non.” Sa voix était sévère et haut perchée. Le caillou ouvrit les yeux pour révéler des pupilles rectangulaires. “C'est une pieuvre à anneaux bleus. Il ne faut jamais les toucher.” Ils avaient regardé dans la mare résiduelle comme si la pieuvre avait des dents. “Une morsure peut tuer un homme en quelques secondes, dit-il. Ce n'est pas toujours ce qu'il y a de plus gros qui est le plus dangereux.”

À l'extrémité de l'une des tablettes, elle trouve deux cadres en argent. Dans le premier, une photographie granuleuse représente une belle femme qui fixe l'objectif calmement. Ses cheveux noirs sont cachés sous un grand chapeau bleu et des pierres précieuses pendent de ses oreilles. Sur les genoux de la femme est assise une jeune Eliza, détournant timidement le regard. Dans le second cadre, on voit la photographie d'un petit enfant aux cheveux blancs comme neige, surpris par l'éclair de l'appareil. Il ferme à moitié les yeux, hausse les sourcils, et ses petites mains fermées en deux poings sont collées le long de son corps. Eliza se sent brusquement oppressée. Elle s'empare de la photo et la retourne sur l'étagère.

Au fond de la pièce, un bureau croule sous les papiers. Des dessins annotés sont éparpillés sur des illustrations très élaborées de navires, chacun fendu en deux pour montrer les mécanismes à l'intérieur comme une maison de poupée. Au-dessus du bureau, une grande planche de bois est tapissée de diagrammes tracés à la main. Les inventions de son père. Ou plutôt ses "expérimentations", comme il aimait les appeler ; des projets qui n'ont pas abouti de "tricycle qui flotte", d'"ailes en fer" et de "ballon pour le transport des hommes".

En dessous, elle reconnaît les documents sur lesquels ils ont récemment travaillé ensemble, tous débordant de ses illustrations picturales – coups de pinceau adroits donnant vie aux tentacules ondoyantes des anémones, profonds sillons sur la face ventrale d'une baleine à bosse. Elle fouille le bureau du regard jusqu'à ce que ses yeux se posent sur une épaisse liasse de feuilles qui dépasse d'entre deux livres. Elle la sort et fait tomber une collection d'articles soigneusement classés et lissés. Elle porte le premier à la lumière.

Lettre ouverte de M. David Carley adressée au Secrétaire d'État, Perth, Australie-Occidentale, 11 janvier 1886

L'auteur de cette lettre est arrivé à Cossack et à Roebourne dans le courant de l'année 1872.
Plaise à votre Seigneurie de lire cette lettre écrite par celui qui a été témoin des déclarations ici faites. L'auteur a également rapporté au Capitaine Smith, Chef de la Police, et à l'actuel Procureur Général (M. Hensman) les sévices infligés aux indigènes ; quant aux actes de rapt continuels et à l'esclavage qui sont monnaie courante dans ce pays, l'auteur en a fait part aux autorités maintes et maintes fois.
La côte nord-ouest de l'Australie-Occidentale est mouillée jusqu'au cou dans la rapine, l'esclavage et le meurtre. Et bien que l'on fasse communément remarquer que là où flotte le drapeau britannique l'esclavage n'existe pas, l'auteur de cette lettre peut prouver et prouvera qu'il en va autrement ; car dans aucun pays du monde civilisé de tels actes meurtriers n'ont été commis et les indigènes à ce point réduits en esclavage.
Ces indigènes sont employés comme plongeurs de perles, et tout ce qu'ils obtiennent pour leur travail, c'est un peu de farine deux fois par jour : pourtant, ces pauvres malheureux sont enlevés, achetés et vendus : et tout cela sous les yeux des magistrats ; et de la police aussi, qui est de connivence avec les personnes susdites. La loi qui punit l'esclavage est lettre morte en Australie-Occidentale.
Le Gouvernement a employé pendant de nombreuses années des hommes dans les rangs de la police qui ont été reconnus coupables par la Cour Suprême de Perth pour avoir tué des Blancs et des Noirs, et les a maintenus en place par la suite des années durant. En 1884, Archibald

> Parker a été déclaré coupable par la Cour Suprême de Perth pour avoir tué un homme de soixante-dix ans, à Rottnest, en lui portant un coup violent à la tête ; il a été condamné à trois mois d'emprisonnement ; peu de temps après, le Gouvernement l'a nommé Sergent de Police, avant de l'envoyer à Roebourne où l'auteur de la lettre l'a souvent vu infliger d'effroyables sévices aux indigènes de Roebourne et de Cossack.
> Il fait toujours partie de la police.

Les yeux d'Eliza s'accrochent au nom de Parker, et au trait appuyé qu'a laissé le stylo en dessous. Elle voit le visage blafard du sergent, le regard de quelqu'un qui pense qu'on lui a pris quelque chose. Elle se souvient de ce jour, pendant la saison sèche, il y a plusieurs années de cela maintenant, un jour où Bannin étouffait sous la chaleur et où deux hommes en uniforme étaient entrés à cheval, au pas, dans la ville. Leur arrivée avait été annoncée par la détonation sourde d'une arme à feu, et alors qu'ils approchaient, Eliza et son père les virent lever leurs Snider-Enfield* et tirer dans les coins ombragés. Chaque coup de feu était suivi d'un aboiement, ou d'un hurlement effroyable, et un chien ou un chat se traînait à l'air libre pour mourir sous l'éclat aveuglant du soleil. Eliza n'arrivait pas à croire à une telle vision d'horreur et elle avait regardé les chevaux s'arrêter devant un ivrogne, couché en travers du chemin, la peau blanche de son ventre à nu, couverte de cloques.

— Pousse-toi de là, ordonna l'un des officiers du haut de sa selle.

* Arme britannique à chargement par la culasse.

Il aurait été bien plus facile, songea Eliza, qu'il recule et passe tranquillement sur le côté. L'homme grommela et remua, la tête pendante et la joue embrassant la poussière. Un filet de salive gouttait de ses gencives et laissait une tache sombre par terre.

— Lève-toi ou c'est moi qui vais te bouger de là.

Un long moment s'écoula. L'officier souffla un filet d'air par le nez, balança ses jambes par-dessus la selle et mit pied à terre, le fusil à la main. Alors qu'il se dirigeait vers le corps d'un air menaçant, elle vit un sourire fendre son visage comme un trait de peinture. Sa barbe rêche retombait sur son torse et des sourcils broussailleux encadraient des petits yeux enfoncés. Son collègue, glabre en comparaison, sauta à terre lui aussi et ils encerclèrent l'ivrogne goulûment. L'officier rasé de près s'avança et mit un coup de botte dans le ventre de l'homme, puis il s'agenouilla, l'attrapa par les épaules et batailla avec le haut de son corps pour l'asseoir et le maintenir droit. Les yeux de l'ivrogne pivotaient furieusement ; de sa gorge montait un grognement retentissant.

— Tu occupes une bien belle portion de terre, dit l'officier barbu avec une froideur glaciale.

Sans prévenir, et avant qu'Eliza ait le temps de détourner le regard, il leva le canon de son fusil au-dessus de son épaule et, avec une vitesse prodigieuse, le rabattit sur le visage de l'homme. Au moment où le canon heurta la chair, un claquement sinistre se fit entendre. Puis ce fut le silence. Il plut du sang en un lent jaillissement rouge foncé qui se répandit en taches éparses sur le sol. Les deux officiers éclatèrent de rire et l'effroi tordit l'estomac d'Eliza. L'homme était sur le dos à présent, le corps flasque, le cou poisseux de sang. Le sergent n'avait pas eu son compte. Avec un petit rire sec et aigu, il se tint jambes écartées au-dessus du corps et défit sa ceinture. Rejetant la tête en arrière, il l'arrosa d'un jet d'urine chaude, la vapeur s'élevant de la peau brûlée par le soleil telles des volutes de fumée.

Elle se passe la langue sur les dents comme si elle y sentait encore la poussière. Le sergent et son père n'ont jamais partagé le même point de vue. Aux yeux de son père, Parker est un monstre, aux yeux de Parker, son père est un homme faible. Se peut-il que le sergent sache que son père est au courant de son crime passé ? Serait-ce la raison pour laquelle il ne cherchera pas à découvrir la vérité sur ce qui lui est arrivé, et se montre si peu disposé à saisir l'occasion de le retrouver vivant ?

Il *faut* qu'elle mette la main sur ce journal ; peut-être en saura-t-elle plus.

Eliza considère la scène devant elle, fouille chaque recoin de son esprit en quête d'un indice qu'elle aurait oublié. Elle va plus loin, remonte à l'époque où elle venait souvent dans cette pièce pendant que son père travaillait. Le regardait penché sur ses dessins ou recopiant fastidieusement des chiffres dans son livre de comptes. La pensée surgit alors brusquement en elle : l'amulette en forme de sirène. Elle était dans le tiroir secret de ce même bureau. Elle s'en approche et sans réfléchir repousse d'un grand geste tous les papiers et les livres par terre. À deux mains, elle saisit le bord avant du meuble et, d'un coup sec, soulève le dessus pour l'ouvrir en grand. L'intérieur du tiroir est doublé de velours vert pelucheux. Au milieu, un livre à reliure de cuir estampée, avec le titre en lettres dorées : LE JOURNAL DE CHARLES J.G BRIGHTWELL, MAÎTRE PERLIER.

Elle le considère, bouche bée. Elle a souvent vu ce carnet, mais uniquement entre les mains de son père. S'il ne l'a pas avec lui en ce moment, il doit y avoir une raison. La peur cogne à sa cage thoracique. Elle s'empare du carnet, fait courir ses mains sur la couverture et l'ouvre soigneusement, tournant lentement les pages, survolant les schémas détaillés des bancs d'huîtres et des étoiles, les passages sur la vie en mer, sur les tempêtes et les requins. Elle déplace sa main et le livre s'ouvre, béant. Elle entend le bruissement de quelque chose qui glisse d'entre les pages, et voit un éclair blanc tomber par terre. Elle se baisse pour le ramasser : une feuille du livre de comptes pliée en deux. Elle la retourne dans sa main. Au dos, de l'habituelle écriture en pattes de mouche de son père, il y a un message qui se présente exactement comme s'il voulait lui laisser des indices.

ZHOU A
TROIS PIERRES
PERPENDICULAIRE À SHEBA

Elle fronce les sourcils. Elle ne reconnaît pas les mots, mais la feuille de papier dans ses mains lui paraît brusquement plus lourde. Sous les trois lignes un minuscule symbole griffonné à l'encre, comme une faucille ou un croissant de lune. Elle passe ses doigts dessus. Que peut-il bien signifier ? La pièce penche dans une direction légèrement différente. Sheba, ce doit sûrement être Sheba Lane. Elle se transporte par la pensée dans la rue animée. S'agit-il d'une adresse ? Mais plus important, était-elle censée trouver ce message ? Elle approche la chaise et s'assoit. Bien que son esprit soit plus en éveil que jamais, ses membres pèsent comme du plomb. Tout au fond d'elle, le début de quelque chose lui démange. Elle est troublée. Euphorique. Mais elle est sûre d'une chose. Si elle veut découvrir ce qui est arrivé à son père, elle doit commencer par Zhou A.

6

LES CAMPS sur la laisse de mer brillent comme de la bave au soleil. Le littoral est jonché de débris flottants – épaves de vieux lougres, théières cassées et éclats de bouteilles poussiéreux. Les camps sont séparés de Chinatown par une frange de dunes de sable couvertes de broussailles. Tout autour, des marais à mangroves étendent leurs doigts dans des criques pullulant de poissons-chats. Eliza se souvient de l'époque où, quand elle était enfant, les lougres avec leurs voiles quadrangulaires étaient alignés ici, à marée basse, et qu'elle sautait de pont en pont au milieu d'un taillis de mâts, chaque bateau s'inclinant quand elle retombait sans jamais se mouiller les pieds une seule fois.

Elle se fraie rapidement un chemin à travers les camps, ne songeant qu'à sa destination, qu'à la personne qui pourra sûrement l'aider à déchiffrer le message de son père. Alors qu'elle marche, le tintement dans ses oreilles qu'elle connaît si bien menace de la distraire de sa tâche. C'est ce qui agace le plus son père. "Tu as les oreilles bouchées, Eliza", la grondait-il. Le bourdonnement s'amplifie à chacun de ses pas. Elle secoue la tête dans l'espoir de le déloger, une vieille habitude, comme si le bruit pouvait s'éparpiller et disparaître dans les broussailles.

Elle longe des rangées de canots à clins retournés sur le sable et passe devant des hommes en débardeurs, affalés autour d'un cabanon branlant. Les yeux vitreux et les doigts jaunis par le tabac, ils envoient des volutes de fumée dans l'air. Tous inclinent la tête sur son passage, lèvent un doigt tremblant en guise de salut. Elle se rend compte qu'elle sent leur haleine sur sa langue. Et qu'elle est obligée, comme toujours, d'avaler sa salive pour la chasser.

Elle aperçoit sur la plage la carcasse de ce qui a dû être un dugong; deux chats robustes s'attaquent à coups de patte à sa chair brûlée par le soleil. Des poissons rachitiques pendent un peu partout, leurs yeux picorés par les mouettes. L'odeur des copeaux de cyprès et celle de la chair rance des huîtres perlières qui monte des barils flottent dans la brise légère. Il en va toujours ainsi à l'approche de la Wet. Les rues autrefois léthargiques se mettent à changer et à gronder, et la population grossit pour se compter par milliers. Le bruit métallique des marteaux résonne à travers la ville et les camps exigus s'animent; on y forge le fer, on y calfate, on y pique, on y braye. Les hommes, s'agitant comme des fourmis bouledogues, vont en se pavanant entre les salles de jeux et une visite à leurs prostituées préférées. Des rires en rafales épaississent l'air de relents d'alcool. Eliza pense, avec une moue d'effroi, à ce qui attend Min.

Alors qu'elle se faufile et s'approche du littoral, quelque chose dans les eaux peu profondes accroche son regard. Les calottes gélatineuses des méduses flottent juste sous la surface. Elle se penche pour les examiner quand une ombre se projette sur l'eau. En l'espace d'un instant, son corps se vide de sa chaleur. Elle se relève, se tourne, les paupières fermées très fort, même si elle sait à qui elle fera face quand elle les rouvrira. La silhouette devant elle s'apparente plus à une petite montagne qu'à un homme. Des yeux de saurien s'étalent sur une figure large et épaisse. Des joues portant des rouflaquettes débordent du cou pour aller pendre sur de puissantes épaules tombantes.

— Mademoiselle Brightwell, quel plaisir.

Elle se renfrogne, l'œil mauvais. La brise sur sa nuque l'avertit que les boutons de son col se sont ouverts tout seuls.

— J'ai appris pour votre père, c'est bien triste, ma pauvre.

Il la cloue sur place de son regard inflexible. Elle rabat ses manches sur ses poignets. Elle n'arrête pas de penser aux boutons.

— Mais, comme je l'ai toujours dit, des hommes comme Billy ont une soif de sang insatiable, continue-t-il. Et un besoin de boire tel qu'ils sont prêts à tout pour l'assouvir. *Surtout* quand ils ne sont pas surveillés.

Il tend la main pour caresser le chien qui gémit contre ses cuisses. Les muscles de l'animal font des nœuds comme une corde, la bave semblable au frai de grenouille suinte de ses mâchoires.

— Il sent votre féminité. (Il tire sur la laisse du chien.) C'est pareil avec toutes les femmes, il n'est tout simplement pas habitué à elles. Serrez les jambes et il se calmera rapidement.

Eliza cligne des yeux de dégoût. Elle aurait dû le savoir qu'elle rencontrerait Syd Hardcastle dans les camps ; on le voit fréquemment, rôdant le long du littoral avec son mastiff, comme une représentation presque biblique du courroux. Les maîtres perliers viennent d'horizons très divers

– colons et éleveurs de bétail, hommes d'affaires, marins de la marine marchande qui travaillent dur –, des Européens blancs pour la plupart ou des Asiatiques utilisant de faux papiers pour leurs lougres. Mais il y a beaucoup de vauriens aussi ; ceux qui sont venus pour tirer profit d'un commerce lucratif, même si cela veut dire qu'ils abusent de leurs pouvoirs et maltraitent ceux qui ont le malheur d'être à leur service. Syd Hardcastle est la personne la plus corrompue qui soit. Eliza fixe le fouet qu'il garde enfoncé dans sa ceinture. C'est le seul capitaine de bateau de la baie qui continue d'employer des plongeurs indigènes. Son fouet sert souvent ; elle en a suffisamment entendu parler.

— Balarri n'a rien à voir avec le fait que mon père a…

Elle marque une pause, ne sachant pas quel mot utiliser. Disparu ? Elle n'arrive pas à se résoudre à formuler à voix haute l'autre possibilité.

— En fait, je devrais peut-être vous demander quand *vous* l'avez vu pour la dernière fois.

Elle se redresse lentement. Ce faisant, son regard est attiré par un arbre non loin d'eux. Un oiseau gris avec une tête noire a empalé un petit lézard sur une épine. Le corps vert y est suspendu, ballant, tandis que l'oiseau s'attaque à sa chair. Alors qu'elle le regarde, Hardcastle tend la main pour lui attraper le menton entre son pouce et son index. Eliza virevolte et darde ses yeux sur lui. Il la lorgne de si près que chaque détail de son visage lui paraît flou. Ses oreilles s'emplissent de bruit. La mer et la vase et les nuages, tout s'abat sur elle.

— Je n'ai pas vu Charles depuis des semaines, dit-il.

Il a une haleine de légumes pourris. Le coin de sa bouche tressaute. Elle est incapable de se détourner.

— Pourriez-vous me dire où je peux trouver le Kingfish Hotel ?

La voix derrière eux fend l'air. Hardcastle retire sa main et Eliza se retourne pour voir un homme qui s'est arrêté sur une marche à mi-hauteur d'un escalier. Il tient dans ses bras fin un panier mouillé rempli de coquilles. Son chapeau, incliné sur l'arrière du front, révèle des traits fins et une moustache soignée. Il lui vient brusquement à l'esprit qu'elle l'a déjà vu. C'est l'homme qu'elle a surpris en train de la regarder sur la jetée.

— C'est à deux rues, derrière. Tu le sais très bien, le fouineur.

La chair de Hardcastle tremblote en même temps qu'il hurle.

L'homme acquiesce. Il continue de descendre les marches, puis s'arrête.

— Mademoiselle, j'ai été vraiment très peiné d'apprendre ce qui est arrivé à votre père. (Il incline la tête.) J'ai entendu dire que c'est un homme très raffiné.

Il y a quelque chose de rude dans sa voix. Un accent étranger.

— Je pense que tu veux dire *était*, mon garçon. (Hardcastle serre la mâchoire.) Et maintenant, fous le camp.

— Vous le connaissez ? demande Eliza.

Elle court derrière l'homme, qui se dirige à la hâte vers l'un des abris de bateau. La porte s'ouvre et laisse s'échapper le bruit retentissant d'un tomahawk. Elle s'apprête à parler de nouveau, mais l'homme a disparu dans l'obscurité.

7

La Mission de Bannin a toutes les apparences d'un lieu profane – un petit nombre de cabanes en bois sommaires fixées au sol avec des chaînes vétustes. Une église, si on peut la glorifier d'un tel nom, s'affaisse sur de frêles pieux de fondation pourris, la terre tout autour aussi dure que du vieux cuir tanné. La végétation indigène a été grossièrement déracinée pour faire de la place à ce qui pourrait un jour ressembler à un potager anglais. Il y a un bâtiment rudimentaire qui abrite l'école et qui ressemble étonnamment à la prison de la ville, et sur la véranda, un pantalon blanc et une chemise se gonflent dans le vent. Eliza regarde de plus près, plisse les yeux ; si elle ne savait pas ce que c'était, elle pourrait penser qu'il s'agit de fantômes.

— Chère Eliza.

Le Père Ernest McVeigh sort en courant, les bras ouverts comme s'il poussait devant lui un troupeau de bêtes capricieuses. Sa barbe est saupoudrée de grains de poussière et sa soutane traîne par terre. Il l'attrape par les avant-bras, la regarde droit dans les yeux.

— Je suis *vraiment* désolé pour votre père, Eliza. C'est une affaire terrible, terrible, surtout après ce qui est arrivé à votre mère et, eh bien… (Sa voix s'estompe avant qu'il poursuive.) Charles était ici juste avant que les flottes n'appareillent. Nous avons eu une vraie discussion à propos de l'équipage. Il aidait, bien sûr, à financer les maisons que je suis en train de construire. Les hommes veulent tous garder près d'eux leur équipage, mais bon. Las ! c'est bien cruel que Balarri se soit retrouvé en prison.

Elle s'empresse de lui parler de l'évasion de l'homme et de la volonté impitoyable de Parker de le poursuivre sans relâche. Il hausse les sourcils.

— Vous feriez mieux d'entrer.

Eliza sait que beaucoup de gens dans Bannin estiment que le prêtre ne mérite que d'être tourné en ridicule. Ils raillent l'idée même d'un vieux berger écossais rassemblant les Aborigènes dans son église, essayant de leur apprendre les psaumes, de couvrir leur nudité déroutante avec des habits européens. C'est "un doux rêveur", hurlent les perliers depuis leurs chaises longues qui grincent. Un fou qui fréquente les sauvages. Mais elle n'avait jamais vu que bonté chez cet homme. Ceux qu'il cherchait à catéchiser se pliaient pour la plupart à sa volonté pour lui faire plaisir, bien que son but fût, manifestement, de les sauver d'eux-mêmes. Pourtant c'était un homme qui ne voulait rien s'approprier, qui ne voulait pas prendre leur terre, leurs points d'eau ou leurs femmes. Il voulait au contraire leur donner : un toit, du matériel, à manger, la foi. Qu'ils le demandent ou non.

Il la conduit dans l'église aux murs piqués comme par des chiures de mouche, aussi sombre qu'une bruine froide à l'abri du soleil aveuglant. Eliza est frappée par l'ordre qui règne à l'intérieur. Des bancs en bois flotté font des sortes de ratures en son centre. Un lutrin tout simple supporte une bible en vachette maculée de moisissures. Dans un coin plongé dans la pénombre, un jeu de piquets de cricket est posé contre le mur, une balle en cuir rouge sang prenant la poussière à leurs pieds.

— Venez. Allons nous asseoir un peu.

Ils s'installent à l'avant du bâtiment et une faible lumière filtre à travers les barreaux de la fenêtre. Eliza trouve que la voix feutrée de l'homme a quelque chose d'apaisant. Le prêtre est la seule personne à avoir manifesté une *réelle* inquiétude au sujet de son père. Le reste de la ville – son frère aussi, qui tient si obstinément à commercer avec Cossack – n'a rien changé à ses habitudes, alors que sa vie à elle a été projetée contre un mur et s'est brisée en mille morceaux.

— Et comment votre frère fait-il face ? demande McVeigh.

— Il est allé à Cossack pour s'occuper des affaires.

McVeigh marque une pause, joint ses doigts en pointe.

— Ce n'est pas contre-nature, je suppose, de vouloir échapper à une situation tragique, dit-il d'un ton songeur. Et nous savons à quel point il se débat.

Elle tente d'effacer d'un battement de paupières le souvenir de Thomas traîné, presque sans vie, hors des tripots de Sheba Lane. Des matins où elle s'était réveillée pour le trouver couché de tout son long sur la véranda, du vomi séché dans les plis de son cou, des moustiques tournant autour de lui en bourdonnant de plaisir.

Elle ramène son attention au bâtiment. Elle n'a pas beaucoup de temps, et se lance aussitôt dans sa plaidoirie.

— Je suis sûre qu'on ne nous a pas tout dit à propos de la disparition de mon père, commence-t-elle, puis elle se mord les lèvres.

Va-t-il se moquer d'elle comme Parker ? Le visage flasque du prêtre se durcit mais il se tait, aussi continue-t-elle.

— Je ne crois pas qu'il soit mort. Je ne sais pas pourquoi, ou plutôt je ne parviens pas encore à complètement expliquer pourquoi, mais si je découvre ce qui s'est passé, si j'arrive à *le* retrouver, Parker renoncera peut-être à rechercher Balarri.

McVeigh prend le temps de réfléchir, le regard vide. Elle a conscience de l'image qu'elle doit donner d'elle à cet homme ; de l'image désespérée qu'elle donne d'elle à la plupart des gens de Bannin Bay.

— Je sais que vous pensez que je suis ridicule, mais cette histoire n'a pas de sens. On ne disparaît tout simplement pas d'un bateau, vous n'êtes pas d'accord ? (Elle se penche si près de lui, a un tel besoin de contact humain, qu'elle sent la chaleur de son corps à côté d'elle.) Thomas dit qu'il n'y avait aucune perle qui manquait. Aucune trace de bagarre. Ni de sang.

McVeigh bouge.

— Et puis, j'ai trouvé quelque chose. Dans son journal.

Fourrant la main dans sa poche, elle sort la feuille du livre de comptes, la déplie et la lui tend.

— Qu'est-ce que c'est ? demande-t-il. Une adresse ?

Pendant qu'il la lit, un bruit provient du fond de la pièce. Eliza se retourne et voit un enfant, d'une douzaine d'années, rangeant sans bruit des livres sur une étagère.

— Ah, oui. C'est Quill*, dit McVeigh en montrant du doigt l'enfant qui se fige comme s'il était surpris en train de piller un garde-manger. Ne prêtez pas attention au surnom, ce garçon est vif comme tout.

* *A quill* est une plume, comme une plume d'oie.

McVeigh se lève et traverse la pièce, le doigt toujours pointé. Quill a un torse mince, de grands yeux marron et porte au cou un petit crucifix accroché à un bout de ficelle.

— Quill est l'un des jeunes garçons les plus appliqués que j'ai rencontrés dans la baie. Il mendiait et gagnait sa vie, figurez-vous, comme matelot à bord des navires avant que je le prenne comme apprenti ici, à la mission. À présent il aide pour les réparations, bêche le jardin, et donne même un coup de main dans certaines matières enseignées. (McVeigh hoche la tête fièrement.) Sa mère vivait dans le camp des indigènes, pour autant qu'on sache, en revanche je crains que nous ignorions tout du père, mais il en est ainsi dans cette ville. Cela dit, il est certainement européen.

Quill regarde le sol.

— C'est un *merveilleux* lecteur, s'enthousiasme McVeigh. Je ne connais aucun autre matelot qui sache lire. Et vous, Eliza, vous en connaissez ? Quelle révélation ! Il parle le pidgin des lougres, bien entendu, et peut suivre aussi quelques-uns des autres dialectes locaux jusqu'à un certain point, étant donné le temps qu'il a passé sur les bateaux.

L'apprenti jette un coup d'œil à Eliza.

— Il… il range par ordre alphabétique les livres latins, n'est-ce pas, Quill ?

McVeigh finit par croiser les bras. Acquiesçant d'un hochement de tête, Quill repose les livres et s'apprête à s'en aller. Ce faisant, il fait tomber quelque chose de sa ceinture qui heurte le sol avec un bruit assourdi par la poussière. Eliza se lève et s'avance pour le ramasser. C'est un livre, aux couleurs passées et écorné. Elle le retourne pour lire le dos. *Les Cow-boys des océans : aventures en haute mer.* Quill s'est arrêté sur le seuil et l'observe avec curiosité. Elle esquisse un rapide sourire et lui rend tranquillement le livre avant de retourner auprès du missionnaire qui lève les yeux de la feuille de papier.

— Cette adresse ne me dit rien qui vaille, vous savez.

— Vous la connaissez, alors ? Savez-vous ce que le symbole en forme de croissant signifie ?

— Non, mais nous pouvons en déduire que ce n'est pas quelque chose de particulièrement ragoûtant. Sheba Lane n'est pas un endroit sans danger pour une jeune fille comme vous. Vous ne devriez pas vous rendre à cette adresse toute seule. J'espère sincèrement que ce n'est pas là votre intention.

— Eh bien, j'espérais que je n'aurais pas à y aller seule.

McVeigh commence à secouer la tête avant même qu'elle ait fini.

— S'il vous plaît, j'ai besoin que l'on m'aide pour cela. (Sa voix est tendue.) Il faut que je découvre ce qui s'est passé. Je sais que quelqu'un, là, dehors, sait *quelque chose*. (Elle marque une pause. Pousse un soupir de frustration.) J'ai besoin qu'un homme m'aide à accéder à certains endroits.

Les mots sont nécessaires, mais ils lui provoquent des picotements d'indignation.

— Eliza, ce n'est pas vraiment dans mes compétences. Cela ne ferait pas très bon effet.

— Dans ce cas, je suppose que je vais devoir y aller toute seule.

Elle lisse ses jupes et s'éloigne.

McVeigh lâche un grognement.

— D'accord, d'accord, je la connais.

Elle se retourne pour voir ses sourcils froncés d'inquiétude.

— Je connais la maison à laquelle il est fait référence, concède-t-il. Elle est tristement célèbre si vous êtes au courant des tenants et des aboutissants de cette ville.

Eliza écarquille les yeux.

— Vous avez entendu parler des *tongs*[*]. (Il la regarde avec prudence. Prend son silence pour un encouragement l'invitant à poursuivre.) Ce sont des groupes. Composés d'hommes. D'hommes mauvais. De la pire espèce, vraiment. Ils se livrent à des pratiques malhonnêtes. Fallacieuses et cætera. Le jeu. Le racolage. (Il secoue la tête.) Ces hommes se font appeler la Confrérie de la Lune décroissante. (Il agite la feuille de papier.) D'où le symbole. (Il en suit grossièrement les contours du bout du doigt.) C'est une sorte de carte de visite. Une blessure en forme de faucille qu'ils laissent sur les corps. Ce ne sont pas des gens bien et il vaut mieux ne pas avoir affaire à eux. Je ne devrais vraiment pas vous raconter tout cela.

Elle *avait* entendu parler de ces sociétés secrètes, comment elles faisaient respecter leurs lois, laissant des yeux exorbités et des trachées tailladées derrière elles. Sa tête se met à lui tourner.

— J'ignore pourquoi votre père avait cette adresse dans son journal.

Cette pensée lui donne la nausée. Son père, mêlé dans le commerce des fausses perles ? Ou pire, compromis dans les maisons closes ? Il a toujours été un homme d'une immense

* Organisations parmi la communauté chinoise, décrites comme des sociétés secrètes, qui opéraient dans des activités illégales.

douceur, mais qui sait si une part de lui-même ne s'est pas endurcie à force de vivre dans Bannin Bay ?

— Comment je peux m'y rendre ?

— Eliza.

Quoi qu'il ait fait, elle doit le retrouver.

— Vous savez que je vais finir par découvrir ce qui s'est passé, c'est pourquoi vous feriez aussi bien de tout me dire.

Le prêtre lâche un soupir.

— Je vous le dirai si vous me promettez de trouver la bonne personne pour vous escorter, Eliza. Quelqu'un qui connaît la ville. Un gentleman. Pas un malandrin qui traîne dans les rues. Quelqu'un qui vous protégera.

— Bien sûr.

Elle espère que son expression paraît convaincante.

— Une fois dans Chinatown, tournez à droite du Star, allez jusqu'à la prochaine route et cherchez l'endroit avec tous les poissons. Vous ne serez alors plus très loin.

— Tous les poissons, répète-t-elle en hochant la tête.

— Vous ne pouvez pas la rater, mais Eliza, promettez-le-moi, vous devez trouver quelqu'un pour vous accompagner !

Elle a déjà franchi la porte.

8

VOILÀ DEUX JOURS maintenant que le corbeau observe l'homme dans le bush. Il est arrivé alors qu'il dormait à l'ombre d'un majestueux gommier rouge, puis il s'est perché sur une branche et s'est tenu voûté comme un vieux sage au-dessus de sa tête. Lorsque l'homme s'est réveillé, l'oiseau a émis un hérissement de colère guttural suivi d'un ah-ah-ah qui s'est répandu aussi facilement que du sang à travers la plaine.

L'homme a fourragé à la recherche de nourriture puis a mangé, et le corbeau s'est penché pour le regarder de son œil terne et blanc. Puis, quand l'homme s'est mis en route au milieu des arbres, l'oiseau a volé de branche en branche derrière lui, porté par ses ailes en lambeaux.

Il n'y a jusqu'à présent aucun signe de ceux qui doivent être à ses trousses. Mais il a pris soin de rester dans les zones les plus denses du Pindan, évitant les étendues de terres nues et noircies, éventrées par les feux de brousse. Il semble préférer par-dessus tout les poches de forêts mutilées, où les pruniers de kakadu et les gommiers secs tendent leurs branches affaiblies vers le ciel.

Le paysage est assoiffé et des spirales d'écorce craquent sous les pieds de l'homme. Quand la pluie viendra, ces régions désertiques seront inondées et grouilleront d'essaims d'insectes bruyants. Mais pour l'instant, l'homme est heureux de l'ombre que la forêt lui procure.

Lorsque les arbres le recrachent, le corbeau se perche à nouveau sur une branche. L'homme lève un bras pour se protéger les yeux. Alors qu'il cille, quelque chose miroite à l'horizon, voilé par la chaleur. Le corbeau le voit aussi, dresse la tête. Des panaches de poussière ondoient vers le ciel, que des chevaux lancés au galop à coups de fouet font voler. Calme, l'homme se retourne et se fraie un chemin à travers les broussailles. Ils viennent pour lui. L'homme n'a pas un instant à perdre.

9

Du sommet de la plus haute dune, la baie est une longue traînée sous le soleil de la mi-journée. Eliza lève la main devant ses yeux plissés et aperçoit Chinatown, nichée non loin. Alors qu'elle redescend, elle croise des indigènes employés sur les lougres, des perches sur l'épaule chargées de viande provenant de chez les bouchers. Sur la jetée, où se ruent pélicans et mouettes, des hommes en costume blanc avec des registres comptent scrupuleusement leurs paniers de coquilles. Un cheval attend patiemment avec sa carriole dans laquelle des cageots sont empilés. Les bancs de vase alentour sont jonchés de rouleaux de corde, de chaînes d'ancres en forme d'araignée et de voiles blanches tendues comme des ailes de papillon ouvertes.

Pourquoi McVeigh n'a-t-il pas consenti à l'accompagner ? C'est totalement injuste que les hommes puissent aller dans certains endroits – et poser des questions – alors qu'elle, en tant que femme, ne le peut pas. Elle pourrait peut-être interroger l'un des membres de l'équipage, mais cela risquerait d'attirer plus l'attention sur elle et ce ne serait pas prudent. Son cœur se serre de frustration. Si seulement Thomas était là pour l'aider.

À la hauteur des nasses, elle passe devant un petit attroupement ; les yeux des gens sont rivés sur quelque chose de volumineux dans les eaux peu profondes. En regardant de plus près, elle distingue le corps couvert d'écailles d'un crocodile. Il a été tiré hors de l'eau et est exposé, sa gueule énorme maintenue grande ouverte. Un petit enfant, le ventre bombé, grimpe sur son dos et saute de joie. L'éclair d'un appareil photo la fait sursauter et son esprit la ramène par à-coups à ses propres sorties en famille, quand elle venait ici et rampait à quatre pattes à la recherche de toutes petites choses qu'elle fourrait dans ses poches. Le sable était jonché de cauris et de bigorneaux. Son père installait le pique-nique avec force manières et Thomas barbotait au bord de la plage. Si elle laisse ses souvenirs l'emmener suffisamment loin, où de vagues objets apparaissent et disparaissent comme des esprits, elle voit une autre personne. L'image est surexposée, mais si elle se concentre, elle parvient à la voir assez bien. Un garçon qui lui arrive aux genoux. Des coudes potelés sous une tunique en coton. Une boucle de cheveux blancs s'échappant de son bonnet.

— Bonjour, mademoiselle.

Une voix sort tout à coup Eliza de sa stupeur.

— Oh, je suis désolé, bégaye la voix. Je ne voulais pas vous faire peur.

Eliza balaie une miette invisible sur son chemisier.

— Vous ne m'avez pas fait peur.

C'est lui : l'homme qui a interrompu Hardcastle sur la laisse de mer. Celui aussi qu'elle avait surpris en train de la regarder sur la jetée. Il est grand, de sa taille à peu près, et, de toute évidence, plus âgé de quelques années que ses vingt ans à elle. Il se tient là, avec un petit panier coincé sous le bras et un chapeau cabossé rabattu en arrière de sa tête. Les boutons du haut de sa chemise, visibles au-dessus d'un miteux gilet marron, sont défaits, et un foulard rouge est lâchement attaché autour de son cou.

— Je vous ai reconnue à la façon dont vous marchez. Je vous ai vue venir à des kilomètres.

Il sourit.

Eliza marque une pause.

— Pardon ?

— Votre façon de marcher, elle faisait penser à... comment dire ? À un héron. Elle a quelque chose de gracieux, de déconcertant. De grand.

Elle jette un regard circulaire autour d'elle.

— Je ne suis pas sûre de savoir comment répondre à cela, monsieur.

Un autre éclair provient de l'appareil photo.

— Quel animal suis-je ? demande-t-il.

Elle le regarde bouche bée.

— À chacun son tour, c'est normal.

Elle prend le temps d'observer l'homme, qui hoche la tête puis se fige comme si on lui demandait de poser pour un portrait. Badine-t-il avec elle ? Du papier à cigarettes et une blague à tabac dépassent de la poche de son gilet.

— Très bien, je dirais alors que vous avez quelque chose de la barge à queue noire, dit-elle en croisant les bras. Vif. Alerte.

Elle ne parvient pas à se résoudre à dire "bizarre". Il ne répond rien, se contente de rester dans la même position, mais elle perçoit l'esquisse d'un sourire sur ses lèvres. Elle s'empresse de combler le silence.

— Une espèce de bec aquilin. Ou de nez, plutôt. Comme si vous cherchiez un ver dans la boue.

Elle roule des yeux intérieurement.

— Une barge. (Il imite son accent saccadé.) J'ai bien peur de n'avoir jamais entendu parler d'une telle créature. J'imagine que vous êtes anglaise ?

— Je…

— Votre accent. Vous venez d'Angleterre ?

— Oui. Nous sommes venus de Londres en bateau.

— Eh bien, je devrais prendre cela comme un affront mais finalement, si je suis une barge, comme vous le dites, alors *vous* devez être le ver de terre. (Il fait passer son panier d'un bras à l'autre.) Je pense plutôt que je suis le vainqueur. Même si j'aurais imaginé avoir peut-être quelque chose d'un peu plus masculin. Un kangourou en colère. Un étalon…

Elle ne sait pas où porter son regard, aussi laisse-t-elle ses yeux se poser sur ses bottines. L'air est empli de l'odeur de la poussière et du kérosène chaud.

— Je vous souhaite une bonne journée.

Elle lui adresse un signe poli de la tête et fait un pas en avant. D'une longue et large enjambée, l'homme se met en travers de son chemin.

— Attendez ! roucoule-t-il. Qui êtes-vous ? Je veux dire, votre nom, quel est-il ?

Elle fait un pas en arrière.

— Je croyais que vous connaissiez mon père.

Une lueur de méfiance s'allume dans ses yeux.

L'homme rougit légèrement, mais ne semble pas se décourager.

— Je m'appelle Axel Kramer, mademoiselle. Et si vous vous interrogez sur mon accent, il est allemand. J'étais censé faire plus ou moins le tour du monde. (Il dessine un vague cercle avec le bras.) Mais je suis ici depuis plusieurs semaines. En fait, cela me plaît. Si l'on omet les blattes. Et, euh, les rats.

— Je vois.

— J'ai une sorte d'entreprise.

Il semble désireux de maintenir son attention, et lui désigne d'un geste une construction branlante à une centaine de mètres sur la plage. Avec tout qui est voilé et estompé par la chaleur, il est difficile de discerner d'aussi loin, mais la cabane, rien de plus qu'un quadrilatère en tôle ondulée ouvert sur le devant, est remplie de grands paniers et de caisses en bois empilées les unes sur les autres. Quelques personnes sont là, passant le contenu des caisses au crible ou se reposant, allongées au soleil.

— Je ramasse des coquillages à marée basse, offre-t-il en guise d'explication, bien qu'il semble légèrement gêné.

Elle savait que des gens s'adonnaient à la collecte de coquillages sur la plage – se déployant en éventail le long des coraux et des fonds marins quand ils sont à découvert, remplissant leurs paniers tous les jours pendant les quelques heures durant lesquelles les bancs de vase étaient à ciel ouvert – mais elle ignorait que des Européens s'y livraient.

— C'est une activité un peu inhabituelle, mais on peut faire de belles récoltes dans ces récifs, dit-il. Des huîtres perlières et des troques essentiellement. Les indigènes, ils connaissent vraiment bien cette terre, tous les petits coins secrets, les baies, les flaques de marée. Je ne servirais à rien si j'étais seul. Je sais naviguer mais, fichtre, je sais à peine nager. Nous partageons le butin et en échange de leur savoir, j'ai accepté d'intervenir dans la vente des perles que nous trouvons. Mais nous n'avons pas eu beaucoup de chance jusqu'à présent. Je crois bien que je suis arrivé une fois la saison terminée. Il nous faudrait une belle marée de vive-eau, en vérité.

Eliza sent que sa nuque se couvre de gouttelettes de sueur.

— Bref, c'est agréable de faire votre connaissance.

Axel tend sa main droite devant lui, ramène la gauche dans son dos et la salue en s'inclinant.

— Eliza. Brightwell.

Il lui serre la main aussi vigoureusement qu'elle s'attendrait à le voir faire si elle était un homme.

— Nous vivons ici depuis une dizaine d'années environ, continue-t-elle. Mon père était… Je veux dire mon père *est* maître perlier. Il possède le *White Starling*, du moins il le possédait. Mais vous savez tout cela.

Elle fronce les sourcils. Le sable à ses pieds se met à bouger.

— Mademoiselle Brightwell, dit Axel. J'ai entendu parler du maître perlier. De votre père. (Il détourne rapidement les yeux vers l'horizon.) J'ai appris qu'ils avaient fini par mettre un homme en prison.

Elle lève le menton avec un geste brusque.

— Eh bien, cet homme n'est pas responsable de ce qui est arrivé. (Elle entreprend de rassembler ses jupes.) Et plus les gens penseront qu'il l'est, moins les autres seront inquiétés.

Elle se montre impolie, elle le sait, mais une vision, aux contours roussis qui la rendent trouble, surgit dans son esprit, et elle voit son père emmené sous la menace d'un revolver. Ou pire, flottant sur le ventre, inerte, à la surface de l'eau. Elle porte le regard au-delà d'Axel en direction de la ville. Il lui barre la route menant à Sheba Lane.

— Je ne m'attends pas à ce que vous me croyiez, dit-elle. Vous ne savez pas comment c'est ici.

Elle s'avance pour passer mais de sa main il lui agrippe l'épaule. Elle le repousse. Il toussote.

— Je suis désolé, mais il y a beaucoup de choses me concernant que vous ignorez, mademoiselle Brightwell. Si vous dites que cet homme ne peut pas avoir tué votre père, je vous crois.

Elle le dévisage longuement.

— En fait, je suis prêt à vous aider à découvrir ce qui lui est arrivé, si cela peut vous être utile.

— Je me débrouille très bien. (Elle coince une mèche de cheveux derrière son oreille.) Cela ne m'ennuie pas du tout.

— Mademoiselle, je ne suis peut-être pas ici depuis longtemps, mais je sais qu'une femme dans Bannin ne jouit pas des mêmes privilèges qu'un homme. (Il a comme un air de défi dans le regard.) Je dirais qu'il est juste de penser que l'on vous adresse des coups d'œil mauvais dans la plupart des établissements. Qu'on vous reconduit rapidement à la porte peut-être. Dans d'autres, on vous jaugera et on jugera que vous n'êtes digne d'intérêt que pour vos formes féminines. (Il semble inquiet et bat des paupières pour se ressaisir.) En vérité, vous vous rendrez compte qu'il vous est plus facile d'entrer dans certains endroits si je vous accompagne.

Elle repense à la promesse qu'elle a faite à McVeigh et étudie l'homme devant elle. Elle l'a peut-être trouvé dans la rue, mais elle ne le voit pas comme un malandrin. En fait, elle se demande si ce ne serait pas à *elle* de le protéger, même si elle ne sait pas encore pourquoi il tient autant à l'aider.

— Ne voulez-vous rien en échange ?

Elle évalue de l'œil ses frêles épaules, son triste chapeau.

— Si, je veux quelque chose.

Elle hausse les sourcils.

— Vous pouvez me donner des informations sur Bannin Bay. Vous aviez raison de penser que je ne sais pas grand-chose sur cette ville et j'ai besoin d'en savoir plus si je veux monter une entreprise solide. Qui pourrait mieux être mon guide que la fille d'un maître perlier ?

Ses yeux vifs fouillent son visage en quête d'une réponse.

Elle tente de l'imaginer se battant à coups de poing avec les hommes à l'arrière du Kingfish, ou se glissant en catimini dans les établissements de Sheba Lane, avec leurs lanternes en papier qui se balancent doucement dans la brise. Pour une raison ou une autre, elle n'y arrive pas. Il y a quelque chose chez cet homme qui le rend différent de ceux qu'elle a rencontrés. Mais elle a besoin d'un homme et pour l'instant Axel Kramer semble convenir aussi bien que n'importe quel autre. Elle n'est pas obligée de lui dire tout ce qu'elle sait. Elle peut se servir de lui pour franchir certaines portes, et ensuite il pourra retourner à sa collecte de coquillages et elle retrouver son père.

— Je suppose que vous devez avoir *plus ou moins* le sens des affaires. (Elle jette un coup d'œil à la triste cabane.) Vous semblez traiter les indigènes avec équité, ce qui n'est pas le cas de beaucoup de gens ici.

Elle s'imprègne de son regard vif, de son nez aquilin, de sa moustache bien taillée. Elle les passe en revue dans sa tête à tour de rôle. Si son père est capable d'évaluer les gens, pourquoi pas elle ?

— D'accord.

Un sourire coule sur ses lèvres.

— Vous êtes prêt ?

Le journal de Charles J.G. Brightwell, maître perlier

Notes sur les requins du nord-ouest australien

Le naturaliste doué de discernement saura que les eaux aux larges de la côte ouest de l'Australie regorgent d'une abondante vie marine, comprenant une profusion de poissons, de dauphins, de dugongs, de baleines, de tortues, et quelque chose comme deux cents espèces de requins.

J'approche de la fin de ce qui a été ma première saison en tant que perlier, et il est devenu assez évident que Bannin Bay est un endroit redoutable en ce qui concerne les requins. Les eaux peu profondes grouillent de requins mako, de requins bordés et de requins tigres, alors que des énormes requins-marteaux aux têtes de gargouille patrouillent dans les eaux profondes. Un coin, un peu au nord de Cape Villaret, s'avère être particulièrement mortel. Des hommes que je connais ont eu les fesses arrachées par des grands requins blancs à quelques mètres à peine de leurs lougres. Créature terrifiante, fascinante, le requin blanc a un corps gris ardoise massif et un œil noir, aveugle, qui glace le sang de n'importe quel marin.

Un jeune garçon sur le *Wandering Eve* de Hardcastle a eu la jambe sectionnée il y a environ deux mois. Il était secoué de tremblements et est mort dans un tourbillon de sang avant qu'un pauvre bougre ne puisse le sauver de l'attaque. C'était un jour bien sombre, qui a suffi aux perliers pour déclarer la guerre. Ils ont élaboré un plan qui consistait à laisser pendre des hameçons fraîchement appâtés par-dessus les plats-bords et à attendre de voir quelles bêtes y mordraient depuis les profondeurs. Quand un requin finissait par être attrapé, son corps qui se débattait était à moitié hissé à bord. Là, on l'ouvrait en deux et ses entrailles et ses organes, formant une espèce de bouillie liquide marronnasse, glissaient dans l'eau. Cette opération, bien entendu, déchaînait la fureur des autres requins et, alors qu'ils se gavaient à la surface, les hommes se jetaient sur eux avec des revolvers, des harpons et des couteaux ; tout ce qu'ils pouvaient fabriquer comme armes. Quel spectacle horrible c'était. À tout moment, un lougre pouvait traîner les corps d'une douzaine de requins. Ils ont été chassés, pour l'instant, mais nous verrons s'ils reviennent quand la saison recommencera après la Wet.

10

L'ODEUR SUFFIT à faire pleurer les yeux. Oignon frit, curcuma, chili à la pâte de crevettes et gingembre, mêlés à celle musquée du bois de santal et à la puanteur de plusieurs centaines d'hommes. Les constructions qui constituent la ville basse s'appuient les unes contre les autres comme des ivrognes à la nuit tombée, chacune élevée sur pilotis pour les protéger des grandes marées de printemps. Les lougres ont recraché leurs équipages à terre et tout va à une vitesse frénétique par ici. Les rues forment une masse indistincte d'individus et de chats qui traquent les ruelles sombres à la recherche d'animaux nuisibles, déposant leurs proies sur les vérandas en bois.

Eliza sait deux ou trois choses sur ce qui se passe ici. Elle sait qu'on y vend des épices, de l'or et des poudres aphrodisiaques. Que des marchands ambulants proposent des remèdes à base de plantes – pour les verrues et les foies rabougris, les furoncles et les brûlures. Que des boutiques exiguës sont ouvertes à tous jusque tard. Que des tailleurs chinois se disputent les emplacements avec les bouchers. Que des maisons closes s'affalent lourdement contre des salles de billard. Que des asiles de nuit, des magasins de fruits et légumes, des débits de tabac et des constructeurs de bateaux, des prêteurs sur gages, des marbriers funéraires, des blanchisseries et des débits de boisson, sont tous tassés ensemble de guingois.

Elle n'a jamais vu autant d'hommes au même endroit. Des Japonais et des insulaires des mers du Sud, des Manillais et des Cingalais ; des Javanais, des Dayaks, des Koepangers du Timor, des Brésiliens. Toutes les strates de la société, depuis les médecins et les entrepreneurs jusqu'aux ouvriers agricoles et aux mendiants. Lorsque la saison de pêche à la perle bat son plein, il ne reste pratiquement pas un seul homme en ville, hormis les patrons des tavernes et les commerçants, et les perliers fainéants plus satisfaits au sec sur leurs vérandas qu'en haute mer. Aussi, Eliza est-elle habituée, pendant quelques mois de l'année, à vivre essentiellement entourée de femmes. Des femmes qui bêchent, des femmes qui s'occupent des malades, des femmes qui dirigent des réunions du conseil municipal et organisent les réparations des bâtiments. Quand les hommes reviennent, cependant, on attend de ces femmes qu'elles retournent tout simplement à leur place, telles des boîtes de conserve dans les profondeurs d'un vieux placard de rangement.

Une chaleur inhabituelle irradie de ces hommes, leur langage babélique épais comme la résine emplissant l'air. Ils s'écartent sur le passage d'Eliza et d'Axel ; certains marmonnent, reculent, tête inclinée. De temps en temps, un sulky passe dans un bruit de ferraille, tiré par un cheval à l'inévitable mauvais caractère. Des hommes, atteints de la paralysie du plongeur, claudiquent courbés en deux, des palanches tendues en travers de leurs dos tordus, colportant du poisson, des crabes de boue, du dugong et de la chair de tortue. De la musique de gramophone aux accents mélancoliques se déverse dans l'air, accompagnant les gémissements des chats et le doux tintement des bouliers. Sur un balcon, un homme souriant joue un air lent sur un ukulélé.

Dans une boutique, l'expert en perles cingalais vante ses services. Son travail est méticuleux : il supprime les imperfections visibles sur les pierres. À l'aide de minuscules outils, il sépare les nombreuses couches de peau qui se collent les unes aux autres tels des pétales de rose. Parfois, il suffit de retirer un peu de chair avariée et la perle est préservée. D'autres fois, elle est pourrie jusqu'à la moelle, comme un être humain.

Ils arrivent à un carrefour passant. Il n'y a pas de panneaux de signalisation, à l'exception de quelques morceaux de tôle cabossée cloués au tronc d'un eucalyptus à écorce de fer.

— Excusez-moi, monsieur.

Axel arrête un homme qui passe devant eux sans se presser ; il porte une chemise empesée et une cigarette roulée pend de sa petite bouche.

— Je vous demande pardon de vous déranger, mais nous cherchons le Star...

L'homme jette un rapide coup d'œil à Axel puis à Eliza. Il secoue la tête puis s'éloigne en trottant comme un taupe-grillon.

Axel, boutonné jusqu'au cou et en sueur, ôte son chapeau et s'essuie le front.

— On fait quoi, maintenant, mademoiselle Brightwell ?

Elle ne le regarde pas, mais scrute des yeux les devantures des boutiques branlantes. Il l'appelle à nouveau, puis une fois encore, plus fort.

— Eliza ?

Elle finit par se tourner vers lui et il hausse les sourcils. Elle reconnaît cette expression.

— Je suis désolée, dit-elle en agitant la tête. Mes oreilles, elles bourdonnent parfois.

L'air soucieux, Axel se penche de sorte que ses yeux soient au niveau de ceux d'Eliza.

— C'est comme si tout se refermait, comme si j'étais enterrée vivante. (Elle regarde de côté furtivement.) Aha !

Avant qu'il n'ait le temps de bouger, elle se dirige déjà à grandes enjambées vers un bâtiment. De faible hauteur, il a la taille d'une taverne, et sa véranda squelettique grouille d'hommes. Sur le devant, plusieurs chevaux décharnés sont muselés avec des sacs de toile. Non loin de là, un eucalyptus blanc se dresse tant bien que mal dans la boue. Posée contre son tronc, sur une plaque de tôle carrée, une étoile à cinq branches est peinte.

— À une route de là, a dit McVeigh, lance Eliza avec un signe de tête.

Le journal de Charles J.G. Brightwell, maître perlier

Une tragédie

Je ne vais pas mettre à cette journée quelques enjolivures d'argent, car aujourd'hui est un autre jour triste. Voilà deux ans seulement que nous sommes à Bannin, et le malheur a frappé notre famille. Willem a finalement perdu sa jambe, après s'être battu contre la gangrène qui a failli l'emporter. Cela a commencé il y a quelques semaines : l'homme a été sauvagement attaqué par une méduse dans à peine soixante centimètres d'eau, juste à côté de la jetée. Ce devait être une méduse-boîte, car dès qu'il a hurlé en sentant la piqûre – et quel cri de douleur atroce c'était – ses yeux se sont révulsés et il s'est mis à avoir des difficultés à respirer. Nous l'avons tiré sur la plage et Blithe a estimé qu'il fallait le conduire chez le médecin. Il a besoin de repos, a déclaré ce dernier, et Willem est donc resté couché pendant les deux semaines suivantes. Mais bientôt, la plaie a commencé à suinter et ensuite la cheville même s'est nécrosée. Oh, l'épouvantable puanteur de la chose ! Je ne pouvais pas m'approcher de lui sans un mouchoir sur le nez. Martha avait du mal à le voir dans cet état, aussi se tenait-elle à l'écart la plupart du temps, mais la blessure à la jambe suppurait incontestablement, elle devenait noire et dure, la peau luisant comme celle d'un poisson grillé, au point qu'il suffisait de la toucher simplement du bout des doigts pour ôter la chair de l'os. Blithe a fini par lui amputer la jambe à l'aide d'une scie juste au-dessus du genou, et mon frère a transpiré abondamment et a eu de la fièvre jusqu'à ce que son corps se débarrasse de l'infection. Nous lui avons trouvé un membre artificiel mais j'ai bien peur que dans ces contrées il ne soit en bois. Ce qui signifie que notre projet de diriger les flottes ensemble, deux frères perliers en mer avec leurs hommes dévoués, devra être suspendu. J'ai dit à ce cher Willem qu'il pourra toujours m'assister depuis la terre, jusqu'à ce qu'il ait suffisamment récupéré pour monter à bord des bateaux. En attendant, je lui donnerai une part de ce que nous rapportons ; ce n'est que justice, vu les circonstances. Mais il a eu l'air grave, et s'est détourné, la lueur de la bougie projetant des ombres sur son visage aux traits tirés.

Post-scriptum : note sur la méduse-boîte (transcrite à partir de mes premières notes de naturaliste et rapportée avec ceci pour le contexte). S'agissant sûrement de l'une des créatures océaniques les plus terrifiantes, la méduse-boîte a fait plus de victimes parmi les plongeurs que je n'aime me le rappeler. Ces créatures carnivores, bleu pâle, se distinguent par la forme cubique de leur ombrelle et leurs tentacules excessivement longs (ils peuvent atteindre trois mètres – voir illustration). Elles sont hautement évoluées, et peuvent se déplacer rapidement dans l'eau, au lieu de dériver, et leur puissant venin s'est développé de telle sorte qu'il peut paralyser en un instant ou tuer leurs proies. Se débattre pour leur échapper n'endommagera pas leurs tentacules. Je peux affirmer en toute certitude que je préférerais me trouver en présence d'un requin ou d'un serpent de mer que d'une méduse-boîte. C'est pourquoi je plains ce pauvre Willem et m'apitoie sur la fin de notre arrangement. L'homme a des défauts, mais cela, il ne le mérite tout simplement pas.

II

Le missionnaire avait raison à propos des poissons. Ils sont suspendus à pratiquement tous les murs, leurs yeux suivant Eliza quand elle fait un pas à gauche, un pas à droite. Sur des tréteaux, plus bas, ils sont étalés comme des plaques de marbre, chacune couverte d'un parfait pavage d'écailles. Au milieu de tout cela, un homme est assis sur un vieux tabouret. Selon toute apparence, il est desséché par l'âge. Il porte un pantalon scintillant d'écailles et un mince maillot qui révèle une masse de chair flasque.

— Excusez-moi, monsieur, dit Eliza.

Lentement comme de la fumée, l'homme lève son visage vers elle. Ses pupilles, remarque-t-elle avec un sursaut, sont d'un gris laiteux.

— Sauriez-vous par hasard –

— Nous voudrions un poisson, s'il vous plaît ! intervient Axel avec un ridicule mouvement des bras.

Il jette un regard étrange à Eliza. L'homme ne cille pas.

— Un gros poisson. L'un de vos plus beaux... vivaneaux ?

Axel retient son souffle tandis que l'homme se tourne nonchalamment vers lui. Il n'y a pas un seul bruit hormis le léger aboiement d'hommes se querellant à l'intérieur du Star. Au bout d'un moment, l'homme entreprend de se mettre debout. Il pivote sur lui-même et se dirige d'un pas compté vers les poissons et se met à les tâter, laissant courir sa main sur leurs peaux nacrées. Finalement, ses doigts s'arrêtent sur une créature à l'expression figée, horrifiée. Il l'attrape et la fait glisser dans le creux de ses bras. Puis il revient lentement vers eux pour la montrer à Axel.

— Un penny, dit-il d'une voix rauque.

— Bigre. Eh bien, d'accord. C'est raisonnable. Évidemment. (Axel fouille dans ses poches et en sort la pièce.) Bonne journée à vous, monsieur.

Il prend le poisson et le coince sous son bras. Le poisson jette un regard accusateur à Eliza. L'homme entame son lent pèlerinage jusqu'à son siège.

— Pourquoi diable avez-vous acheté un poisson ? siffle Eliza.

— Eh bien, cela aurait paru suspect si, à peine arrivés, nous étions allés directement derrière.

Le vivaneau tremble sous son bras.

Ils trouvent l'entrée plus loin dans une ruelle qui longe la boutique du poissonnier. Le chemin est sombre et froid, parsemé de minuscules épines dispersées par les fourmis. La maison elle-même a deux étages, et n'a rien de particulièrement remarquable. La véranda est jonchée de bouteilles vides et de linge grisâtre. À côté de la porte d'entrée, trois grosses pierres sont posées en équilibre l'une sur l'autre.

— Trois pierres, murmure Eliza, et elle s'avance vers la porte.

— Attendez ! Êtes-vous sûre que ce soit une bonne idée ?

Axel l'attrape par l'épaule, tout en jetant des coups d'œil furtifs dans la ruelle derrière lui.

— Nous ne savons pas qui se trouve dans cette maison, ou ce qui s'y passe, dit-il tout bas. Peut-être, devrions-nous… prendre le temps de réfléchir ?

Il pose délicatement le poisson par terre et s'essuie les mains sur ses genoux.

Eliza inspire profondément et se tourne vers lui.

— Laissez-moi vous poser une question, Axel. Où est votre père ?

Il marque une pause. Fronce les sourcils.

— Oh, je l'ignore. Je dirais Hambourg, à cette période de l'année. Il travaille beaucoup là-bas. Il achète et vend…

Sa voix comme la vapeur se dissipe.

— Mon frère et mon père sont tout ce que j'ai ici, dit-elle. Et mon père – elle hésite – *est* un homme bon. Je suis persuadée que c'est un homme bon. Quoi qu'il se soit passé. Il ne mérite pas d'être oublié, ou abandonné. Si j'étais quelque part, en pleine nature, que mon cœur batte ou pas, je sais qu'il ferait absolument tout pour me retrouver. (Elle baisse les yeux à terre.) Je ferai la même chose pour lui et si vous ne voulez pas m'aider, je vous en prie, retournez à votre plage. Vous ne me devez rien. C'est normal. Mais je vais aller frapper à cette po…

Avant qu'elle n'ait le temps de finir sa phrase, Axel est passé devant elle et est monté sur la véranda.

— Non, attendez ! (Elle se précipite pour arriver avant lui.) Je vais le faire.

Elle lève la main pour frapper, puis se fige. Il y a un tout petit croissant de lune sculpté dans le cadre en bois. La porte, elle s'en aperçoit, est entrouverte, et de l'intérieur une spirale d'air frais sort dans la chaleur. Eliza pose la main sur le montant et pousse. La porte s'ouvre avec un long grincement.

La pièce est presque entièrement plongée dans l'obscurité, fendue par de fines lames de soleil. Elle est nue à l'exception d'une grande table en bois qui court pratiquement tout le long du mur de droite. À côté, est posé un petit tabouret. Derrière, une autre porte est partiellement ouverte pour laisser passer la lumière d'une pièce située au-delà. Par l'entrebâillure, Eliza parvient tout juste à distinguer plusieurs étagères sur lesquelles reposent des bonbonnes remplies de liquides stagnants. Un petit panneau est accroché à la porte, avec un nom, certainement, mais elle n'arrive pas à le lire. Elle sent le bras d'Axel dans le bas de son dos qui la pousse à avancer.

— Hé ho ? appelle-t-elle dans le noir.

La maison résonne de silence.

— Il y a quelqu'un ?

N'obtenant pas de réponse, ils entrent et embrassent du regard la longue table, couverte d'un drap. Eliza s'approche et soulève le coin avec précaution. Ce qu'elle voit lui coupe le souffle. Elle repose le tissu et se reprend, car elle sait très bien maintenant ce qu'elle s'apprête à découvrir. Se ressaisissant, elle tire sur le drap aussi lentement que possible, révélant une mer étincelante de perles qui jettent sur eux leur reflet miroitant. Tous deux restent cois, éblouis par le nombre même de ces choses exposées sur la table. Une étrange lueur vient de ces perles, comme le brouillard qui planait autrefois au-dessus de la Tamise. Il doit bien y avoir des centaines de perles devant elle, passant du vert anguille au bleu des libellules et au doux rose tamisé. Certaines sont baroques, petites et irrégulières, mais la plus grosse doit presque faire la taille de son œil. Elle s'en empare délicatement et la retourne de sorte qu'elle danse sous la faible lumière. Elle semble contenir tout un système météorologique – des nuages orageux couleur lilas et des cumulus blancs floconneux, le gris siliceux de l'océan avant d'être touché par le soleil. Eliza avale sa salive. Malgré toutes les huîtres rapportées par les lougres, elle sait que les chances de trouver une perle sont peut-être d'une sur dix mille. Un tel heureux hasard sur un bateau perlier peut rapporter à son propriétaire des centaines, voire des milliers de livres en un jour. Mais une perle comme celle-ci, elle le sait, établit un homme pour la vie. Elle ne peut même pas imaginer la richesse qu'assurerait pareille collection.

— Ce doit être des perles de contrebande, dit-elle tout bas à Axel, l'air sombre, en reposant la perle sous le drap de coton. (La peur rend sa voix caverneuse.) Volées par les écaillers et vendues au marché noir, continue-t-elle. Les gens tuent pour cela.

Ce n'est un secret pour personne que les membres d'équipage dérobent parfois les perles, se coulant sans bruit sur les ponts la nuit pour glisser une cale en bois dans les coquilles qui béent dans l'obscurité. Cela empêche les huîtres de se refermer, et en l'espace de quelques rapides secondes, le voleur agite un crochet métallique dans la chair pour sentir la présence d'une perle qui se cacherait à l'intérieur. Le crochet ne laisse aucune trace et le matin les coquilles paraissent intactes.

— Dieu seul sait comment ils ont mis la main sur toutes ces perles, et combien de sang a dû être versé.

— Ce n'est pas possible, murmure Axel, manquant cependant de conviction. Il doit y avoir une expli…

La porte grince derrière eux, et le déclic d'un revolver résonne dans le silence. Ils se figent ; Eliza sent que la respiration d'Axel s'est accélérée.

— Je suppose que nous ferions mieux de lever les mains, souffle-t-elle, et ils se retournent tous les deux, lentement, vers l'arme pointée sur eux.

12

1888

Ils étaient à Bannin depuis presque deux ans quand Eliza remarqua que sa mère avait changé. Au lieu de son habituelle vivacité pétillante, elle devint renfermée et fragile – une bougie qui avait été mouchée. Chaque fois qu'Eliza la regardait, à la place de ses yeux bleus et perçants, elle voyait de la peau pâle et comme une pellicule graisseuse de sueur. Dans la journée, alors que sa mère allait d'ordinaire en ville ou recevait des invitées pour le thé, elle se retirait dans sa chambre et n'en sortait pas pendant des heures. Eliza avait reçu l'ordre formel de ne pas la réveiller, mais elle rôdait devant sa porte, écoutant le va-et-vient de sa respiration. Sa tante Martha leur rendait parfois visite, cependant que les polochions criards se tenaient à l'affût et que leurs piaulements brefs sonnaient comme des réprimandes. Elle apportait des lys qu'elle venait de cueillir ou du pain pour le petit déjeuner. Et bien qu'elles ne soient pas toujours d'accord, elle s'asseyait au chevet de sa mère et elles parlaient tout bas pendant des heures.

"Nous prierons pour toi, au Cercle", Eliza entendit sa tante dire un jour. "*Le fruit des entrailles est une récompense.*" Eliza savait que le Cercle des Dames était une association de femmes parmi les plus pieuses et les plus convenables de Bannin, dont la femme du médecin, la femme du receveur des postes et Iris Stanson elle-même, l'épouse du président Septimus Stanson. Elles se retrouvaient en ville tous les jeudis, leurs réunions se finissant souvent tard dans la nuit. Elles avaient beaucoup de sujets à traiter et discutaient des ignominies qui sévissaient dans Bannin Bay – sodomie, luxure, adultère, copulation interraciale, l'indécence des maisons de jeux et des maisons closes. Sa mère n'y avait jamais adhéré, un manquement, Martha l'avait souvent mise en garde, que Dieu ne lui pardonnerait peut-être jamais.

La nuit, Eliza se tournait et se retournait dans son lit tandis que le bruit léger des pantoufles allait et venait dans la maison. Elle tendait l'oreille, guettant le cliquètement du loquet au moment où sa mère sortait dans l'air frais. Il s'écoulait toujours quelque temps avant qu'elle ne rentre. Le matin, Eliza demandait à Thomas ce que leur mère faisait, d'après lui, quand elle quittait la maison si tard, la nuit. Avait-elle des ennuis avec quelqu'un en ville ? Est-ce que leur père, qui était en mer, savait ce qui se passait ?

— Nous devons lui dire !

Thomas se contentait de lever les yeux au ciel.

— Ma pauvre fille, marmonnait-il en la laissant seule avec son inquiétude.

Un soir, Eliza suivit sa mère puis la regarda par une fissure dans la porte marcher de long en large dans le jardin, mordoré par la lune. Elle écarquilla les yeux en la voyant se pencher et ramasser un galet dans l'herbe, l'essuyer avec sa chemise de nuit et le fourrer ensuite dans sa bouche pour le sucer.

Eliza était troublée. Puis la peur la gagna. Thomas semblait si désinvolte ; pourquoi cela lui était-il égal que leur mère soit malade ? Elle avait peut-être attrapé quelque chose au contact de l'une des femmes de la ville. Avait perdu la tête. Elle l'imaginait dépérissant, enfermée dans une tente sur les bancs de vase, comme un plongeur en proie à la maladie.

Il apparut bientôt, à l'évidence, que sa mère n'était nullement dans un état d'affaiblissement. En fait, elle se mit à gonfler. D'abord des seins, puis des doigts et des pieds, tout ce qui était pointu s'arrondissant. Le concave devint convexe. Sous peu, un ventre énorme fit une bosse devant elle. La peau tendue et brillante, comme la viande qu'ils mangeaient au dîner.

Le feu fut alimenté de nouveau et sa mère se mit à recouvrer son énergie. Les sorties nocturnes se raréfièrent jusqu'à ce qu'elles cessent tout à fait. On n'entendit plus le cliquètement du loquet la nuit. Ses joues s'empourpraient, elle souriait, elle riait, et puis un jour, les yeux humides de fierté, elle annonça à Eliza qu'elle aurait bientôt un petit frère ou une petite sœur. Elle marqua une pause, le regard impatient.

— Eh bien ?

Eliza garda le silence pendant un moment.

— C'est remarquable, Mère, finit-elle par répondre, le poison rampant de la jalousie lui brûlant la poitrine.

13

1896

Deux choses sont très claires. Un revolver est braqué sur eux et au bout de ce revolver, il y a un enfant. Vêtu d'un maillot de corps lâche et d'un pantalon sale, il ne peut pas avoir plus de huit ou neuf ans. Ses pieds nus sont tout crottés. Son crâne est rasé de près, si bien que ses yeux paraissent immenses. Il hurle quelque chose dans une langue que ni Eliza ni Axel ne comprend. Ils se risquent à échanger un regard, les mains toujours en l'air.

— Nous ne voulons pas vous causer d'ennuis, s'empresse de dire Axel. Nous sommes simplement à la recherche de son père.

Il désigne Eliza d'un signe de tête, mais sa langue étrangère met l'enfant en colère, et il explose, répandant d'une voix aigüe un torrent de paroles tout en faisant aller et venir le revolver entre eux. Eliza fixe le canon fin et allongé, les petits doigts de l'enfant serrés autour de la crosse. Elle ne s'est jamais retrouvée dans une pièce avec une arme à feu jusqu'à présent ; elle est surprise par l'intimité de la situation.

— Peut-être ferions-nous mieux de nous mettre à genoux ? dit-elle tout bas à Axel. Montrer qu'on fait preuve de bonne volonté ?

Ils s'inclinent tous les deux lentement jusqu'à ce qu'ils s'agenouillent devant le garçon, qui n'a pas du tout l'air de vouloir abaisser le Webley. Alors qu'ils l'observent du regard, une silhouette se matérialise dans l'encadrement de la porte, un corps qui se détache dans l'éclat ardent du soleil. Eliza plisse les yeux. Il tient le poisson qu'ils ont acheté.

— Que diable se passe-t-il ?

L'homme parle vite et avec un accent anglais prononcé. Il franchit le seuil de la pièce et considère les deux étrangers à genoux. Il marmonne une bordée de jurons dans sa barbe et le garçon soupire et abaisse son arme. L'homme le renvoie d'un geste de la main et pose le poisson par terre. L'enfant jette le revolver sur le tabouret et sort discrètement dans la chaleur.

L'homme, qui fait à présent les cent pas devant eux, a un couteau de chasse glissé dans la ceinture de son pantalon. Eliza remarque que la lame luit chaque fois qu'il passe dans un rayon de lumière.

— Je vous donne cinq minutes pour me dire ce que vous faites dans cette maison, sinon je vous tranche la gorge.

La menace vient aussi facilement qu'un soupir. Il tend la main pour saisir le manche en os et extrait lentement le couteau de sa ceinture.

— Nous ne voulons rien occasionner de fâcheux, bafouille Axel. Nous ignorions qu'il y avait des perles ici. Ce n'est pas pour cela que nous sommes venus. Vous avez ma parole.

— Votre parole ? (Le visage de l'homme fond en un sourire narquois.) Merci beaucoup, monsieur, de me donner votre *parole*. (Des postillons volent de sa bouche. Ses yeux s'embrasent sous le coup de la colère.) Vous saviez qu'elles étaient ici et c'est pour cette raison que vous êtes venus. Pour nous les voler.

Eliza jette un regard de côté à Axel. Son visage est blême de terreur. Elle l'entend déglutir bruyamment.

— Monsieur, j'ai de l'argent, dit-elle calmement. Je peux vous donner de l'argent si vous nous laissez partir.

L'homme tergiverse, réfléchit, laissant le couteau pendre au bout de sa main. Il ne s'en soucie plus. Il ne les voit pas comme une menace. Eliza lance un coup d'œil furtif au revolver sur le tabouret.

— Montrez-moi.

Elle bouge lentement les pieds.

— Je vais me lever, là.

Elle se met debout, les paumes en l'air, et fourre sa main sous son corsage. L'homme s'agite. D'un geste brusque, Eliza sort une liasse de billets de banque de son corset. L'homme regarde l'argent avec prudence puis lui fait signe d'approcher. Elle hésite, fait un pas, mais au moment où il tend la main elle écarte le bras et le cache dans son dos.

— Monsieur, je vous donnerai cet argent contre toutes les informations que vous avez à propos de mon père.

Derrière elle, Axel laisse échapper un gloussement crispé.

— Je sais qu'il est passé ici. C'est pour cela que nous sommes venus. Vos perles ne nous intéressent pas ou toute autre activité qui se déroule dans cette maison. (Elle indique la pièce d'un geste circulaire.) Si vous voulez vérifier, vous verrez qu'il ne manque aucune perle. Nous avions amplement le temps de les prendre mais nous n'en avons rien fait. Pourquoi vous les laissez sans surveillance, je l'ignore. (Le gémissement affolé d'Axel s'intensifie.) Nous ne dirons à personne qu'elles sont ici. Nous n'en voulons pas. Nous voulons uniquement des informations sur mon père.

Les sourcils de l'homme tremblent et les muscles de ses joues se contractent. Avec le couteau toujours à bout de bras, il leur indique d'un geste de reculer.

— Allez! aboie-t-il. En arrière!

Ils se replient le plus loin possible vers le fond de la pièce en traînant les pieds jusqu'à ce qu'ils se retrouvent presque dos au mur. L'homme range son couteau dans sa ceinture et s'approche du tabouret pour s'emparer du revolver. Puis il se dirige vers la table et examine les perles. Eliza en profite pour regarder derrière elle le panneau sur la porte. ZHOU, est-il écrit. Elle le savait.

Au bout d'un long moment, et une fois que l'homme paraît satisfait, il repose le drap sur les perles.

— Videz vos poches, donnez-moi les billets, et je ne vous tuerai pas.

Axel, toujours à genoux, s'exécute. Eliza tend l'argent à contrecœur, mais sans quitter des yeux l'arme qui se balance entre les doigts de l'homme.

— Il me faut encore vérifier que vous n'avez caché aucune de mes perles ailleurs.

Il s'avance jusqu'à ce que son visage ne soit plus qu'à quelques centimètres de celui d'Eliza. De si près, elle sent l'odeur du sable incrusté dans ses rides, elle voit les gros points noirs piquetant les ailes de son nez.

— Puisque vous avez été assez maligne pour y cacher votre argent, je vais devoir fouiller votre corset pour voir s'il n'y a pas aussi mes perles.

Il baisse les yeux sur sa poitrine d'un air concupiscent. C'est sa première erreur ; car Eliza en déduit qu'il est distrait. Sa seconde erreur – la façon dont il tient négligemment le revolver – prouve qu'il les a bêtement sous-estimés. D'un mouvement prompt, elle abat son bras de toutes ses forces sur le poignet de l'homme. Il pousse un cri en même temps que l'arme tombe par terre avec fracas. L'espace d'un instant, ils s'observent l'un l'autre, figés, et elle est surprise de voir, du coin de l'œil, Axel réagir aussi vite. Avant qu'elle n'ait le temps de faire quoi que ce soit, il a ramassé le revolver d'un geste ample. Se relevant d'un coup, il braque l'arme sur l'homme. Eliza s'empresse de venir à son côté. Le changement de place n'a pris que quelques secondes, mais le retournement de pouvoir est si tangible dans l'air qu'on pourrait le couper en deux et le manger.

— Vous ne sauriez pas vous en servir, gronde l'homme.

— Monsieur…

Eliza ignore le revolver qui tremble dans la main d'Axel. L'homme agite le couteau devant eux, maintenant dégainé, mais ils savent tous les trois quelle arme est la plus forte.

— Croyez-nous, continue Eliza, quand nous vous disons que nous n'avons pris aucune de vos perles de contrebande. À présent, je vous serais reconnaissante si vous répondiez à mes questions.

L'homme ne réagit pas. Eliza poursuit.

— Mon père… (Son propre calme la surprend.) Il s'appelle Charles Brightwell. C'est le capitaine du *White Starling*. Je pense qu'il était en affaires avec vous. Or il a disparu.

L'homme les regarde de travers.

— Vous croyez que j'ai tué un maître perlier blanc ? Vous croyez que je suis aussi stupide que cela ?

— Ce n'est pas ce que nous disons. (Axel parle d'une voix frêle.) Mon amie est très affectée par la disparition de son père. Et je suis sûr que vous comprenez, étant donné que vous êtes vous-même père de famille.

Eliza le fusille des yeux. L'homme leur renvoie un regard déconcerté.

— Nous avons ceci. (Eliza sort la feuille de papier de sa poche.) C'est l'adresse de cette maison. Mon père l'avait en sa possession. Il y a un nom écrit aussi. Zhou A.

L'homme se penche de mauvais gré sur le gribouillis.

— Mon père est de taille et de corpulence moyennes, peut-être légèrement plus grand que vous, dit Eliza. Il a les cheveux noirs, une grosse moustache et des lunettes. Il se peut que vous ayez remarqué sa bague. Deux serpents de mer. Il la porte toujours à l'index droit.

Le regard de l'homme passe d'Eliza à Axel, mais son expression ne change pas. Il a plutôt l'air d'être fatigué par le dérangement.

— Il n'y a pas eu d'homme qui lui ressemblait par ici, finit-il par dire sur un ton sec. Les hommes qui portent de beaux bijoux ne traînent pas dans ces quartiers. Ils ne sont pas les bienvenus. Tout comme nous ne sommes pas les bienvenus là-bas. (Il désigne la porte de la tête.) Vous autres, les Blancs, vous n'êtes intéressés que par nos docteurs et nos maisons closes. Vous cherchez à vous débarrasser de vos maladies ou à prendre ce qui vous plaît chez nos femmes. À moins que votre père ne soit l'un de *ces* hommes, non, il n'est pas venu ici.

Eliza remarque une grosse veine qui affleure à son cou, se demande quel effet cela ferait d'y planter la pointe d'un couteau.

— Vous ne devriez pas parler de son père en ces termes.

Axel a fait un pas en avant et tient l'arme avec plus d'assurance à présent. Eliza voit passer un très léger frémissement de peur sur le visage de l'homme.

— D'accord, d'accord, dit-il. (Il remet le couteau dans son pantalon, ressort les doigts de sa ceinture de mauvaise grâce et lève la main en signe de reddition.) Un homme est effectivement venu ici, concède-t-il. Il disait qu'il était du *White Starling.*

Eliza retient son souffle. Quelle spectaculaire médiocrité – dire que pour obtenir d'un homme qu'il dise la vérité il suffit de le menacer de verser son sang.

— Mais cet homme était japonais. Un individu avec une belle allure. Un costume clinquant.

Eliza songe aussitôt à Shuzo, et aux médailles de plongeur sur sa poitrine.

— Que faisait-il ici ?

L'homme semble agacé.

— Je vous ai donné ce que vous m'avez demandé.

Eliza soutient son regard pendant un moment puis fait signe à Axel. L'homme s'écarte pour les laisser passer.

Une fois dehors, elle s'empare du revolver que tient toujours Axel, et le soupèse dans ses mains. L'arme est troublante, elle est belle. Eliza est étonnée de constater qu'elle fait battre son cœur aussi vite.

14

Le cri perçant d'un animal invisible retentit brusquement tandis que la patrouille de Parker progresse à un trot soutenu à travers les broussailles. Devant, le pisteur à cheval s'affaisse sur son alezan ; Parker ne quitte pas des yeux l'endroit où ses fines omoplates se rejoignent, la sueur maculant le coton élimé. Au-dessus d'eux, le soleil, depuis son ciel cuivré, tape fort. Les mouches sont une véritable plaie – attirées par le moindre centimètre de peau laissé à découvert. Elles s'amassent sur la nuque de Parker, sur ses mains, sur les plis derrière ses oreilles, pelés et roses. D'autres créatures ailées arrivent aussi. Des créatures qui mordent et qui piquent. Des créatures avec de longues pattes qui pendent et des corps revêtus de carapaces. De dessous son chapeau, il les voit voleter çà et là, puis une sensation de brûlure télégraphie son message caustique à ses veines. Il tue les créatures d'une simple tape, jette à terre leurs cadavres d'une chiquenaude. Il ne laissera pas ces fichus insectes le harceler et le détourner de sa tâche.

Lorsqu'ils atteignent un taillis boisé, de longues ombres teintent la terre rouge d'un noir vigoureux. Les hommes s'arrêtent à l'ombre pour s'entretenir à voix basse. Parker veut connaître l'itinéraire ; il veut être sûr qu'ils couvrent bien tout le territoire. Quand ils reprennent la route, le paysage s'ouvre de nouveau devant eux dans toute sa vastitude. La luminosité orange brûle les yeux de Parker. Mais il chasse son trouble d'un battement de paupières. Il continuera pendant des jours s'il le faut. Ne s'arrêtera à rien pour retrouver l'homme.

15

— Vous êtes perdue, m'dame ?

L'homme qui la regarde de l'autre côté de la véranda a une bouche qui n'est pas embêtée par les dents. Il est étendu sur l'ossature d'une chaise en rotin qui se balance comme mue par les battements lents de son pouls. À son cou, un tatouage représentant une minuscule ancre raconte une vie révolue. Il tient un wallaby mort sur ses genoux, la peau retournée révélant un ventre bleu luisant.

— Je ne suis pas perdue, monsieur, mais je cherche quelque chose. Ou plutôt, quelqu'un.

Eliza jette un coup d'œil à son jardin bien entretenu. À ses rangées d'hortensias soignées sur lesquels de grosses abeilles indolentes veillent. Tout autour, des oiseaux de paradis tournent leurs superbes têtes vers le soleil.

Axel avait été pris de panique la nuit précédente à cause du revolver. Il voulait le jeter dans les mangroves, s'en débarrasser à jamais. Mais elle l'avait incité à le garder. Il en aurait besoin, la Confrérie étant plus susceptible de le traquer sur la plage que de s'aventurer parmi les bungalows. Elle ne s'était pas autorisée à s'accorder quelques heures de sommeil et maintenant, elle a les jambes lourdes et brûlantes, mais elle doit découvrir ce que le plongeur de son père faisait à la Maison des Trois Pierres, en quoi cela pourrait avoir un rapport avec sa disparition.

— Shuzo Saionji. Savez-vous où il habite ? Je crois qu'il a une assez bonne réputation dans ce quartier de la ville.

Elle sait que les meilleurs plongeurs de la saison sont traités comme des rois à leur retour. Mais l'homme ne réagit pas comme elle l'espérait. Il demeure immobile, sourcils levés.

— C'est le premier plongeur du *White Starling*. Il a beaucoup de succès si l'on regarde les chiffres.

L'homme reste impassible.

— Il est très élégant, continue-t-elle.

Ce faisant, elle désigne de la main son corsage aux manches lâches. Autrefois blanc, il tire à présent sur le rose pâle des pêches.

— Il porte une veste. A des médailles.

Le visage de l'homme s'adoucit. Il finit par hocher la tête.

— Ah, Shuzo, dit-il en se penchant en avant sur sa chaise si bien que les entrailles fétides du wallaby giclent sur le plancher de la véranda. C'est un homme qui aime se tenir sur son quant-à-soi. Ils sont nombreux des comme lui au bord de l'eau aujourd'hui. Je commencerais par là si j'étais vous.

Il lui indique une rue bordée de palissandres au feuillage vernissé. Elle respire leur parfum, ralentit pour sentir la caresse de leur ombre sur son corps. Son esprit bâille et un souvenir s'échappe – une vision d'elle, seule, dans une forêt anglaise. Thomas l'avait conduite en son centre et laissée là toute une journée, lui disant que cela lui ferait du bien de retrouver son chemin pour rentrer à la maison sans l'aide de personne. Elle ne devait pas avoir plus de quatre ou cinq ans, et les arbres se dressaient autour d'elle telles des sorcières tandis qu'elle attendait le retour de son frère. Chaque bruissement de feuilles était un esprit indésirable, chaque bourrasque de vent le fantôme d'une vieille femme qui passait en flottant. Accablée par la tâche qu'elle devait remplir, elle s'était tout simplement recroquevillée sur elle-même et avait attendu au milieu des cloportes que sa mère la trouve. Thomas s'était rebiffé contre la réprimande ; il cherchait uniquement à lui apprendre à être forte. Elle en avait besoin. Plus tard, ce soir-là, leur mère l'avait corrigé à coups de ceinture sur les fesses.

Elle entend le brouhaha qui vient de la plage, non loin de là ; des éclats de voix ; plusieurs explosions, toutes suivies par le bruit de l'eau qui s'écoule précipitamment. Alors qu'elle s'approche, elle aperçoit un groupe d'hommes rassemblés sur le littoral devant un lougre dépouillé de ses voiles et échoué sur un haut-fond. Beaucoup d'entre eux sont torse nu, leurs pantalons retroussés jusqu'aux genoux. Ils portent des bols et des assiettes dans les bras ; certains ont des sacs attachés à leurs épaules. Ils semblent tous attendre quelque chose.

Elle sait depuis toujours que Shuzo est quelqu'un de réservé, aussi secret qu'une huître en vérité, aussi cela se comprend qu'il se tienne à l'écart de la foule. La marée, elle le voit bien, monte vite, recouvrant le bateau au point que l'eau retombe en cascades de chaque ouverture. Eliza plisse les yeux, s'avance : des rats se sauvent du lougre, affolés, avant de se jeter dans les eaux peu profondes où ils rejoignent les corps des blattes noyées. Des hommes armés de balais chassent d'autres insectes du gréement, lesquels s'écrasent comme de grosses gouttes de pluie sur le pont. D'un geste courbe, quelqu'un dans la foule introduit une nouvelle cartouche. Quand la charge de poudre explose, l'eau jaillit en grondant et les hommes font un bond en arrière. Puis se taisent jusqu'à ce que, un par un, des fantômes apparaissent à la surface. Eliza cligne des paupières ; ce sont les corps de mulets venus se régaler de blattes. Dans un coudoiement brutal, les hommes entrent dans l'eau, leurs avant-bras et leurs tibias un tourbillon d'écume tandis qu'ils se battent pour attraper les poissons. Eliza regarde Shuzo qui les suit sans se presser, attendant patiemment qu'un gros mulet, porté par la marée, flotte jusqu'à lui.

Elle est étonnée de le voir ici : un premier plongeur est en général suffisamment rémunéré pour se permettre d'acheter du poisson frais pêché à la nasse ; il n'a pas besoin de se nourrir de charognes. Il se penche pour attraper le mulet et le pose soigneusement dans son bol, puis il se tourne pour revenir à la plage, se figeant sur place en voyant Eliza qui l'attend.

Bel homme, assurément, et de bien plus forte carrure que dans son souvenir. Ses cheveux, noirs comme du goudron, sont méticuleusement séparés par une raie de côté. Une paire de lunettes à la monture métallique est perchée avec soin sur son nez. Il porte une veste de coutil au col officier avec des souverains en guise de boutons, et son pantalon dont il a retroussé le bas révèle des tibias olivâtres.

— J'imagine que vous savez que si je suis venue ici, c'est pour vos poser des questions sur mon père.

Il n'y a rien à gagner à tourner autour du pot.

Il semble mal à l'aise, voire surpris.

— J'ai trouvé quelque chose dans ses affaires. Une adresse pour la Maison des Trois Pierres.

Le plongeur jette un rapide coup d'œil par-dessus son épaule puis s'avance vers elle d'un pas.

— J'y suis allée, continue Eliza.

Les yeux de Shuzo s'écarquillent de peur, et ses lunettes n'en font qu'accroître l'effet.

— Ce n'est pas un endroit convenable pour une dame, mademoiselle Brightwell. Ils ne vous ont pas fait de mal, dites-moi.

Il a une diction pâteuse.

— Non, mais ce n'est pas faute d'avoir essayé.

Il se hérisse.

— Il fallait que j'y aille. La police. Parker. (Le nom de Parker a un goût infect dans sa bouche.) Ils ne prennent pas sa disparition au sérieux. Balarri n'y est pour rien, mais s'il se fait prendre, il sera sûrement pendu.

Shuzo acquiesce lentement, les yeux baissés, comme s'il redoutait de croiser l'intensité de son regard. Après un bref silence, elle livre avec précipitation le reste du discours qu'elle a préparé. Elle ne se fait pas suffisamment confiance pour ralentir son débit.

— Je suis tombée sur un homme aux Trois Pierres. Il m'a dit que *vous* y étiez venu. (Il lève aussitôt les yeux.) Pour quelle raison ? demande-t-elle. Et pourquoi mon père avait-il cette adresse dans son journal ?

Shuzo ne dit rien pendant un moment et Eliza s'aperçoit qu'il retient son souffle. Lorsqu'il le libère enfin et parle, sa voix est teintée de regret.

— Votre père est l'un des rares perliers honnêtes dans cette ville. (Il fait passer le bol sous son autre bras.)

Et oui, c'est à cause de moi qu'il a cette adresse. Je le reconnais.

L'espace d'un instant, seul le bourdonnement des moustiques au-dessus des bancs de vase leur parvient.

— Mais je ne peux pas vous dire pourquoi. Je suis désolé. Cela mettrait quelqu'un en danger, quelqu'un qui est très proche de moi.

Eliza sent sa poitrine se serrer.

— Non. (Elle secoue la tête.) J'ai besoin de savoir.

Elle cherche à croiser son regard. Il y a de l'urgence dans sa voix.

— Il a peut-être un rapport avec sa disparition. J'ai besoin de votre aide, Shuzo. S'il vous plaît.

Il paraît troublé, et cligne des yeux, en proie au désarroi.

— Je vous assure qu'il n'est en rien lié à sa disparition.

— Si l'argent peut vous faire changer d'avis, un arrangement est possible…

Il la dévisage, le front plissé par un bref sentiment de dégoût.

— Ce n'est pas nécessaire.

La chaleur, à présent, monte peu à peu le long du cou d'Eliza.

— Comment pouvez-vous être aussi sûr que cette personne n'est pas liée à la disparition de mon père ? Comment *puis-je* en être sûre si vous ne me dites rien ? Je sais ce qui se passe dans ce genre d'endroits. J'ai vu leurs perles de contrebande. Ils n'ont pas hésité à pointer une arme sur moi.

Shuzo a l'air consterné. Il ravale un excès de salive.

— Votre père n'a jamais mis les pieds aux Trois Pierres, dit-il précipitamment. Il savait uniquement que nous avions des problèmes et…

— Que voulez-vous dire par *nous* ?

Tout cela n'a aucun sens et ne l'aide pas à retrouver son père.

— Je ne peux pas vous répondre. Je vous en prie, mademoiselle Brightwell, faites-moi confiance.

Elle expire par le nez et pose deux doigts entre ses sourcils.

— Charles m'a rendu service en me fournissant cette adresse, finit par concéder Shuzo. Son implication dans cette histoire ne se limite qu'à cela. Vous n'avez pas besoin d'en savoir plus. Votre père était un homme bon, vraiment. J'ignore ce qui lui est arrivé. J'aimerais pouvoir dire le contraire, je vous l'assure. Mais je sais que sa disparition n'est pas liée aux Trois Pierres. J'en suis absolument convaincu.

Elle scrute son visage à la recherche du moindre signe de tromperie. Il détourne la tête et Eliza serre les poings. Comment peut-il être aussi certain que cela n'a aucun rapport ? Alors qu'elle continue de l'observer, les muscles de sa mâchoire se contractent, comme s'il avait plus à dire, mais que quelque chose l'en empêchait. Ils restent silencieux pendant un moment tandis que des hommes passent en titubant sous le poids de leurs mulets assommés.

— N'y a-t-il *rien* d'autre que vous puissiez me confier ? demande-t-elle une fois les hommes partis. Quelque chose à propos de la nuit où il a disparu ?

Il se mord la lèvre ; les tendons de son cou se contractent.

— Shuzo, j'ai besoin d'informations. Quelles qu'elles soient.

— Vous allez penser que je suis fou.

À regret, il lui fait non en silence.

— Non, je vous le jure.

Elle entend un cri à l'intérieur de sa tête.

Il baisse les épaules. La regarde à travers ses lunettes.

— Je suis sûr que vous savez que nous autres, les matelots, les plongeurs, quiconque passe du temps en mer, sommes superstitieux.

Elle hoche lentement la tête en songeant aux amulettes qu'elle a vues au cou des hommes d'équipage – une mèche de cheveux torsadés, une feuille de papier de riz, la minuscule sirène que son père avait cachée dans le tiroir.

— De nombreux membres de l'équipage croient aux fantômes marins, aux démons, aux apparitions. Certains embrassent le pont avant le départ, gravent même des symboles sur les mâts.

— Et…

— La nuit où votre père a disparu, j'ai vu quelque chose que je n'arrive pas à expliquer.

Sa gorge se serre.

Shuzo coule un regard furtif le long de la plage.

— Je dormais dans la cabine, c'était au milieu de la nuit. Toute la journée avait été d'un calme absolu, inexploitable pour repérer les coquilles. Mais un vent violent s'est levé ce soir-là, et m'a tiré de ma couchette.

Un oiseau criaille au-dessus de leurs têtes, mais Eliza est obnubilée par les paroles de Shuzo.

— Je suis monté, j'ai grimpé à l'échelle pour soulever l'écoutille de quelques centimètres seulement. C'est alors que j'ai vu deux lumières sur l'eau. Elles… elles brillaient comme les yeux d'un démon. Cela ne ressemblait à aucun lougre que je connaissais. (Il frémit à ce souvenir.) Je suis resté figé. Je ne savais pas quoi faire. Je me disais que c'était quelque chose qui venait pour prendre le bateau. Quelque chose de mauvais. (Il cille rapidement.) J'ai rabattu l'écoutille à la hâte et j'ai frotté mon amulette pour me protéger. Pour tous nous protéger. (Il la sort de sous son col pour la lui montrer.) J'ai fermé les yeux en les serrant fort et j'ai espéré. Lorsque j'ai rouvert l'écoutille et que j'ai regardé au loin, les lumières avaient disparu.

Le journal de Charles J.G. Brightwell, maître perlier

Le prix des perles

Après plusieurs années à Bannin, il est de plus en plus évident que le commerce des perles volées est une affaire prospère. Des acheteurs véreux traînent autour des salles de billard et des bouges, recueillant les perles de contrebande des “fourgues” – c’est le nom des voleurs embauchés pour dérober les précieuses gemmes. Ils les revendent parfois avec un bénéfice de mille pour cent. Ce qui est pour le moins sidérant. Pas étonnant que certains disent qu’on ne fait pas fortune en pêchant la perle légitimement.

Willem m’a parlé l’autre jour d’un homme qui avait été tué tout près du Kingfish après avoir exhibé sa perle de contrebande. C’était une énorme perle, paraît-il, d’un diamètre de 4 à 5 mm ; pas d’imperfection. D’un bleu fascinant légèrement veiné de rose. Suffisamment tentante à n’en pas douter pour être vendue plusieurs milliers de livres aux Russes. L’homme avait rendez-vous avec deux patrons de taverne sur les vasières pour l’écouler. Mais ces hommes ne cherchaient pas à faire une transaction commerciale. L'homme a été tué à coups de lance-pierre et l'on a retrouvé son corps le lendemain matin, battant contre les poteaux de la jetée – le crâne ouvert par les anatifes.

Il n'y a pas que les hommes, cependant, qui ont de la poix aux doigts. Je me souviens d'une fois, il y a des années de cela, quand la chaleur avait fait basculer toute la ville dans la torpeur. Mille livres, en billets de banque, appartenant à un maître perlier du nom de Ratchet disparurent alors qu'elles étaient à l'abri au Kingfish. Tout le monde fut interrogé, les camps et les cabanons furent fouillés, mais en vain (comme c'est souvent le cas). Puis, tôt un matin, Confucius, le cacatoès de Grant, fut aperçu sur un toit avec une liasse de billets entre ses griffes. On a eu beau l'amadouer ou le menacer, rien n'a pu inciter l'animal à les lâcher – et voilà : la dernière fois que l'on a vu ces mille livres, elles étaient prisonnières des pattes d'un fichu cacatoès ! Je crois bien que c'est la seule et unique fois dans cette ville qu'un oiseau a été interrogé par la police.

Mis à part les voleurs à plumes, au commerce certes florissant, l'identité de ceux qui revendent des perles de contrebande est un mystère. La vérité, même si j'ai quelque réticence à coucher par écrit cette pensée, c'est que je crains parfois que Thomas ne finisse par être mêlé de trop près aux activités de ce genre d'hommes. Je l'ai vu en pleine conversation l'autre jour avec le barbier Lilywhite. Montrez-moi un seul type qui ne soit pas au courant des actes crapuleux de Lily ; il n'hésiterait sûrement pas à vous arracher les ongles de vos deux mains pour les vendre à profit s'il le pouvait. Thomas me jure qu'il n'est pas impliqué dans le commerce clandestin, mais il pense que l'on a tout intérêt à savoir ce qui se passe dans cette ville. Je suppose que je peux le comprendre. Il dit que de toute façon c'est bon pour les affaires. Aucun homme ne lui damera le pion. De cela, à présent, je suis convaincu. Le garçon a toujours été fier.

Mais depuis quelque temps, je ne peux m'empêcher de noter qu'il a souvent des conversations à voix basse avec ces personnages dont je me méfie. Il passe beaucoup de temps dans les campements de Hardcastle. Souvent en compagnie du jeune matelot à l'œil bizarre. Winters, je crois qu'il s'appelle. Le pauvre garçon semble suivre Thomas comme un chiot fou d'amour. Ce ne serait pas la première fois que mon fils joue avec l'affection de quelqu'un pour obtenir ce qu'il veut. Il est tout à fait conscient du pouvoir qu'il exerce sur les autres. Il me dit qu'ils ne sont que deux garçons qui échangent des récits sur la vie des lougres. Qui comparent les quantités de coquilles et que sais-je encore. Et le gamin ne doit pas avoir plus de quinze ans, à peine en âge de se laisser pousser la moustache. Mais je m'inquiète vraiment à l'idée qu'ils ne se livrent à un commerce illicite.

Post-scriptum : brève note sur les blattes. Puisque j'en suis à parler de sujets peu ragoûtants, il me semble nécessaire de faire part de mes pensées sur les blattes. Je sais que je devrais être aussi fasciné par elles que par les autres spécimens que j'étudie, mais très franchement, je les ai en horreur. Oh, comme je les déteste, comme je les déteste ! En mer, alors que la chaleur nous suffoque, mes hommes et moi-même, et que nous brûlons sous le vif éclat du soleil, nous devons également lutter contre les blattes qui nous harcèlent jour et nuit. Les plus petites espèces (d'un centimètre, ai-je remarqué) grouillent autour de nous pendant les repas, et se posent même sur la nourriture tandis que les plus grosses (cinq centimètres, telles que mesurées avec une règle) volètent maladroitement dans le silence de la nuit à l'intérieur des cabines. Elles mordent toutes les parties exposées du corps – les orteils, les plaies, s'attaquent même à nos cheveux. Il n'existe aucun soulagement ; il est impossible de vivre avec et de s'en débarrasser lorsqu'on est en mer.

16

— Axel Kramer, dis-tu ?

Min appuie un bras contre le montant de la porte et tire sur une cigarette finement roulée. Elle souffle un parfait rond de fumée, lève la main et le transperce d'un doigt.

— Je ne l'ai jamais vu et n'ai jamais entendu parler de lui, continue-t-elle. Ce qui signifie sans doute que c'est quelqu'un de bien. Ou alors, que c'est un mignon. Mais ce n'est certainement pas moi qui vais lui jeter la pierre, bien sûr. (Elle ôte un brin de tabac de sa langue.) Toutefois, si c'est le cas, il ferait mieux d'éviter Parker, car il se débrouillera pour lui étriller la peau.

Eliza hausse un sourcil.

— Mais parle-moi à nouveau de ce *démon*.

Min s'assoit à côté d'Eliza, et verse le thé de la théière fumante.

— Cela n'a vraiment pas de sens, dit Eliza en secouant la tête. Je sais qu'aucun démon n'est responsable de la disparition de mon père. Mais Shuzo affirme qu'il a vu quelque chose cette nuit-là. Sur l'eau.

— Il est le seul à l'avoir vu ?

Min lève les jambes et les glisse sur le coussin.

— Il dit que l'équipage n'a rien vu. Tous les hommes dormaient, épuisés après être restés en mer si longtemps. Ils se sont réveillés à l'aube et il avait tout simplement… disparu.

Eliza prend la cigarette des doigts de Min et tire une bouffée en tremblant. Le goût la fait crachoter, mais elle a besoin de quelque chose pour se calmer.

— Je ne sais toujours pas si je peux écarter les hommes des Trois Pierres. Je ne comprends pas pourquoi Shuzo était si évasif quand je lui en ai parlé.

— Il a dit *nous*, c'est bien ça ?

Min reprend la cigarette. Eliza acquiesce.

— Et il ne voulait rien te dire car cela mettrait un de ses proches en danger.

— Exact.

Min serre la mâchoire tout en réfléchissant ; ce qui fait paraître son menton encore plus pointu.

— Je connais un médecin associé à la Confrérie, dit-elle. Il exerce non loin de Sheba, bien que je doute qu'il ait quelque qualification que ce soit.

Eliza fronce les sourcils, et revoit en un éclair la pièce à l'arrière des Trois Pierres ; les potions, l'odeur âcre. Zhou.

— Oui, murmure-t-elle.

La phrase lui revient et noie ses oreilles. *Vous autres, les Blancs, vous n'êtes intéressés que par nos docteurs et nos maisons closes.*

— Je connais des filles qui ont dû avoir recours à lui, de temps à autre, poursuit Min. Qui ont fait appel à ses procédures pour qu'il les sorte du pétrin dans lequel elles s'étaient mises, si tu vois ce que je veux dire.

Les pensées fusent dans la tête d'Eliza aussi vite que des libellules. En quoi un tel docteur pourrait-il être utile à Shuzo, et pourquoi est-il si sûr que cela n'a aucun lien avec la disparition de son père ? Elle tente d'étouffer le bruit de la pendule sur la cheminée, la tension qu'elle provoque, la façon dont elle lui rappelle que le temps file. Qui la ramène en pensée à l'autre homme, seul, dans la nature. Mais le *tic-tac-tic-tac* lui évoque le grincement d'une roue de bicyclette non graissée. Elle se souvient qu'elle avait croisé Balarri un jour de grande chaleur, pédalant sur un engin branlant dans les ruelles. Il était avec le photographe japonais de la ville. Une énorme tête de requin en papier-mâché était maintenue à l'arrière de la bicyclette avec de la ficelle. Elle les avait observés, n'en croyant pas ses yeux, tandis que les deux hommes détachaient la créature rigide et la posaient sur le sol. Sa mâchoire, sculptée en position ouverte, était garnie de dents pointues et acérées. Le photographe avait rapidement disposé son matériel, se penchant pour regarder de dessous le tissu Balarri en train de redresser son chapeau, de tirer sur ses favoris et de jeter une vieille chaussure par terre pour les pièces de monnaie.

— Venez vous faire prendre en photo aux côtés de l'homme englouti !

Le photographe s'était mis à marcher de long en large et à stimuler la maigre foule. Balarri avait posé une main sur la tête du requin puis s'était introduit sans ciller dans sa gueule. Quelques personnes s'étaient arrêtées pour regarder, ébahies, l'étrange spectacle. D'autres passaient devant, l'air dégoûté, et éloignaient leurs enfants.

— Le requin blanc l'a englouti jusqu'au cou avant qu'il ne le repousse à mains nues. Approchez ! Voyez sa force. Son *horrible* cicatrice.

Eliza avait regardé le torse de Balarri et vu, juste sous l'os de la clavicule, un bourrelet de chair toute tortillée, qui faisait comme une corde allant d'une épaule à l'autre. Elle s'était avancée, avait levé les yeux vers lui en battant des paupières, et lui avait tendu une pièce de monnaie.

Les marmonnements de Min la ramènent dans la pièce. Eliza secoue légèrement la tête pour chasser le brouillard. Les deux amies reviennent sur les paroles du plongeur. Quelque chose doit *sûrement* leur échapper. Quelqu'un doit savoir ce qui s'est passé sur ce bateau en dehors de cette ridicule histoire de fantômes marins.

Eliza soupire, se tourne vers Min.

— Dis-moi, tu ne crois pas aux esprits et aux fantômes, n'est-ce pas ? À des choses, là, en pleine mer…

Min hausse les sourcils, fait la moue, et souffle lentement par le nez.

— Eh bien, beaucoup de gens dans cette ville y croient, je suis sûre de cela. (Elle repose sa tasse.) Pour tous les hommes qui pensent qu'une mutinerie a eu lieu ou qu'un meurtre a été commis, ceux qui imputent la disparition de ton père aux mauvais présages et aux fantômes marins sont tout aussi nombreux. Il y aura des ragots, les matelots prendront peur. Cela ne m'étonnerait pas que certains refusent de remonter sur le *Starling*. Je suis désolée.

Eliza s'affaisse sur elle-même. Écrasée sous le poids d'un avenir sans le *Starling*, sans son père.

— Je pense toutefois que nous pourrions faire quelque chose.

Min hoche la tête avec fermeté. Eliza se redresse aussitôt.

— Il y a quelqu'un à qui nous devrions rendre visite. Elle sait tout sur les diables et les démons. Mais plus important encore, elle a commerce avec beaucoup d'hommes de cette ville, du matelot le plus modeste au maître perlier le plus suffisant. Si des rumeurs circulent à propos de ce qui est arrivé à ton père, elle sera au courant.

Eliza déglutit.

— Oui. Merci. Je suis prête à tout essayer. Mais… le plus vite possible.

— Nous irons la voir ce soir, dans ce cas. (Min repousse le thé et allume une autre cigarette.) Viens avec ce garçon, Axel, dit-elle dans une bouffée de fumée. Il pourrait s'avérer utile.

Il flotte dans les ruelles des émanations fétides provenant d'animaux. Elles assaillent les narines, aspirent complètement l'humidité des yeux.

— Grands dieux !

Axel sort un mouchoir et le plaque sur son nez. Eliza chasse l'odeur d'un battement de paupières et s'avance.

Les rues tortueuses de la ville sont calmes ce soir – aucun mouvement hormis celui des hommes, sortis assouvir leur soif de quêtes malsaines. Eliza et Min suivent Axel de l'autre côté de la porte, s'accrochant aux ombres derrière lui quand elle se referme.

À l'intérieur, la boutique est pénétrée d'obscurité et du souffle en suspension de créatures autrefois vivantes. Ils laissent leurs yeux s'habituer à l'absence de lumière et, ce faisant, perçoivent une multitude de silhouettes qui deviennent peu à peu plus nettes. Du plafond, toutes sortes d'oiseaux pendent. Des albatros, des pigeons, des pétrels et des kookaburras, des coucals, des bergeronnettes, des pipits et des perroquets. Tous ont le cou anormalement tordu, les plumes avachies. Eliza retient sa respiration. Du coin le plus sombre de la pièce monte le lent écoulement discret du sang sur les planches.

Axel tend une pièce à l'homme derrière le comptoir et désigne le fond de la boutique.

— Je… je regarde seulement. Merci.

L'homme lève à peine les yeux, empoche la pièce, et retourne au pamphlet qu'il lit à la lueur d'une bougie.

Ils se dirigent sur la pointe des pieds vers le fond de la boutique, avisant des curiosités encore plus étranges dans les vitrines au verre dépoli qui courent le long des murs. De grands pélicans sont exposés derrière une vitre poussiéreuse, ailes déployées, la peau de leurs sacs gulaires pendant comme du vieux linge abandonné. Dans l'une des vitrines, des objets flétris, couverts d'écailles, sont empilés les uns sur les autres. Eliza s'approche et voit qu'il s'agit d'un amas de pattes d'animaux desséchées ; grises, marron et de la couleur jaune des calculs biliaires. En s'enfonçant plus avant dans la boutique, ils aperçoivent une flaque de lumière se déversant de dessous un épais rideau de velours. Eliza jette un coup d'œil au boutiquier, alors occupé à plumer des cacatoès morts sans qu'ils lui inspirent la moindre grimace. Si elle tend l'oreille, elle parvient à entendre le léger cliquètement du verre, derrière la tenture. Min hoche la tête et Axel s'avance et écarte lentement la portière.

La pièce ainsi révélée est éclairée par les lueurs d'une centaine de bougies. Elle est inondée de rouge, les murs drapés de soieries et de velours couleur carmin. L'air est obstrué par l'odeur de l'encens. Eliza a la tête qui tourne. Devant eux, il y a un bureau en acajou derrière lequel une femme corpulente les regarde avec un air d'attente. Elle porte un pantalon d'homme, une chemise et des bretelles. Elle serre entre ses larges mains une carafe de madère presque vide.

— Bonsoir, Min, dit-elle. Tu es resplendissante, comme toujours.

Elle boit une longue gorgée à même la carafe puis la repose lourdement sur le comptoir.

— Madame.

Min hésite, et Eliza s'attend presque à voir son amie faire la révérence.

Un éclat de rire vient de derrière, suivi du doux bruit de frottement d'une allumette Lucifer qu'on gratte. La femme toise Axel de la tête aux pieds comme si elle évaluait quelque chose de mort sur le bord de la route.

— Qu'est-ce que tu m'amènes là ? Il m'a l'air d'être du genre angoissé.

— Je peux t'assurer qu'il a ses vices comme n'importe quel homme, répond Min en jetant un regard plein de doute à Axel.

Il approuve en retour par un hochement de tête raide.

— Nous espérions qu'il pourrait s'entretenir avec Clementine, dit Min. (Elle observe la femme à travers ses cils anthracite.) Et que nous pourrions peut-être lui parler aussi ?

La femme se penche en arrière sur sa chaise, ses bottines sur le dessus en cuir du bureau. Ses yeux fusent de Min à Eliza. Eliza n'a jamais vu de femme habillée de la sorte. Quelle sensation de liberté ce pantalon doit apporter. Elle est incapable d'en détacher le regard.

— Elle est occupée pour l'instant, mais si vous voulez bien attendre, je vous en prie, dit-elle et, allongeant le bras, elle leur indique un long banc sur le côté de la pièce. Étant donné que vous êtes trois, vous paierez trois fois. C'est à prendre ou à laisser.

Ils attendent, tandis que des pièces dissimulées leur viennent, sourdement, des grognements bestiaux. Axel a l'air effaré quand une femme dans une robe transparente surgit et se blottit sur les genoux de Madame. Alors que Madame porte la carafe aux lèvres de la femme, des gouttes rouges s'échappent du goulot et tombent une à une sur la peau blanche et soyeuse de sa gorge.

Le départ précipité d'un homme replet au visage rougeaud annonce l'éventuelle disponibilité de Clementine. Eliza se réjouit : il y a des limites à l'encens que l'on peut supporter. Madame prend les pièces d'Axel et leur fait signe d'entrer d'un grand geste aviné.

— Troisième porte sur la droite, lance-t-elle dans leur dos.

Le couloir est faiblement éclairé et sent le renfermé. Le plancher de jarrah conduit à un labyrinthe de chambres. Bien plus de grognements de copulation montent de derrière une porte. D'une autre s'élève un énorme fracas, suivi d'un éclat de rire féminin.

Arrivés devant la troisième porte, ils s'arrêtent. De la fumée filtre à travers les fissures du chambranle, s'envolant pour former des rubans autour de leurs genoux.

Sans tarder, Axel frappe avec le poing sur la porte en métal puis colle son oreille contre le montant.

— Entrez, mon chéri*.

Une voix chantante s'échappe de l'intérieur. Axel ouvre la porte et pénètre dans la chambre.

— Oh, oh, quel bel homme que voilà…

Eliza et Min s'avancent derrière lui.

— Oh !

La femme, allongée sur le lit, partiellement voilée par la fumée bleue de son fin cigare, se redresse brusquement. Ses lèvres sont deux arcs d'un vermillon éclatant. Une longue plume duveteuse est coincée derrière son oreille gauche. Elle s'empresse de croiser les jambes et d'attacher sa robe.

— Tout va bien, Min ? Qu'est-ce qui se passe ?

Elle a abandonné l'accent français pour le remplacer par une inflexion irlandaise.

— Désolée de te tendre une embuscade.

Min l'embrasse hâtivement puis s'assoit sur le lit. Eliza et Axel se tiennent, l'air embarrassé, devant une banquette, à ses pieds.

— Nous avons besoin de ton aide, ajoute Min.

Eliza n'avait jamais vraiment réfléchi à ce qu'on pouvait trouver dans une maison de passe. Peut-être s'attendait-elle à un lieu bondé de catins et d'hommes portant des favoris et vidant d'un trait des verres d'alcool frelaté. Elle se dit qu'elle s'attendait à de la danse. À des spectacles. Du racolage, peut-être. Mais cet endroit n'est que murmure. Tranquille comme un secret aux yeux d'un observateur extérieur. Elle se demande seulement qui aurait pu franchir ses portes sans se faire remarquer.

* En français dans le texte.

Min tapote l'espace à côté d'elle sur le lit et Eliza vient s'y asseoir.

— Je m'appelle Eliza Brightwell, dit-elle à Clementine. Mon père, Charles Brightwell, a disparu il y a cinq jours alors qu'il était à bord du *White Starling*. On n'a trouvé aucune trace de sang ni de lutte. Les hommes de l'équipage affirment qu'ils n'ont rien vu de fâcheux et aucun d'eux ne voulait du mal à mon père. J'en suis sûre. (Elle s'éclaircit la voix.) C'était un bon capitaine. Je sais que c'est rare, mais vrai dans son cas. Il traitait ses plongeurs avec équité et s'assurait de la sécurité de son équipage.

Clementine la regarde fixement et Eliza remarque à quel point ses yeux sont noirs.

— Un de mes amis a été accusé, et sa vie est en danger à présent. Si je ne découvre pas ce qui s'est passé, j'ai peur que nous le perdions, lui aussi.

Clementine respire fort en réfléchissant aux paroles d'Eliza. Elle marque une pause puis tend la main pour éteindre son cigare sur le buffet.

— S'il est prêt à travailler dans ce secteur, c'est qu'il est déjà plus sombre que vous ne le pensez. (Elle a un sourire pincé.) Il a des secrets, je peux vous le garantir.

Eliza voit la femme jeter un bref coup d'œil à Min.

— Même le plus saint parmi toutes ces ordures a quelque chose à cacher. Un milieu crapuleux, l'industrie de la perle.

— Mon père est différent, réplique Eliza en bafouillant. C'est vraiment quelqu'un de bon. J'en suis intimement convaincue.

Sa voix faiblit quand elle repense à toutes les fois où il a balayé ses questions du revers de la main, fermé les portes derrière lui, revêtu un masque de silence avec un sourire figé.

— Il n'y a pas que cela, n'est-ce pas, Eliza.

Min l'encourage du regard.

Eliza hoche la tête et avale sa salive, luttant contre l'absurdité de ce qu'elle s'apprête à dire.

— Le premier plongeur du bateau, Shuzo Saionji, un homme que je sais être tout à fait digne de confiance, m'a dit qu'il avait vu quelque chose la nuit où mon père a disparu.

Clementine penche la tête et attend.

— Il a… décrit cette chose comme des yeux de démon. (Eliza bégaye, troublée.) Deux globes scintillant sur l'eau. Qui sont apparus un instant seulement avant de s'évanouir.

— Nous nous demandions si tu pouvais interpréter cette vision, dit Min. Voir s'il s'est passé quoi que ce soit de mauvais augure, cette nuit-là. Peut-être pourrais-tu… recevoir un message du Capitaine Brightwell ?

Eliza est certaine d'avoir vu Min écarquiller brièvement les yeux puis sourire. Son propre visage s'empourpre. Elle n'a pas de temps à perdre avec les esprits. Mais en l'absence de tout autre indice, et avec deux hommes toujours en danger, vers qui d'autre pourrait-elle se tourner ?

— C'est entendu. (Clementine se lève.) Je vais chercher les dents.

Le journal de Charles J.G. Brightwell, maître perlier

Observation d'un naturaliste : les araignées d'Australie

Beaucoup d'araignées en Australie sont venimeuses mais deux seulement peuvent causer la mort – l'araignée à toile-entonnoir (originaire de Sydney et des régions voisines de l'Australie-Orientale) et la veuve noire à dos rouge, que j'ai vue en quantité autour de Bannin Bay.

Le venin de la veuve noire à dos rouge est hautement neurotoxique, ce qui veut dire qu'il attaque le système nerveux central du corps, provoquant une douleur intense, des difficultés à respirer, de violentes convulsions et pour finir la mort. La veuve noire à dos rouge est très proche de la tristement célèbre veuve noire – que l'on trouve dans les Amériques et le monde entier. À vrai dire, elles sont presque identiques, exception faite de l'étonnante rayure dorsale rouge qui donne à l'araignée son nom.

Leur comportement lors de l'accouplement est DES PLUS surprenant, en ce sens qu'elles font preuve de ce que l'on appelle le cannibalisme sexuel. Non seulement la femelle dévore entièrement le mâle au moment de la copulation, mais le mâle l'aide en jetant son corps vers elle de sorte à se retrouver plus près de sa bouche. Bien qu'horrible, cela augmente la durée de l'accouplement et permet de fertiliser un plus grand nombre d'œufs.

La veuve noire à dos rouge montre une préférence pour un habitat à proximité de l'homme (un hangar de conditionnement est l'habitat de prédilection pour une veuve noire à dos rouge quand elle construit son nid). En plus des insectes et des mouches, les veuves noires sont capables de capturer dans leurs toiles d'autres araignées et même de petits reptiles et mammifères. J'ai vu une fois une veuve noire à dos rouge qui avait attrapé une petite souris grise dans sa toile. La souris couinait et s'agitait en se débattant pour se dégager de la soie. L'araignée se contentait d'attendre un peu plus loin qu'elle meure. Cela prit plus d'un jour pour que le rongeur cesse de crier, mais quelques heures seulement pour qu'il soit mangé.

17

Clementine tient une petite boîte en fer-blanc. Elle est ornée de délicats motifs peints d'inspiration chinoise et émet un sifflement rythmé quand on la secoue.

— Approchez.

Elle les rassemble autour d'une table basse qu'elle débarrasse de ses bouteilles, fioles et sachets avant de lisser de la paume de sa main sa surface rugueuse.

— J'ai besoin que vous posiez vos mains sur la table, mademoiselle.

Elle fait signe à Eliza de s'agenouiller et saisit ses paumes qu'elle place à plat sur le bois brut. Eliza sent les aspérités sous ses doigts. Sa respiration s'accélère ; elle regarde autour d'elle : la fumée dans la pièce se dissipe, révélant les bords en lambeaux d'un vieux tissu taché et l'odeur rampante du moisi.

Ils regardent fixement Clementine qui retourne la boîte et en renverse le contenu sur la table. Ils se penchent tous dessus. Ce sont des dents de requin, des centaines de dents, acérées et d'une blancheur crue. Clementine se lève et se met à aller et venir lentement autour d'eux, s'approchant de temps en temps pour voir les dents sous un angle différent. À mesure qu'elle va et vient, la trace fantomale de son parfum flotte dans son sillage. Il est sucré et écœurant ; et laisse une saveur qui persiste sur la langue d'Eliza.

— Je vois un homme avec des lunettes rondes.

L'espace d'un bref instant, Eliza s'arrête de respirer. Mais non, il y a beaucoup de perliers dans la baie qui portent des lunettes rondes. Clementine a sans doute dit cela au hasard.

— Des yeux doux, continue-t-elle d'un ton solennel et pesant. Des mains rêches à force de travailler et tachées d'encre.

Eliza a la bouche sèche maintenant. Elle pense au journal de son père, à ses bords écornés, à ses pages couvertes d'illustrations à l'encre. Pourtant, cela ne veut rien dire.

— Une espèce de bague très particulière, qui fait deux fois le tour de son doigt. Hum.

Clementine se redresse brusquement et Eliza recule, sous le choc. La femme pose ses mains sur ses hanches.

— Étrange, dit-elle.

— Que se passe-t-il ? demande Axel.

Eliza retire ses mains de la table.

— Je ne vois aucun danger, mais seulement…

— Quoi ?

La voix d'Eliza n'est qu'un murmure. La pièce est silencieuse.

— Je ne vois que des oiseaux, dit Clementine. Des centaines et des centaines d'oiseaux.

Les épaules d'Eliza s'affaissent. Elle pourrait faire remarquer que pour venir dans cette pièce, ils ont dû passer devant des oiseaux morts depuis longtemps.

— Mais tant de blanc cependant, poursuit Clementine en fronçant les sourcils. Une espèce de blancheur aveuglante. Qui fait mal aux yeux.

Elle se détourne, masse ses tempes du bout des doigts.

— Qu'est-ce que cela pourrait signifier ? demande Min.

Les pensées d'Eliza se déversent comme du liquide qui se répand. Croit-elle vraiment à tout cela ? Aux yeux d'un démon en pleine mer, à des messages dévoilés par de vieilles dents de requin ? Certainement pas. Son père lui a toujours appris qu'il y avait une réponse logique à tout. On résout les problèmes par la biologie et la science. Et non par des parlotes onéreuses à l'arrière de maisons closes.

— Y a-t-il autre chose que vous pouvez nous dire ? demande-t-elle.

— C'est tout ce que je vois, répond Clementine avec un haussement d'épaules.

Axel se penche pour aider Eliza à se relever.

— Mais y a-t-il autre chose que vous pouvez nous dire à propos des matelots ? Quelque chose qui aurait pu être mentionné par ceux qui vous ont… rendu visite ? Ils ont dû parler. Savez-vous quoi que ce soit qui pourrait possiblement nous aider à connaître la vérité sur la disparition de mon père ?

Clementine regarde le plancher d'un air évasif.

— Je ne peux absolument pas…

— Nous te dédommagerons largement pour ta coopération, n'est-ce pas ?

Min donne un coup de coude à Axel, mais il retourne ses poches vides. Madame a pris ses dernières pièces. Min lâche un soupir et fouille dans sa propre bourse. Eliza s'en veut de ne pas avoir apporté la sienne. Elle rendra l'argent à Min plus tard.

— Nous avons vraiment besoin de savoir si tu as entendu parler de quoi que ce soit, dit Min.

Clementine lève un sourcil.

— Eh bien, j'ai entendu quelque chose qui était un peu bizarre. (Elle ouvre la main pour recevoir les pièces de monnaie de Min, ses paroles s'accélérant à chaque pièce qui tombe dans sa paume.) Que Hardcastle ait perdu un membre de son équipage le même jour ne peut pas être une coïncidence, vous êtes d'accord ?

Eliza est bouche bée.

— Je l'ignorais, murmure-t-elle.

Elle revient mentalement à sa confrontation avec l'homme sur la laisse de mer. Ses doigts épais sur son menton ; son air suffisant quand il lui a assuré qu'il ne savait rien à propos de la disparition de son père.

— Ce n'est pas vraiment quelque chose que vous criez sur tous les toits, dit Clementine. Vous ne trouverez aucun équipage pour votre prochaine sortie en mer si tout le monde en ville est persuadé que votre lougre est maudit. (Elle allume un autre cigare.) Il n'en a parlé à personne mais un de ses gars a disparu aussi. (Elle souffle un panache de fumée.) C'est ce qu'il m'a dit quand il était nu comme un ver.

Eliza grimace et secoue la tête pour chasser l'image.

— À la différence de votre père, continue Clementine en tirant longuement sur son cigare, les gens font peu cas d'un matelot qui ne revient pas de la mer. Il n'y a pas d'enfants pour le pleurer. Pas d'épouse pour sangloter dans sa chemise de nuit. Les hommes ordinaires disparaissent tout simplement, oubliés.

— Connaissez-vous l'identité de ce matelot ? demande Axel.

— Je n'ai pas pensé à la demander. Cela n'a aucune importance, en vérité.

— Cela en a une maintenant, dit-il en opinant.

Dehors, les chemins couverts de brisures de coquillages ont pris une teinte argentée au clair de lune. Axel s'empresse de reconnaître sa maladresse.

— Laura-Min, je vous prie d'accepter mes excuses. Je vous rembourserai dès que possible. (Il tapote de nouveau ses poches vides.) Une femme comme vous ne devrait pas dépenser le peu qu'elle a dans pareilles circonstances.

Min se tourne vers lui, attendant qu'il poursuive.

— Je veux que vous sachiez qu'une femme est *beaucoup* plus que ce qu'on l'a forcée à faire pour survivre.

Min a un sourire teinté d'ironie.

— C'est très beau, Axel. Vraiment. Mais je suis quelqu'un de tout à fait solvable.

Il la regarde en clignant des yeux.

— Je n'ai simplement pas le droit de posséder les choses que mes finances pourraient me procurer légitimement.

Il reste sans voix, bouche bée.

— Ne soyez pas surpris. Dans une ville remplie d'hommes, une femme comme moi trouve facilement de l'argent. Nous avions uniquement besoin de vous pour nous faciliter l'entrée. Seuls les hommes sont autorisés à franchir ces portes. Enfin, la plupart d'entre eux…

Ils se retournent pour contempler les malheureux oiseaux dans la vitrine de la boutique.

— À moins d'y travailler, et je ne pense pas que cela plairait à Eliza.

Avant de se séparer, ils échafaudent un plan ; ils interrogeront les gens à propos du disparu partout où cela leur sera possible, ils traqueront Hardcastle s'il le faut, chercheront à trouver un moyen de découvrir l'identité de son homme d'équipage. C'est leur meilleure piste, jusqu'à présent ; elle pourrait leur fournir de nouveaux indices sur son père.

Eliza refuse d'être escortée, aussi Axel se joint-il à Min pour aller du côté des cabanons. Elle marche seule, le bruit des éclats de coquilles crissant sous ses pas quand le cliquetis d'une serrure suivi du claquement sourd de lourdes portes vient y mettre fin. Au bout d'une petite rue, plusieurs femmes sont rassemblées devant une maison à un étage. Elle reconnaît immédiatement la svelte Iris Stanson et la silhouette mal fagotée de sa tante Martha. Martha fait jouer le cadenas dans ses mains tout en refermant les portes. Eliza pousse un soupir de soulagement – ce doit être une réunion du Cercle, qui s'est terminée tard, bien qu'elle soit étonnée de voir ces femmes dehors, à la nuit tombée, sans être accompagnées. Peut-être discutaient-elles de la disparition de son père ? Son cœur bondit légèrement, plein d'espoir. Sa tante lève les yeux et Eliza recule dans l'ombre. Elle ne veut pas avoir à expliquer pourquoi elle traîne dans les rues, la nuit, seule. Elle attend jusqu'à ce que le bavardage des femmes se dissipe. Une fois seulement qu'elles se sont éloignées, elle repart dans l'obscurité.

18

Le soleil est vif le lendemain matin et darde ses flèches depuis un ciel aveuglant. Alors qu'Eliza se hâte, la mer étincelle sous ses rayons tandis qu'un vol de pélicans se pose sur l'eau avec un lent sifflement prolongé. À nouveau, elle a lutté contre le sommeil. Comment pourrait-elle dormir quand son père n'est toujours pas rentré ? Elle songe aux bruits de la nuit. Le déferlement incessant et sonore des cigales ; le tapotement métallique de la tôle ondulée. Même si elle dormait, ces bruits trouveraient certainement leur chemin jusque dans ses rêves. Jamais il n'en allait de la sorte en Angleterre, et c'est comme si elle avait oublié le néant silencieux de ces nuits-là – lorsque leur maison attendait simplement, figée et patiente jusqu'à l'aube, quand le soleil vacillait et que les oiseaux lançaient leur trille.

Les cris d'un marchand de poisson tout proche la ramènent au présent. Elle est à la recherche de Hardcastle, et de n'importe quelle information au sujet de son homme d'équipage. Autour d'elle, les gens accourent des quatre coins de la ville, allant et venant tout en vaquant à leurs occupations routinières. Depuis le retour des flottes, l'affluence est au maximum, et elles sont bondées de vendeurs de perles, d'inspecteurs des pêches, d'agents maritimes et d'innombrables employés. Des sulkys passent en tanguant dans un nuage de roues huilées et de crottin fumant, sur des fardiers sont empilés des paniers d'huîtres perlières qui brillent comme des dents de lait au soleil. Leur blancheur fait comme une morsure dans la mémoire d'Eliza et réveille le souvenir d'un petit corps pâle, un garçon aux cheveux blancs comme la farine. Elle secoue la tête pour chasser cette vision et se faufile à grands pas à travers la foule, le regard en alerte, guettant le corps massif, aux muscles cordés, du mastiff.

Ce serait logique que Hardcastle soit mêlé à la disparition de son père. Ils sont nombreux en effet ceux qui pourraient tirer profit de la mort d'un éminent maître perlier, mais avec ses lougres à la carène pourrie et ses équipages martyrisés et battus, Hardcastle est au bord de la faillite financière. Les shipchandlers ne le lâcheront sans doute pas et, étant sous la menace d'énormes prêts bancaires, il ne serait guère surprenant qu'il cherche à éliminer un concurrent comme son père.

Elle continue de marcher à travers la ville jusqu'à ce que quelque chose d'étrange accroche son regard. C'est dans la vitrine de la boutique du photographe. Une photo détonne au milieu de toutes les autres. Elle est présentée dans un cadre parmi les portraits de familles vêtues de leurs habits du dimanche tout empesés, les femmes avec les cheveux lissés, un joli nœud sur la poitrine, les hommes avec de lourdes moustaches à l'impériale et des vestes aux cols ronds. Cette photo montre un attroupement de gens qui se sont tous rassemblés pour regarder un enfant debout sur la cuirasse d'un crocodile. Elle se souvient de ce moment, de la lueur soudaine de l'appareil photo, et elle se penche pour regarder de plus près. Là, en arrière-plan, elle distingue les deux silhouettes qu'elle s'attendait à voir. Axel et elle sont en pleine conversation, mais ce n'est que sous cet angle qu'elle constate combien ils paraissent différents de ceux qui les entourent. Elle porte sans réfléchir la main à ses cheveux en remarquant à quel point ils semblent négligés sur la photo. Elle voit que ses jupes ne sont pas lisses comme celles des autres femmes, que la peau de ses avant-bras, exposée au soleil, est bien plus foncée que la leur. Elle est parcourue par un frisson de honte. Il y a là quelque chose qui fait comprendre qu'Axel non plus n'est pas à sa place. Elle n'arrive pas tout à fait à mettre le doigt dessus ; quelque chose peut-être dans la façon dont il se tient. Certainement pas la posture d'un débauché ou du colon sûr de lui. Quelque chose qui dénote plus de liberté, une aisance qu'elle se rappelle n'avoir éprouvée qu'enfant.

Soudain, des plumes blanches fondent sur la tête d'Eliza. Elle lève les yeux et suit la trajectoire du cacatoès qui plane au-dessus des habitants de la ville. L'oiseau attire son regard vers un homme non loin de là, et quand elle le voit, ses poumons se contractent en se remplissant d'un air vif et brûlant. Hardcastle tremble de colère en vociférant contre un marchand de poisson vendant à la sauvette quelque chose de triste couvert d'écailles. À côté de lui, le mastiff essaie de happer les mouches. Elle observe l'homme devenir, de seconde en seconde, de plus en plus rouge, de plus en plus furieux, menaçant de toute sa hauteur le pauvre marchand qui se ratatine sur lui-même comme une chemise que l'on replie. Lorsque le cacatoès arrive à leur hauteur, il vole au-dessus de la tête de Hardcastle en battant des ailes. Eliza se précipite, bousculant des corps au passage, tendant l'oreille pour distinguer les cris de l'oiseau.

— Au revoir, Alfred. Au revoir, Alfred.

La voix étranglée du cacatoès flotte lourdement dans l'air. Hardcastle bout de colère et donne un grand coup à l'oiseau. *Alfred*, pense Eliza. Se peut-il que ce soit le nom du membre de l'équipage qui a disparu ?

— Ferme ton fichu bec, espèce d'oiseau de malheur.

Sa silhouette imposante tressaille, la sueur goutte de son menton. Sans se presser, le maître d'équipage émerge de la foule et obtient de l'oiseau affolé qu'il revienne se percher sur son épaule. Hardcastle, la figure écarlate de rage, siffle son chien qui lui emboîte le pas, la gueule pleine d'arêtes de poisson. Ensemble, ils se forcent un passage au milieu de la cohue.

Eliza s'avance pour les suivre, mais brusquement son corps est tiré en arrière. La main qui lui saisit le poignet est froide et moite : ces doigts jaunis par le tabac sont reconnaissables entre mille. Elle relève la tête pour voir son oncle, souriant de toutes ses dents.

— Tu m'as fait peur, dit-elle, et elle tente un sourire forcé.

— Désolé, ma chère, mais tu donnais plutôt l'impression d'être sur le point de te sauver.

Willem écrase d'une tape un moustique sur sa nuque. Dans son dos, un minuscule coucou éclatant s'envole d'une vieille branche. Martha se tient à ses côtés, avec l'air de penser qu'on lui fait perdre son temps.

— À la poursuite de qui te lances-tu ? demande Willem en regardant derrière sa nièce.

Eliza écarte doucement sa main.

— En quoi puis-je t'être utile, Willem ?

L'espace d'un bref instant, il fronce les sourcils, et elle est tenaillée par la culpabilité.

— Pardon.

Elle jette un timide coup d'œil à Martha. Si sa tante l'a vue hier soir, elle n'en laisse rien paraître.

— J'étais un peu pressée, c'est tout.

Alors que Willem se penche vers elle, elle sent que son haleine empeste l'alcool. Son oncle, autrefois aussi abstinent que sa très pieuse épouse, a pris goût au rhum quand il a perdu sa jambe. Bien que le chirurgien la lui ait amputée, et qu'il n'y ait rien que du bois après ce bout de chair et d'os, il semble la sentir comme s'il y avait encore là des chairs mourantes. Aussi, tous les jours, brave-t-il la douleur tout en se figurant un membre depuis longtemps en putréfaction. Afin de pouvoir l'accepter, il boit et boit – et Eliza doit se rappeler que l'on ne voit pas toujours la chose qui nous fait du mal.

— J'espérais que tu pourrais me dire où je pourrais trouver le jeune maître Thomas, lui demande Willem. J'ai des choses importantes à régler avec lui.

Elle le regarde en écarquillant les yeux à mesure que les mots se déploient. Comme elle regrette de ne pas être plus vive.

— Étant donné les circonstances, nous allons assurément devoir parler pour savoir comment vous protéger tous les deux et préserver la flotte.

Elle recule comme si elle avait été mordue. Cet homme est son oncle. Le frère de son père, et pourtant il est prêt à oublier qu'il a disparu, comme si de rien n'était ? Et non seulement a-t-il hâte d'oublier, mais il a l'intention de mettre à profit sa disparition.

— C'est curieux que tu t'intéresses autant à la flotte, lâche-t-elle en regardant les sourcils de Willem s'animer d'un mouvement nerveux sous le coup de la confusion. On pourrait se demander pourquoi tu t'empresses de te soucier des bateaux alors que ton frère vient juste d'être porté disparu…

Il secoue la tête, paraît surpris par l'accusation, mais elle voit que son visage passe de la surprise à la colère, à la détermination. Il marque une pause, comme s'il hésitait à répondre. Sa femme le devance en prenant la parole.

— Nous pourrions poser les mêmes questions à propos de Thomas, tu sais, dit-elle d'une voix étonnamment brusque pour une femme à l'apparence si collet-monté. Est-ce une coïncidence que Thomas ait quitté la ville alors que ton père était à peine porté disparu ?

La jambe de Willem rend un son mat en heurtant le sol.

— Allons, allons, ne nous emportons pas. (Il écarte les bras pour séparer les deux femmes.) Eliza, je me suis renseigné sur ton père. Durant la saison du désarmement, il y a des camps tout autour de ces baies – Percy Sedgewick à Boolgin Creek, Cape Bossut, Beagle Bay. Je suis même allé à la rame voir les pêcheurs de concombres de mer, à Cowrie Point. Ce n'était pas facile, crois-moi. Aucun d'eux n'a entendu parler de quoi que ce soit qui pourrait aider concernant Charles. Quant aux flottes, je pensais seulement qu'il valait mieux que je m'en charge avant que les affaires ne périclitent. Je veux m'assurer que l'on prenne soin de vous. Dieu nous préserve que Thomas et toi vous vous retrouviez sans rien.

Eliza ressent soudain un immense regret.

— Ton frère a-t-il livré un compte rendu honnête de ce qui s'est passé sur le bateau ? intervient Martha si promptement qu'Eliza n'a pas le temps de répondre à l'explication de son oncle, ni de s'excuser.

Elle se demande plutôt si ce n'est pas de cela que le Cercle a *vraiment* débattu. Si les femmes n'ont pas profité de leurs réunions pour établir des preuves contre Thomas.

— A-t-il été interrogé comme Billy ?

Les deux femmes demeurent parfaitement calmes, leur regard noir brandi comme une arme.

— Voilà qui montre le peu que tu sais à propos de ta propre famille, siffle Eliza. Thomas est à Cossack pour le négoce. Il faut bien que quelqu'un s'en occupe si l'on veut maintenir la flotte en activité, et traverser cette épreuve. Cela ne devrait pas t'étonner, si c'est là aussi ton intention. Et au moins, *lui* fait quelque chose pour remédier à la situation. Mon frère ne peut pas se permettre de rester assis à boire jusqu'à rouler à terre comme certaines personnes dans cette ville.

Là-dessus, elle pivote sur ses talons mais elle est stoppée dans son élan par une bicyclette à l'arrière de laquelle une cage remplie de poulets aux plumes ébouriffées est sur le point de tomber. Eliza trépigne en attendant qu'elle passe, puis s'éloigne furieuse, la poitrine palpitante.

Elle regarde autour d'elle à la recherche de Hardcastle et du chien, mais ne distingue rien de particulier dans la monotonie de la foule. Ce n'est pas possible. Thomas ne peut tout de même pas lui avoir caché des choses. Il ne peut pas en savoir plus que ce qu'il a bien voulu lui dire. Elle bute sur des ébauches de pensées. Elle revoit ses traits tirés avant son départ, ses épaules si incroyablement voûtées qu'on aurait dit qu'il essayait de disparaître en lui-même. Il a si souvent tout gâché à cause de ses colères qu'il a sûrement appris depuis le temps à se sortir de situations qui pourraient mal se terminer. Elle a assisté aux bagarres, l'a récupéré, les yeux larmoyants, au poste de police, elle était là quand il a essayé de se défaire de son penchant immodéré pour l'opium. Elle l'a veillé quand il hurlait dans le noir, hurlant contre des singes, des serpents et des perruches, s'en prenant à la façon dont ils lui griffaient le visage, lui mordaient les mains. Elle lui a tamponné la peau avec un linge quand, au cours du sevrage, il était pris de crises et poussait des gémissements. Mais un jour, alors qu'elle l'avait calmé, il s'était si violemment débattu que son poing lui avait heurté le nez. Elle avait saigné et l'os était cassé, mais tout en portant une main à son visage pour stopper la chaleur qui s'écoulait d'elle, elle avait caressé de son autre main les cheveux trempés de son frère.

Se peut-il que Thomas ignore ce qui s'est passé sur le bateau cette nuit-là ? Peut-être devrait-elle aller elle-même à Cossack, le prendre à partie, lui demander de tout lui raconter dans les moindres détails. N'y a-t-il vraiment pas eu de sang ? Personne se comportant bizarrement ? Pourquoi es-tu parti ? Pourquoi es-tu parti ? Pourquoi es-tu parti ?

30 novembre 1896

À apporter à Maître Thomas Brightwell – poste restante, Cossack.

Très cher Thomas, je suis désolée d'insister alors que tu es en déplacement. J'espère que tes négociations ont été prospères et que tu as fait de bonnes affaires en ville.
En vérité, je ne peux attendre plus longtemps. Il y a des questions que je dois tout simplement te poser. Je n'étais pas dans mon état normal avant ton départ pour Cossack et j'ai absolument besoin de clarifier certains détails. Je regrette beaucoup que tu ne sois pas ici, à Bannin Bay.
J'aimerais que tu me fasses savoir, par retour de courrier, quand je peux compter te revoir à la maison. Je suis sûre que tu as des affaires à régler, mais si je n'ai pas de nouvelles d'ici quinze jours, attends-toi à recevoir une autre lettre.

Elle marque une pause, trempe de nouveau la plume de son père dans l'encrier, et ajoute une dernière ligne.

Je suis seule et la maison est une demeure de ténèbres.
J'attends ton retour avec impatience.
Ta sœur qui t'aime, Eliza.

19

1887

Le jour où les baleines arrivèrent, il y avait des méduses dans les arbres. Faisant suite à un coup de vent violent, le ciel était devenu gris, mais même en l'absence du soleil, les vagues miroitaient comme des écailles de poisson.

Eliza s'était réveillée pour trouver le lit de ses parents vide, les draps froissés et rejetés, la forme de leurs corps profondément enfoncée dans le matelas de coton.

Elle se rendit dans la chambre de Thomas.

— Nous allons partir à leur recherche, dit-il, enfilant des bottes par-dessus ses vêtements de nuit avant d'attraper le chapeau de son père sur le portemanteau.

Mme Riesly les avait appelés en les voyant cheminer péniblement le long de la route.

— Tout va bien ?

Jetant un coup d'œil derrière eux, ils la virent à moitié penchée à sa fenêtre.

Alors qu'ils approchaient de la plage, ils sentirent que quelque chose avait changé. Quelque chose dans l'air semblait détonner.

Ils gravirent la plus haute dune et furent stupéfaits par le spectacle qui les attendait. Tout le long de la plage, coincés à la lisière de la laisse de mer, reposaient d'énormes corps noirs ventrus – la peau raide et distendue, les nageoires affaissées sur le sable. Il devait y en avoir une trentaine, espacés les uns des autres, ce matin-là. Au-dessus d'eux, les mouettes tournoyaient et plongeaient; dans l'eau, le sifflement de nageoires caudales signalait que des requins s'étaient rassemblés pour festoyer.

Deux silhouettes se glissaient vivement entre les baleines et ramenaient du rivage des seaux remplis d'eau. Elles allaient vite dans la tâche qu'elles s'étaient fixée, revenant sans cesse vers les baleines. Sa mère avait relevé ses jupes et les avait nouées à la hauteur des hanches, ses jambes blanches brillant comme des allumettes dans la grisaille. Eliza n'avait jamais vu son père si déterminé jusqu'alors, et elle éprouva un sentiment curieux en observant ses parents se comporter de la sorte. Elle voulait s'en aller, les laisser là, comme si les interrompre reviendrait à déranger quelque chose de privé qu'ils partageaient. Thomas n'était pas d'accord. Il se tourna vers Eliza, le chapeau glissant sur l'un de ses sourcils.

— On doit aller les aider.

Pendant des heures, la peau irritée à cause du sel, ils travaillèrent dur pour tenter de sauver les baleines. Son père lui expliqua que si une baleine tombait malade, elle s'échouait d'elle-même et les autres membres de sa famille en faisaient autant. Elles ne pouvaient tout simplement pas exister avec l'une des leurs morte.

Au bout d'un moment, ils furent rejoints par les hommes qui vivaient dans les camps sur la laisse de mer, et qui apportèrent des seaux plus grands et des bouts de tissu qu'ils trempaient dans l'eau. S'ils parvenaient à maintenir les baleines en vie jusqu'à la prochaine marée, ils pourraient les pousser lentement dans les vagues à condition qu'ils y mettent toute leur force réunie.

Thomas avait une approche militaire dans le sauvetage des cétacés, ordonnant aux hommes de reculer, d'avancer, formant des équipes de deux qu'il affectait au soin de chaque créature échouée. Les hommes faisaient ce qu'il disait avec promptitude et sans discuter, même si, physiquement au moins, il n'était guère plus qu'un enfant.

Dans l'après-midi, les nuages s'amassèrent les uns sur les autres. Bientôt, la marée commença à monter peu à peu. Ils se rangèrent sur la même ligne et attendirent, surveillant le moment où l'eau se rapprocherait suffisamment pour recouvrir les baleines. Les vaguelettes rampèrent jusqu'à eux et goutèrent leurs orteils, puis elles grossirent avec gourmandise autour de leurs chevilles, et son père parcourut toute la longueur de la plage. À son retour, ils le virent qui ralentissait, puis qui allait à petits pas pressés, puis au pas de la marche, puis à quelque chose d'encore moins rapide. Quand il arriva à leur hauteur, il avait le visage grave. Il secoua la tête.

— Aucune ? demanda sa mère d'une voix vacillante.

— J'ai bien peur que non, mes chéris.

Eliza sentit un sanglot se loger dans sa poitrine. Elle voulait continuer, pousser encore les baleines dans l'eau, voir s'ils pouvaient en les immergeant les ramener à la vie. Son père s'approcha d'elle et glissa un bras autour de ses épaules.

— Nous avons essayé, Eliza. C'est le plus important. Nous avons essayé de leur donner une chance, c'est tout ce que nous pouvions faire.

Elle s'était alors tournée vers Thomas tandis qu'il commençait à pleuvoir. Il avait les poings serrés, la mâchoire tendue, et sur le visage une expression de pure fureur.

20

1896

Eliza avait trouvé la robe cousue avec soin dans un sac en calicot, caché au fond d'une malle qui n'avait pas été ouverte depuis longtemps. Sa mère avait dû la mettre là dans l'espoir de préserver ses plus beaux vêtements de la moisissure. Elle la porte à sa joue, le tissu est frais et raide. Elle y enfouit le nez et respire. Voilà : légère mais encore présente sur les franges, la douceur florale du parfum de sa mère.

Septimus Stanson était revenu à Bannin ce matin-là, à bord du vapeur à fond plat. Elle l'imagine, vêtu d'un costume en lin, traverser majestueusement la ville grouillante d'activité. Les yeux petits et tirés, la bouche fine comme la lame d'une guillotine, avec sa jolie jeune épouse marchant timidement à ses côtés. Min était venue au bungalow et avait prévenu Eliza qu'il y aurait un dîner dans la soirée, donné par le Président de l'Association des Pêcheurs de Perles. Elle y serait employée, comme les femmes que l'on payait souvent pour accomplir ces fonctions – verser à boire, porter chance, veiller à tous les caprices des hommes dans la salle. Mais en tant que fille de perlier, Eliza y serait accueillie à titre d'invitée. Son oncle Willem et sa tante Martha seraient présents, également. Et alors qu'elle ne voyait pas d'autres événements qui puissent la rebuter autant, l'occasion de se trouver dans une pièce avec Hardcastle et les autres perliers était trop belle pour ne pas en profiter. Où pourrait-elle mieux obtenir les détails dont elle avait besoin si ce n'est directement à la source ?

Les gens la suivent du regard, les yeux comme des pics, tandis qu'elle marche dans les rues. Une femme de son rang est censée prendre un sulky pour circuler. Mais Eliza préfère, comme toujours, aller à pied, ses bottines cabossées dépassant de l'ourlet de la robe de faille verte de sa mère. En vérité, ce qu'elle aime le plus, c'est parcourir des kilomètres d'un pas large et décidé à l'extérieur de la ville, au-delà de la mission de McVeigh, puis se retourner pour contempler la baie depuis les petites falaises rouges. De là, elle arrive plus facilement à réorganiser la ville, prenant les gens comme des pièces sur un échiquier et les déplaçant pour leur octroyer une position plus satisfaisante.

Le bungalow devant elle est aussi beau que tous ceux qu'elle a déjà vus. De fins câbles en acier s'entrecroisent sur la toiture puis disparaissent dans le ciment, protégeant la bâtisse des coups de vent. Une balustrade blanche en bois chantourné richement décorée encadre une immense véranda, sur laquelle s'entassent des fauteuils rembourrés, des hamacs et des nattes venant de Singapour. On y a accroché des centaines de lanternes en papier pour l'occasion et son plancher a été ciré avec tant d'acharnement qu'il brille comme du verre fraîchement soufflé. L'air est chaud et moucheté d'insectes piqueurs. Les lampes inondent les jardins de leurs halos, et des poignées de fleurs de pois qui retombent en cascade font étalage de leurs formes à côté des bougainvilliers et des jasmins.

Alors qu'Eliza ouvre les portes-fenêtres, des voix se déversent dans la nuit. Elle aimerait pouvoir s'y fondre, elle aussi, mais elle tire à la place sur le col de sa robe et pénètre dans une pièce noire de monde. Des perliers en tenues tropicales recrachent des volutes de fumée de leurs fins cigares. Des plateaux en argent, chargés de verres remplis de gin et de champagne d'importation, encombrent les bras des serviteurs anxieux. L'air résonne d'éclats de rire et du tintement des glaçons dans des gobelets en verre poli. De nombreuses épouses de perliers – le genre sensible qui s'effondre quand les conditions météorologiques sont mauvaises – sont déjà parties dans le sud à Perth pour toute la durée de la Wet. Mais il reste encore quelques femmes ici et là, parmi lesquelles sa tante Martha, Iris Stanson et une poignée d'autres appartenant au Cercle. Disparus, leurs chapeaux à voilette et leurs chaussures montantes. À la place, elles paradent en robes pastel, des rangées de perles scintillantes au cou. Eliza baisse les yeux sur sa robe, lisse du pouce un pli rebelle.

— Eliza, j'ai failli te prendre pour la bonne !

Une femme aux traits saillants la bouscule en passant.

— Tu ne devrais pas passer autant de temps au soleil.

Eliza la remet, c'est une ancienne connaissance de sa mère, quoiqu'elle ne se souvienne pas de l'avoir jamais entendue parler d'elle en termes chaleureux. Elle est au bras d'un homme qui se déplace d'un pas coulé, l'air indolent de celui qui pense avoir tous les droits.

— Elle a toujours été un peu sauvage, entend-elle la femme murmurer en s'éloignant. Tout comme sa mère.

Elle se faufile à travers la foule, tandis que les femmes rient d'un rire flûté et que les hommes tirent sur les cravates que leurs épouses ont nouées pour eux. Certains jouent au poker ou à pile ou face avec de la petite monnaie. Dans leur dos, de longues tables sont recouvertes d'épaisses nappes brodées, sur lesquelles sont disposés des verres en cristal, des assiettes de majolique et de lourds couverts en argent. Au-dessus, un immense drapeau de l'Union Jack a été accroché au mur. En l'inspectant de plus près, Eliza remarque que ses bords ont été attaqués par la moisissure.

Elle aperçoit Min au fond de la pièce. Robe noire, corsage ajusté et de longues plumes de paon entrelacées dans ses cheveux. Elle sourit gentiment, penchée d'un air langoureux sur l'épaule d'un homme si perdu dans l'alcool qu'il parvient à peine à ne pas glisser de sa chaise. Elle lève les yeux et leurs regards se croisent. Eliza lui désigne la porte d'un geste prompt de la main.

Le salon est calme et éclairé par une unique lampe. Deux fauteuils rembourrés s'observent de part et d'autre d'un épais tapis turc. Min sourit à Eliza.

— Eh bien, comme te voilà élégante.

— Très drôle. Je pense que nous savons toutes les deux que je suis aussi élégante qu'une vieille bique.

Les murs sont couverts de photographies dans des cadres. Des hommes en vestes de chasse posant à côté de cerfs à l'œil vitreux. Coiffés de chapeaux de safari aux larges bords, ils pressent leurs fusils contre les éléphants qu'ils ont abattus. Eliza se penche pour examiner de plus près la langue rose qui pend d'entre les dents longues et blanches d'un tigre. Elle se tourne vers Min occupée à remettre en place une plume qui s'est échappée.

— Alors, quel est le plan ? demande Min.

Elle semble distraite. Eliza suppose qu'elle ne peut pas s'absenter trop longtemps de son poste, pas quand des hommes comme Stanson ont leur mot à dire.

— Continue de remplir le verre de Hardcastle, répond Eliza tout bas. Fais-le boire autant que tu peux. On a besoin de lui délier la langue au cas où il laisserait échapper quoi que ce soit à propos de son homme d'équipage.

Min acquiesce d'un hochement de tête, marque une pause puis scrute le visage de son amie.

— Tu sais, nous réussirons bien mieux si tu vas à l'encontre de tout ce que ton instinct te dit de faire.

Eliza prend le temps de réfléchir, fouille le regard de Min.

— Que diable entends-tu par là ?

— Eh bien, je t'aime beaucoup mais tu ne peux pas être aussi… impulsive. (Min traverse la pièce, fait un pas dehors pour vérifier que personne ne passe.) Tu es quelqu'un de passionné – et sois bénie pour cela –, mais tu vas souvent trop vite. Tu laisses ton cœur te guider, tu veux toujours *sauver* tout le monde, et parfois, cela crée des problèmes.

— Je suis simplement ferme dans mes convictions, répond Eliza, légèrement piquée par la remarque de son amie. Et je ne crois pas que je doive me retenir et me comporter différemment sous prétexte que je suis une femme.

— Tout cela est bien beau, Eliza, mais tu dois réfléchir à quoi tu t'exposes. (Min se rapproche et baisse la voix.) Si tu veux vraiment savoir ce qui s'est passé, l'artifice le plus ingénieux auquel tu dois recourir est la déférence. Cela te sera plus utile dans Bannin Bay que la détermination, la passion ou la ruse.

Eliza cligne des yeux devant une telle idée.

— S'il y a quelque chose que les hommes détestent plus qu'un verre de gin vide, continue Min, c'est une femme qui conteste le peu qu'ils ont dans leurs crânes. Ce sont de vraies têtes de mule, ces perliers, *dangereusement* fiers ; sous-estime-les, appuie là où ça fait mal et ils se tétaniseront complètement ou t'attaqueront comme des serpents.

Eliza pense à Septimus Stanson, assurément l'homme le plus puissant de la baie. Elle se souvient comment un jeune perlier avait fait des avances, sous l'emprise de l'alcool, à sa femme. L'homme avait été renvoyé sans pitié de l'Association. Sa flotte était tombée en ruine et il n'avait plus jamais pêché la perle.

— Quoi qu'il en soit, reste tranquillement assise – Min hausse un sourcil – et ne dis rien. Ils ne vont pas tarder à parler.

Eliza retourne dans sa tête les paroles de Min. Acquiesce. Min se lève pour partir, jetant un regard désapprobateur aux photographies sur le mur.

— Et ils ont le culot de *nous* traiter de puces des sables.

Le dîner est lent et interminable, chaque plat posé devant Eliza comme une pénitence. Elle est assise avec les femmes, dont les anciennes connaissances de sa mère et les dames du Cercle. Willem est engagé dans la conversation avec les perliers, et Hardcastle prend place à côté de Stanson qui préside. Ils s'entretiennent tous deux à voix basse, leurs fronts roses brillant de manière inquiétante à la lueur des bougies. Elle voit Stanson tapoter son étui à cigarettes, en sortir une et l'allumer. Il approche ensuite l'allumette du fin cigare de Hardcastle puis l'éteint en l'agitant délicatement.

Les paroles de Min résonnent encore dans sa tête. Elle ne peut s'empêcher de penser à sa mère ; à la façon dont elle a lutté contre la "place" qu'elle devait occuper en tant que femme. À leur arrivée à Bannin, elle tenait sa cour au bungalow : dîners, thé, tennis et bridge. Les tournois d'échecs étaient animés, les parties de poker chaudement disputées. Dans la journée, elle enseignait le latin aux enfants et aux épouses, le soir, elle jouait des ballades irlandaises au piano.

"Si vous voulez savoir comment vous défendre face à ces hommes, vous devez avoir la tournure d'esprit d'un joueur, disait-elle à ses invitées. Pensez avec une longueur d'avance, ne baissez jamais la garde, et surveillez toujours, *toujours*, vos arrières." Cette dernière recommandation était accueillie par un rire poli de la part des épouses, qui s'empressaient de lisser leurs jupes et de s'emparer de leurs gants en soie blanche. De retour chez elles, elles informaient leurs maris de l'absence choquante de tout décorum. Des bruits couraient sur sa mère. *Une femme qui ne sait tout simplement pas quelle est sa place.* Cela ne l'avait jamais dissuadée, cependant, de se comporter exactement comme elle en avait envie. Même sa tante Martha avait surpris Eliza à plusieurs reprises, se joignant à Willem pour régaler les perliers de leurs projets concernant leur chantier naval, discutant pour savoir comment amadouer les meilleurs plongeurs pour qu'ils se rallient à la flotte, comment ils pourraient faire l'acquisition de plus de bateaux des shipchandlers japonais.

Eliza avait toujours trouvé curieux que Martha, avec son côté sobre et gauche, n'ait jamais pensé qu'il était grossier de parler si ouvertement de ses désirs. Mais une petite part d'elle-même avait envié la franchise de sa tante, son absence totale de considération à l'égard de ce qu'on attendait d'une femme.

Elle regarde la table qui ploie sous un festin glouton ; il y a plus de nourriture qu'elle n'en a jamais vue servie en une fois. Des assiettes de poitrine de porc luisante, des côtelettes de mouton et des cerises lisses et brillantes ; des plats de pommes de terre au beurre et des carafes de madère entièrement remplies qui laissent des taches sur le damas empesé. Le consommé coule, épais, dans sa gorge tandis que les femmes poursuivent leurs causeries sur les motifs de broderie. Le canard gras et les petits pains richement beurrés pèsent comme des morceaux de charbon sur son estomac. Mais elle hoche poliment la tête et remercie les épouses pour leurs platitudes à propos de son père, parle du temps et des meilleurs plongeurs de la saison. À plusieurs reprises, elle remarque qu'Iris Stanson la regarde manger. Eliza se sent alors prise en faute, consciente de porter une vieille robe au tissu raide et d'avoir de la crasse sous ses ongles. Dès que la femme se détourne, Eliza dirige ses yeux vers Hardcastle. Il se lèche les lèvres et réclame une troisième portion. Min s'applique à remplir diligemment son verre à ras bord.

Une fois le repas principal terminé, le dessert – un énorme diplomate entouré d'une douzaine de boudoirs – est apporté avec force panache. À cause de la chaleur, d'épaisses tranches garnies de fraises glissent du sommet. *Comment diable ont-ils réussi à se procurer la crème ?*

s'interroge Eliza. Quand il ne reste plus rien du gâteau, Hardcastle écarte sa chaise avec un raclement évoquant le cri d'un quoll qu'on égorge.

— Messieurs. (Ses yeux roulent dans leurs orbites.) À la véranda.

Il fiche une nouvelle cigarette dans sa bouche avant de froncer les sourcils et de la retourner dans l'autre sens.

Quelques hommes sortent un à un tandis que le reste d'entre eux retournent à leurs chaises longues, plus tentés par l'alcool et les femmes que par les draps poisseux de leurs lits. Eliza attrape au passage un verre sur un plateau et le porte aussitôt à ses lèvres. La boisson est fraîche et forte ; elle sent qu'elle l'empoigne à la gorge. Jetant un regard circulaire – il vaudrait mieux que personne ne l'observe –, elle gagne le fond de la pièce et sort dans le couloir faiblement éclairé. Marchant tout doucement, elle traverse une longue pièce cloisonnée, fermée par un fin treillis en acier et des volets métalliques qui vont jusqu'au sol. Elle s'arrête, vérifie qu'elle n'est pas suivie, puis s'éclipse par la porte de derrière dans l'ombre de la véranda que protège une moustiquaire.

L'air fleure l'eucalyptus. Il fait nuit mais elle se cache derrière un poteau, s'efforçant de respirer calmement. De là où elle est, elle voit les hommes se profiler dans l'obscurité, l'unique lumière le bout de leurs cigarettes rougeoyant comme des lucioles dans le noir. Elle parvient à peine à distinguer la silhouette du perlier Franks – tout en favoris et moustache tombante –, dont la réputation d'homme à femmes va bien au-delà de la périphérie de Bannin. À côté de lui se tient Masterson, longiligne et filiforme. Ses affaires, qu'il conduit depuis la véranda de son bungalow, sont complètement à l'arrêt. Pourtant, les hommes qu'il a engagés doivent risquer leur vie pour permettre à sa flotte de prospérer. Elle n'arrive pas à voir Hardcastle, mais elle l'entend au moins, les longues bouffées qu'il tire lentement sur sa cigarette interrompant ses phrases. Elle est nerveuse. Ses oreilles bourdonnent si fort que tout lui parvient dans une tonalité mineure. Et si elle ne réussissait pas à déchiffrer les paroles qu'elle perçoit ? Les perliers sont saouls, et de temps à autre leurs voix se fondent en une respiration sifflante. Elle hésite à se ruer sur eux. À exiger qu'on lui dise ce que Hardcastle sait. Mais elle doit attendre. Min avait raison. Elle ne peut pas provoquer un esclandre, au cas où il mentionnerait l'homme d'équipage porté disparu. Elle doit faire preuve de patience et voir si le nom Alfred sera prononcé et confirmera ses soupçons.

Les étoiles flottent comme de la cendre tandis que les hommes en sont aux habituels sujets les plus rebattus : quel perlier tire un bateau au sec après une mauvaise saison ; quelle fille du bordel a le comportement le plus accommodant. Ce n'est que lorsqu'elle les entend parler du *Starling* que son attention est de nouveau en éveil.

— Ah, le pauvre bougre, marmonne Franks. Il a été jeté par-dessus bord par ses propres hommes. Quelqu'un qui veut une part de sa flotte, c'est sûr.

Une allumette Lucifer est enflammée et l'air s'emplit de l'odeur de soufre.

— Il a un sacré caractère, le fils Brightwell. Je les ai déjà vus s'affronter. Ajoutez à cela un penchant pour l'opium et vous avez une âme bien tourmentée.

— Ça oui, c'est la drogue du diable, braille l'un des perliers. Elle pousserait n'importe quel homme à faire n'importe quoi pour une pipe. Tout mon argent y passe.

— Une bagarre sur le bateau a mal tourné, aboie Masterson avant de s'envoyer bruyamment une lampée d'alcool. Pour moi, un Malais lui a tranché la gorge et ils se taisent tous. Ils ne veulent pas finir en prison comme le vieil Aborigène.

Elle tend l'oreille ; le ronronnement de l'océan avale les contours de leurs paroles.

— Il n'y a aucune preuve qui laisse entendre que c'est le vieux Billy qui l'a fait.

Les hommes ricanent.

— Vous pouvez rire, mais j'ai raison.

Franks s'exprime avec une profonde conviction.

— Et depuis quand ça a arrêté Parker ? demande Masterson. Il a déjà mis en prison des indigènes parce qu'ils parlaient leur fichue langue. Sans compter qu'il a un passif avec Brightwell.

Murmures d'acquiescement.

— Il suffit d'enfermer l'Aborigène et l'affaire est classée. Brightwell reste introuvable. Et Parker ferait n'importe quoi pour détruire Charles Brightwell.

Elle pense à la coupure de presse dans le bureau de son père ; la preuve que le crime de Parker est resté impuni. Sa poitrine la brûle. Elle a les mains moites.

— Qu'est-ce que tu en penses, Hardcastle ?

La question est suivie d'une longue pause. Eliza retient son souffle.

— On n'a pas besoin de perdre notre temps à se demander ce qui est arrivé à ce foutu Brightwell, finit par marmonner Hardcastle.

— Et pourquoi ? dit Masterson. On pourrait tous se faire tuer par nos propres hommes d'équipage. Tu n'as pas entendu parler de Tsutsui ? Son cuisinier a mis de la poudre de bambou dans sa nourriture. Une mort horrible que celle-là. Lente.

Quelqu'un éternue.

— Et Bruhl ? On a fini par le retrouver, poignardé en plein dans le ventre. Celui qui l'a tué lui a coupé la langue et les doigts. Tranchés, qu'ils étaient. Et enfoncés si profondément dans sa gorge qu'il y en avait un dans son ventre.

À l'intérieur, les voix des gens qui font la fête enflent. Eliza entend le raclement des tables que l'on déplace. Ils doivent commencer à danser. Les perliers reprennent leur conversation en parlant plus bas.

— Ce n'est qu'un tissu d'âneries. Charles Brightwell n'a pas été tué par les ordures qui constituent son équipage.

Eliza entend à la voix de Hardcastle qu'il a un regard mauvais.

— Aucun d'eux n'en serait capable. Ils n'ont pas les couilles pour ça.

De nouveaux tintements à mesure que les verres sont à nouveau remplis et vidés d'un trait.

— Si vous allez à son entrepôt un soir après le coucher du soleil, vous comprendrez pourquoi le bougre la met en veilleuse depuis quelque temps. Vous verrez ce qu'il permet à ses plongeurs de faire une fois les portes fermées. Il se donne de l'importance, mais il est à moitié corrompu, c'est sûr. Il s'y passe des choses pas propres du tout. Dégoûtantes. Pire que des bêtes.

Elle l'entend tirer sur sa cigarette avec ses lèvres humides. Une autre voix s'élève. Masterson.

— Et ton gars qui a disparu ?

Les yeux d'Eliza s'agrandissent dans l'obscurité.

— Le type qui a un air bizarre. Un œil de verre, c'est ça ? Il y a quelque chose de pas tout à fait net chez lui. Désolé.

Elle attend qu'il prononce le nom d'Alfred ; ce *doit* être Alfred.

— C'est vrai qu'un tong lui a planté une fourchette dans l'œil, et que c'est comme ça qu'il l'a perdu ?

— Ferme-la ! (Les mots sifflent dans la bouche de Hardcastle.) Ne parle pas de ça ici. Je ne veux pas que Stanson pense que je n'arrive pas à garder mes hommes en vie.

— Cela finira par se savoir, de toute façon.

— C'était juste un matelot, dit Hardcastle, sur un ton à présent désinvolte. Personne ne se préoccupera de sa disparition, il sera vite oublié…

Quelques toussotements se font entendre tandis que les hommes se calment.

— Quoi qu'il en soit, si Brightwell n'est plus dans le coup, j'en serai pour ma part bougrement heureux. (Franks éclate d'un rire sonore.) Saionji a les meilleurs résultats cette saison. Je me demande si on pourrait le persuader de plonger pour l'*Ethel*. (Il ricane.) J'aurais les poches plus pleines que jamais !

Alors que les hommes annoncent qu'ils ont besoin de boire encore, Eliza s'éloigne de la véranda, prise d'une sueur froide. Elle traverse la salle de réception en trombe, suivie par les regards brouillés des invités avant qu'ils ne reviennent à leurs cartes à jouer et à leur champagne. Tout bouge rapidement tandis que les hommes rejettent la tête en arrière à chaque nouvelle rasade de rhum. Les femmes dans un état brumeux s'éventent sous la chaleur délirante. La tête d'Eliza lui tourne à mesure qu'elle se fraie un passage, ignorant les protestations balbutiées.

— Tout va bien, Eliza ?

C'est Iris Stanson, son front blanc laiteux plissé par l'inquiétude. Des mains élégantes se tendent vers elle. Mais Eliza ne peut pas s'arrêter, elle doit atteindre la porte. Elle n'arrive pas à respirer.

Dehors, les étoiles sont des yeux qui l'observent alors qu'elle dévale les marches jusqu'au chemin couvert de brisures de coquilles. Au loin, la mer scintille sous un ongle de lune. Une créature aux ailes lourdes s'envole d'un arbre tout proche. Eliza frémit puis se fige en voyant un mouvement soudain sur le chemin. Il y a quelqu'un là, qui regarde le bungalow. Elle entend son propre souffle qui résonne fort dans l'air, mais alors que ses yeux s'habituent à l'obscurité, elle comprend à qui appartient cette silhouette. C'est Axel, une gerbe de fleurs fraîches à la boutonnière. Il lève la main.

— Que faites-vous ici ? demande-t-elle, puis : Je dois y aller.

Elle n'attend pas sa réponse et empoigne ses jupes avant de s'élancer le long du sentier.

Il la suit du regard.

“Vous êtes très belle”, pense-t-elle l'avoir entendu dire.

Mais à nouveau, elle ne peut pas s'arrêter.

21

L'homme est tapi dans l'ombre, la respiration immobile comme du verre. Le corbeau veille depuis la branche toute tordue d'un gommier ; le bush protégera toujours celui qui lui confie tous ses secrets. L'oiseau surveille les chevaux qui s'approchent et l'homme qui se cache. Il le voit marquer le rythme régulier de leurs sabots sur le sol. Les feuilles se soulèvent sous ses doigts. De la poussière se dégage et monte en spirale dans le vent chaud. Lentement, l'homme s'allonge par terre – sa poitrine, son ventre et ses cuisses à plat sur le sol. Avec des gestes rapides et silencieux, il recouvre son pantalon de feuilles mortes, les épines s'accrochant à sa chemise et déchirant le tissu, tandis que les cavaliers continuent d'avancer.

Lorsqu'ils ne sont plus qu'à quelques mètres, les poursuivants s'arrêtent. L'homme blanc prend un bidon qu'il tient entre ses mains et incline la tête en arrière, sa langue rose sortie. Les chevaux s'ébrouent pour se plaindre de la chaleur et l'homme qui se cache retient son souffle dans les feuilles. Le pisteur se penche en s'écartant de sa selle et crache par terre d'épaisses glaires marronnasses. Les mouches les revendiquent immédiatement. L'homme qui se cache attend. Le corbeau attend, aussi – jusqu'à ce que, finalement, avec un piétinement de sabots impatient, les poursuivants disparaissent parmi les vieux gommiers rouges. Lorsqu'ils ne sont plus qu'un marmonnement de poussière au loin, l'homme se déplie lentement de sa cachette ombragée. Il se lève et, après un rapide coup d'œil vers le ciel, il repart, sans avoir été repéré pour l'instant.

22

L'ENTREPÔT DE SON PÈRE se trouve sur la laisse de mer. Tôle et bois de construction blanchi à la chaux sur des marches en béton. Eliza a toujours eu l'impression que le bâtiment pouvait avaler toute une ménagerie ambulante. Elle sait maintenant, bien entendu, qu'il ne sert qu'à abriter du matériel et des coquillages avant qu'ils ne soient calibrés et empaquetés. Elle n'y est pas entrée depuis qu'elle était enfant, quand elle jouait à cache-cache avec Thomas, se faufilant entre des paniers poussiéreux remplis à ras bord. Elle se souvient qu'elle détaillait du regard les combinaisons des plongeurs qui séchaient, vides comme des chrysalides abandonnées, et qu'elle retenait alors sa respiration, tapie dans l'obscurité. Thomas était méticuleux, fouillant chaque coin et recoin avec une concentration implacable – la tirant avec ses doigts fins pour la faire sortir de ses cachettes une fois qu'il l'avait trouvée.

Est-il possible que quelque chose d'autre se passe aujourd'hui à l'intérieur de ce même entrepôt ? Les paroles que Hardcastle a prononcées sur la véranda bourdonnent à ses oreilles. *Il s'y passe des choses pas propres. Ce qu'il permet à ses plongeurs de faire.*

Elle s'approche du bâtiment à grands pas, le poids de la nuit sur ses épaules. L'air plus frais a renvoyé les habitants chez eux, laissant les rues désertes cependant qu'une lumière blafarde se déverse des cabanons. On n'entend que le sifflement de la brise et le bruit assourdi des rideaux de fer que ferment quelques commerçants.

Elle passe devant l'entrepôt et se dirige vers l'entrée pour ouvrir les portes. Ce faisant, elle remarque une chaîne avec un cadenas en laiton au bout. Bien sûr. Le découragement s'abat sur elle. À quoi s'attendait-elle ? Elle secoue la tôle, la chaleur qui monte dans sa poitrine menaçant de s'échapper en un sanglot déchirant. Elle fait le tour du bâtiment. Tire sur les barreaux des fenêtres. Elle sait pourtant que c'est inutile ; la tôle ne bougera pas. Lorsqu'elle revient devant la porte, une idée la saisit. D'un geste vif, elle attrape à l'arrière de sa tête une épingle dans ses cheveux. Ils se détachent aussitôt et leur masse retombe d'un coup sur ses épaules. Elle se penche et essaie de crocheter la serrure, agite l'épingle dans un sens puis dans l'autre, mais en vain. Serrant les dents, elle tape sur la tôle et le bruit opaque fait s'envoler plusieurs chauves-souris des arbres. Elle se retourne et s'adosse à la porte, ses genoux se dérobant sous elle jusqu'à ce qu'elle glisse à terre. La nuit est bel et bien couchée à présent, son manteau anthracite posé tranquillement sur tout ce qu'elle voit. Ses doigts la démangent. Elle est sûre qu'il y a des indices derrière cette porte – une lettre, une arme oubliée, un rendez-vous galant entre deux amants, quelque chose de bien, bien pire.

Des choses pas propres. Pire que des bêtes.

Elle se relève pour entreprendre à contrecœur la marche qui la ramènera au bungalow, mais alors qu'elle se redresse, une demi-pensée lui vient. Elle secoue la tête pour s'en débarrasser, mais elle revient, une mouche bleue virevoltant à nouveau autour de la viande. L'entrepôt de conditionnement de son père n'est pas le seul sur la laisse de mer. Il y en a d'autres aussi, quatre ou cinq, appartenant aux autres maîtres perliers. Celui de Hardcastle n'est qu'à quelques mètres de là où elle est. Plus petit que celui de son père, mais là, au moins. Qui peut prétendre qu'il n'abrite pas des secrets, lui aussi ? Elle jette un coup d'œil derrière elle à la ville puis à la longue plage : seules des vagues sombres rouent de coups le rivage. Le toit de l'entrepôt de Hardcastle se découpe dans le ciel parsemé d'étoiles. Il n'y a personne d'autre dans les parages. Elle s'avance dans le sable.

Elle est étonnée de ne pas trouver de serrure à la porte. Il n'y a pas d'homme plus cupide que Syd Hardcastle, aussi est-ce ahurissant qu'il ne s'assure pas que son butin bénéficie de la plus stricte sécurité. Peut-être est-il aussi stupide que cruel. Peut-être est-ce *lui* qui utilise son entrepôt à d'autres fins ce soir. Elle ouvre la porte avec fracas. L'entrepôt est frais et sec, et le sable en suspension dans l'air colle à ses dents. Ses yeux mettent un moment à s'habituer à la pénombre, mais ici et là elle distingue des piles de coquilles couvertes de poussière. Sur un tas de gros tonneaux, des fouets de bouvier et des couteaux ont été rassemblés. Elle frémit en songeant à leur usage. La ville regorge des récits de mauvais traitements que Hardcastle réserve à ses hommes. Comment il oblige ses plongeurs les plus lents à se suspendre toute la nuit aux gréements jusqu'à ce que le soleil apparaisse pour les sauver ; comment il avait accroché un jour une corde autour du cou d'un homme et l'avait traîné dans l'eau derrière le lougre jusqu'à ce qu'il se noie.

Elle cligne des yeux. Elle voit plus nettement maintenant. Le plancher est jonché de caisses, toutes remplies de coquilles soigneusement alignées. Elle plonge la main dans l'une d'elles et en sort un objet grand et plat. Elle le retourne, faisant courir ses doigts le long de sa carapace rugueuse. Même sous cette faible luminosité, l'intérieur lisse luit comme la pupille de l'œil, un tourbillon de rose, de gris et de bleu. Elle se représente le lougre de son père avec son équipage en pleine mer, les plongeurs se tenant à l'échelle, des sacs autour du cou pour y mettre les coquilles, prêts à descendre. Elle voit les équipiers chargés du pompage transpirant sous l'effort, et les assistants, patientant, les cordes de communication avec les plongeurs dans les mains. Ils attendront, elle le sait, tandis que le plongeur se déplace sur le fond de l'océan, se servant de la soupape de son scaphandre pour augmenter l'arrivée d'air et se soulever au-dessus des récifs. Ils attendront qu'il tire sur la corde pour leur signaler où se trouvent les bancs d'huîtres, et qu'il dirige le lougre depuis les profondeurs marines. Elle fait passer la coquille d'une main à l'autre, se demandant si les hommes de Hardcastle donneraient leur vie pour elle.

Des bruits de pas la prennent par surprise. Ils se font de plus en plus forts jusqu'à ce qu'une ombre apparaisse dans l'encadrement de la porte. Elle sait en un instant que c'est lui. Rien qu'à la taille grotesque de ses épaules et à sa respiration déchiquetée traînant son poids dans l'air. Elle se cache derrière un gros panier, rassemble ses jupes et replie ses longues jambes et ses bras en se rappelant les parties de cache-cache et en maintenant son corps aussi immobile que possible. À travers la pénombre, elle voit que Hardcastle n'est pas seul. Une femme se tient toute recroquevillée contre lui – menue avec des membres fins. Il la tient par la base du cou. Elle porte une robe noire et quelque chose de tissé dans les cheveux. La peur suinte de sa peau.

— Par là.

Il la pousse vers une rangée de caisses. Mais elle ne bouge pas et reste là, les yeux vitreux, hésitant comme un animal à l'abattoir. Elle tourne la tête une fraction de seconde et la lumière tombe sur son visage. C'est Min.

— Eh bien, si c'est comme ça que tu veux le faire.

Il attrape Min par les cheveux et avec une torsion du bras abaisse sa tête d'un coup sec. L'horreur dans le cri de Min suffit à échauffer la bile.

— Tu vas la fermer ! Misérable salope. J'ai dit *par là*.

Il lève une jambe et la frappe derrière les genoux. Elle est projetée sans peine au loin et s'écrase contre les caisses avant de s'écrouler par terre. Sa bouche s'ouvre et se referme sans bruit. Hardcastle tonne en s'approchant d'elle et Eliza le voit s'emparer de son fouet.

La coquille émet un sifflement en ricochant sur le plancher. La tête de Hardcastle pivote brusquement vers l'obscurité où Eliza se tient prête, une autre coquille dans les mains. Les yeux noirs du perlier scrutent les caisses. Le temps qu'il tourne la tête, Min se relève et court vers la porte, puis s'élance dans les bras froids de la nuit. Les épaules d'Eliza se relâchent de soulagement, mais les yeux de Hardcastle ne bougent pas du coin sombre où elle se trouve.

— Qu'est-ce qui se passe ici ? aboie-t-il en se frayant lentement un passage dans l'entrepôt.

Le mastiff n'est visiblement pas là. Eliza bénit son absence. Le chien n'aurait sans doute aucun mal à flairer sa cachette, à la mettre en pièces, à se faire gloire du sang versé.

— Montre-toi, maudit voleur !

Hardcastle parle d'une voix délibérée tout en s'avançant à grandes enjambées vers les fouets. Mais ses mains se posent sur quelque chose de plus petit, de plus tranchant. Qu'il porte à son visage. Qui scintille dans un fin éclat de lumière.

— Ce n'est pas un problème pour moi de te trancher la tête et de la placer devant l'entrée de cet entrepôt. J'ai toute la nuit devant moi. Ce sera un bon moyen de vous éliminer, toi et tous les bâtards de ton espèce.

Du coin de l'œil, Eliza le voit : un sac de coquilles qui a bougé, juste à quelques centimètres de là où elle se tient tapie. Il est rempli à ras bord, penche dangereusement d'un côté et menace de renverser son contenu en s'annonçant haut et fort.

— Montre-toi, lâche. Que je te frappe la queue jusqu'au sang avec ce fouet.

Il s'empare du fouet de bouvier qu'il porte à la ceinture et fait cingler la lanière en cuir sur le plancher d'un mouvement du poignet. Le claquement résonne, répercuté par les murs comme des balles. Eliza recule. Le sac semble sur le point de basculer. Lentement, centimètre par centimètre, elle tend la jambe. Si elle arrive à le maintenir droit avec sa bottine, elle peut, en s'armant de patience, rester cachée dans l'obscurité. Du moins, jusqu'à ce que Hardcastle renonce et retourne boire. Mais alors qu'elle bouge, son regard est attiré par quelque chose de petit qui se déplace sur le plancher. Ce n'est pas plus gros que la paume de sa main mais elle est sûre de distinguer sa rayure dorsale rouge si caractéristique. Son sang ne fait qu'un tour. De longues pattes avant noires. Elle en a déjà vu, bien sûr, et chaque fois elle entendait la voix de son père. "Ne sous-estime jamais une veuve noire à dos rouge, disait-il. Une morsure peut tuer un homme en quelques minutes."

Avec un léger frémissement, l'araignée change de direction. Eliza tressaille en la voyant faire. Juste une contraction des muscles, mais cela suffit. Ce qui se passe après se produit en l'espace d'à peine une seconde. Au moment où son pied ne peut plus aller plus loin, le sac explose, envoyant des coquilles voler sur le plancher avec un rugissement. La tête de Hardcastle virevolte vers le bruit. Il se tourne et, en un instant d'une rapidité inouïe, s'abat sur elle.

Le journal de Charles J.G. Brightwell, maître perlier

Une découverte capitale

Je dois avouer que je trouve assez difficile d'écrire alors que mes mains tremblent avec frénésie. Je crains de briser la plume tant je serre fort mon stylo ! Oh, Willem et moi sommes tombés sur quelque chose de fascinant. Quelque chose de monumental, pourrais-je même dire.

Voilà maintenant un moment que nous prospectons les environs de Brolga Island. Alors que Brolga est une grande île qui abrite des mammifères et des reptiles (plusieurs centaines de wallabies doivent y vivre si mes données sont exactes), il y a de plus petites îles tout autour, dont nombre d'entre elles servaient jadis aux pêcheurs de baleines, mais qui sont toutes abandonnées aujourd'hui. J'y suis allé et j'ai trouvé quelque chose. Oh, j'ai trouvé des tas de cette chose-là. On pourrait dire que c'est une mine d'or (si l'or était aussi blanc que des os et empestait à ce point). Cela a pris plusieurs jours pour que le lougre navigue dans les chenaux, mais j'ai fini par débarquer sur une île de taille moyenne, peut-être de huit cents mètres de large. Même du rivage, je pouvais le voir. De grands tas, partout, comme des monticules de calcaire blanc. La substance s'accumule depuis des milliers d'années et à certains endroits, elle fait presque trente mètres de haut. Du guano ! De l'engrais ! De la fiente d'oiseaux ! Appelez-le comme vous voulez. Gris et nauséabond quand il est déposé ; blanc et poudreux quand il sèche. L'or blanc !

On pourrait faire fortune grâce à lui : il suffit de l'extraire et de le vendre à la tonne comme fertilisant agricole. Je me demande si je ne devrais pas contacter certains de mes anciens associés à Londres. Les Américains le font depuis des dizaines d'années, évidemment, avec les gisements qu'ils exploitent sur les îles Chincha au large du Pérou et dont ils remplissent leurs bateaux jusqu'aux barrots. Nous devons garder cela secret pour l'instant. Même Thomas n'est pas au courant, ni Martha. Mais nous pouvons l'utiliser. Nous pouvons l'utiliser !

— Eliza Brightwell. J'aurais dû m'en douter, bon sang.

Il la saisit par les épaules et la hisse debout. Elle est grande, mais elle ne fait pas le poids face à la stature de Hardcastle. Assez près de lui pour sentir l'odeur de ce qui est coincé entre ses dents, elle se rend compte qu'il n'aurait aucun mal à la maîtriser.

— Inutile que je vous demande ce que vous fabriquez dans mon entrepôt, crache-t-il. À flairer partout comme vous autres, les Brightwell, aimez faire.

Ses jambes sont sur le point de céder, mais elle ne lui en donnera pas la satisfaction.

— Je comprends maintenant pourquoi vous ne teniez pas à ce qu'on entre ici, dit-elle en songeant à Min, à la façon dont elle tremblait de peur. Je sais à présent à quoi vous sert cet entrepôt. Je sais exactement quel genre d'homme vous êtes.

Il écume de rage. Elle ne voit rien qu'un mur de chair quand il fait tomber lourdement son bras sur son visage. La pièce disparaît dans un tourbillon d'étoiles vertigineux. Ses oreilles se congestionnent, comme si on l'avait plongée sous l'eau. Elle vacille, engourdie, les yeux roulant dans sa tête tandis que sa langue reconnaît le goût du fer chaud sur ses lèvres. Elle lève les bras pour se défendre maladroitement, mais il lui attrape les deux poignets. Avant qu'elle ne puisse se dégager, il l'a retournée et poussée violemment jusqu'à ce que son corps heurte un panier de coquilles qui lui arrive à la taille. Elle se débat de toutes ses forces, cherche à se libérer de sa poigne, mais ses mains sont des serres. Il lui agrippe le cou et lui baisse la tête, appuyant de tout son poids contre son dos. L'effarement sonne comme une mélopée funèbre aux oreilles d'Eliza; pourtant, à travers son chant, elle entend qu'il lui parle.

— Les femmes comme vous, c'est ce qui ne va pas dans cette fichue ville. (Elle sent son haleine chaude contre son oreille.) Des garces aux grands airs qui ne savent pas quand la fermer.

Elle se débrouille pour tourner légèrement la tête et le voit prendre son fouet. Horrifiée, les bras immobilisés, elle ne peut rien faire tandis qu'il le tient, lanière tendue, en travers de sa gorge, le saisit de chaque côté et le tire en arrière d'un coup sec. La douleur est blanche et cuisante. Elle essaie de ne pas crier. Elle a du mal à respirer, elle a du mal à voir ; la vie, étranglée, s'éloigne d'elle. Elle a l'impression de tomber. La douleur est partout, et bat comme le pouls. Les bords de son champ visuel se teintent d'ambre. La couleur des feuilles, l'automne, en Angleterre. Elle pense à sa mère, se revoit marchant derrière elle à la descente du vapeur puis sur la terre rouge. Rouge. La couleur des renards qui traversaient les jardins en se pavanant, là-bas au pays. Elle se revoit se cacher dans la forêt. Courant après sa mère entre les arbres. Elle regarde ce beau visage disparaître et réapparaître. Des dents d'un blanc éclatant au milieu du feuillage embrasé. Eliza se sent partir doucement. Elle lutte pour stopper le tunnel ténébreux qui va se rétrécissant jusqu'à se volatiliser. Elle songe à la plage à marée basse. Aux bancs de vase aussi noirs que du charbon. Se revoit ramassant des coquillages avec Balarri sur le littoral. Elle sent l'érection de Hardcastle dans son dos. L'odeur des cheveux de sa mère. Son rire comme des fleurs fraîches. L'amulette en forme de sirène de son père. Le précieux trésor. Ned. Alors que le rideau en velours retombe, elle sent que Hardcastle attrape sa robe et la soulève.

Elle est presque déjà trop loin pour entendre le fracas derrière elle, et le claquement qui suit – le bruit de quelque chose de lourd contre de la chair. Elle doit être morte, c'est sûr, mais Hardcastle s'écroule sur elle de tout son poids. Le fouet glisse de sa main et tombe sans bruit par terre. Les yeux grands ouverts, Eliza se débat pour reprendre son souffle, chassant le rouge à chacune de ses courtes et légères respirations. Elle se dégage en poussant de toutes ses forces, fait rouler le corps de Hardcastle jusqu'à ce qu'elle l'entende s'affaler sur le sol. Lentement, elle se tourne, avançant petit à petit vers ce qui se trouve derrière elle. Lorsqu'elle voit ce que c'est, le vermillon domine. Une vieille femme, les contours de sa silhouette flous, une expression d'horreur sur le visage. Brandie au-dessus de son épaule, une canne surmontée d'une tête de cheval dorée.

23

Mme Riesly est agitée de tremblements. Elle abaisse la canne qui heurte le sol bruyamment.

— Il faut partir, dit Eliza.

Sa voix est sur le point de se briser. Elle enjambe le corps de Hardcastle, étendu face contre terre ; le sang, sur le crâne, est déjà poisseux. Mme Riesly considère la blessure, un renflement de chair sur le rose de la peau.

— Il va bientôt se réveiller, n'est-ce pas ? demande-t-elle tout bas.

Eliza l'attrape par le bras, et elles sortent en trébuchant dans l'air de la nuit.

— Ma chère, vous allez bien ?

Elles atteignent la plage, la mer un doux murmure devant elles. Eliza regarde à travers des yeux injectés de sang et voit une autre silhouette qui se rue vers elles.

— Père ? dit-elle, la voix rauque.

Le mot fait voler l'air en éclats brillants. La plage éclairée par la lune devient de plus en plus petite. Avec un voile noir qui tombe à merveille, Eliza s'écroule sur le sable.

À nouveau, la tache rouge. Gluante sur les bords. Béante et brûlante et frémissante. Des voix vont et viennent. Est-ce seulement une voix ou un chœur ? Est-ce un chant ? Un visage apparaît dans la brume. *Eliza ?* Un vent chaud se déverse à travers les persiennes. Elle se griffe le cou jusqu'à ce qu'il saigne. Le visage revient. L'odeur du café chaud. Son esprit sombre dans les ténèbres. *Eliza ?* Quelque chose lui chatouille le visage. Des cheveux blancs à ses paupières. Dans ce demi-espace entre la mort et la vie, un petit garçon est emporté par la brise.

Elle se réveille en sursaut, des relents de lard salé inondant ses narines. Elle est couchée sur un canapé en osier dans une pièce qu'elle ne connaît pas. Décorée avec soin, avec une bibliothèque bien fournie et des vases remplis de fleurs aux couleurs vives disposés çà et là parmi les meubles. Alors qu'elle s'apprête à se lever, Mme Riesly entre précipitamment.

— Vous êtes réveillée ! Comment vous sentez-vous ?

Sa voix est douce et Eliza se rend compte qu'elle a les joues humides. Sa bouche la brûle. Un bol d'eau est posé à côté d'elle, dedans un linge imbibé de rouge foncé. Elle porte une main à son visage et frémit au contact de ses propres doigts. Ses yeux, elle le devine en cillant, sont gonflés et raides. Elle suit la trace d'une large plaie qui part de son sourcil droit et va jusqu'au milieu de sa pommette. Cela l'élance. Elle a atrocement soif.

— Madame Riesly, je…

Les lèvres d'Eliza se collent à ses dents. Ses mots sonnent étrangement fort dans son crâne. Ses épaules s'affaissent.

Son ouïe à droite, déjà imparfaite, s'est atténuée au point qu'elle l'a presque perdue.

— Ma chère. Appelez-moi Jean, vous savez que c'est mon nom.

Mme Riesly pose une petite tasse en porcelaine devant Eliza et s'assoit dans un fauteuil, croisant les mains sur ses genoux. Elle est calme, mais son visage trahit son malaise.

— Je ne sais pas ce qui serait arrivé si vous ne m'aviez pas trouvée, madame… je veux dire, Jean. Je ne sais pas. (Elle parle d'une voix sèche, tendue, comme durcie par le sel.) Je n'étais pas assez forte.

— En vérité, il n'y avait pas que moi, dit la femme. Votre ami Axel, un charmant jeune homme, est arrivé juste au moment où nous vous avions perdue et il vous a portée jusqu'ici.

Eliza éprouve un sentiment indiscernable dans sa poitrine.

— Il a dit qu'il reviendrait demain matin pour vous raccompagner en toute sécurité à votre bungalow, où vous pourrez vous reposer, après que le Dr Blithe vous aura examinée, bien entendu.

— Et Min ? (À cette pensée soudaine, Eliza est prise d'une montée de chaleur anxieuse dans les entrailles.) Est-ce qu'elle va bien ?

Elle tente de se lever, mais le moindre mouvement lui envoie des étoiles dans les yeux.

— Elle était là, chérie. Elle a été secouée mais elle va bien. C'est surtout pour vous qu'elle se fait du souci.

Eliza se rassoit et acquiesce à contrecœur. La frustration grandit en elle. Il faut qu'elle parte à la recherche de son père. Elle ne peut pas rester ici.

— Eliza. (Mme Riesly recroise les mains.) Je vous dois des excuses.

Eliza cligne des paupières. Cette femme vient de la sauver. Après une pause, son visage est agité de frémissements dans le silence. Mme Riesly s'éclaircit la voix.

— Ce que mon neveu vous a fait est ni plus ni moins monstrueux.

Le temps achoppe.

— Votre quoi ?

Les mots lui déchirent la gorge. Elle serre la peau de son cou et Mme Riesly bondit de son siège, versant le thé dans la bouche d'Eliza.

— Sydney est un homme perturbé, dit Mme Riesly. Impuissant face à ses vices. Il a l'esprit plus lent que la majorité des hommes ; il a du mal à réfléchir et cela le met en colère – il ne sait pas quoi faire avec ces sentiments-là. Mais cela n'excuse en rien ce qu'il vous a fait, bien entendu.

La voix de la femme se brise et elle repose la tasse sur la table, les mains tremblantes.

Eliza reste pantoise. Elle ignorait totalement que Mme Riesly avait de la famille ici à l'exception de son mari, qu'on voyait d'ailleurs rarement avant qu'il meure. Pour la plupart des gens en ville, c'est une vieille veuve paresseuse – perdue dans son bungalow, endormie sur sa véranda, la bouche molle et béante comme une morue de roche. Et puis, bien sûr, il y avait les étranges promenades nocturnes. Quoique, sans elles, Eliza ne serait pas assise ici en ce moment même. Ses oreilles bourdonnent quand elle songe avec horreur à ce que Hardcastle aurait pu lui faire.

Elle parcourt la pièce du regard : un fauteuil avec un coussin tout aplati ; un livre ouvert, posé sur le côté. C'est la vie de quelqu'un qui vit seul, même si Mme Riesly et Syd Hardcastle sont unis par les liens du sang. Lorsque les yeux d'Eliza s'arrêtent sur la femme, elle s'aperçoit qu'elle l'observe.

— À mon avis, il a quelque chose à voir avec mon père, dit Eliza avec assurance. Je suis désolée.

Les épaules de Mme Riesly ploient avant même qu'Eliza ait fini sa phrase. Elle dodeline lentement de la tête en regardant le plancher. Elle reste dans cette position pendant un bref instant, l'air résonnant du tic-tac militaire de la pendule sur la cheminée.

— Je ne suis pas étonnée de vous entendre dire cela, déclare-t-elle. (Elle cherche à prendre un ton convaincant.) Je suis sûre que je penserais la même chose dans votre situation. Mais Sydney n'est pas impliqué dans cette affaire. Je vous en donne ma parole.

Eliza a un petit rire moqueur, mais qui sonne comme un sanglot. La vieille femme tend une main puis se déplace pour venir s'asseoir à côté d'elle sur le canapé. Elle sent la cannelle et le sel. Eliza se surprend à être attirée par cette odeur.

— Votre père et Sydney sont peut-être des rivaux, mais ils prenaient bien plus part aux affaires de l'un et l'autre que vous ne l'imaginez.

Eliza fronce les sourcils. S'agite. Mme Riesly repose ses mains sur ses genoux.

— Je m'occupe de la comptabilité de Sydney, voyez-vous. Il n'est pas très bon avec les chiffres à cause de… (Elle se tapote le front.) Je suis au courant de chaque pièce de monnaie qui entre et qui sort de ses poches. (L'osier grince quand elle se penche en avant.) Ce qui veut dire que je suis au courant de toutes les affaires qu'il a pu conclure.

Eliza la regarde en clignant des yeux.

— Votre père et Sydney étaient, disons, financièrement liés. Ils avaient leur propre arrangement en quelque sorte.

Une pause. Eliza supplie du regard la femme de poursuivre.

— Très bien. Je ne peux plus me taire maintenant, n'est-ce pas ?

Y a-t-il un soupçon de délectation dans la voix de Mme Riesly ? Ce ne serait pas la première fois qu'une femme de Bannin s'emporte contre les ragots qui circulent en ville.

— Il y a plusieurs années de cela, Sydney a eu un enfant.

À ces mots, le front d'Eliza se plisse. Même si cela ne devrait pas la surprendre ; il n'est pas rare que les hommes de Bannin Bay fécondent qui ils veulent.

— Les circonstances n'étaient pas idéales. La mère était l'une des jeunes femmes du camp des indigènes. Je crois que vous connaissez son père, le vieux Billy du *Starling*.

Eliza déglutit. C'est comme essayer de gober un œuf.

Elle ne savait rien de tout cela. Hardcastle et la pauvre fille de Balarri. Il n'avait jamais beaucoup parlé d'elle, mais elle ne pouvait pas avoir été consentante. Ses doigts se portent aux ecchymoses autour de son cou.

— Un petit garçon est né. Alfred, c'est le nom que nous lui avons donné. Nous l'avons pris ici et l'avons élevé. Dans ce bungalow.

Les yeux d'Eliza s'agrandissent en entendant ce nom. *Alfred.*

— Mon mari passait pratiquement tout son temps avec lui. Il lui lisait des livres. L'occupait pour qu'il échappe aux regards indiscrets. La mère, je ne me rappelle pas son nom, a fini par mourir.

Mme Riesly agite la main comme si elle chassait un moustique. Eliza sent que sa tête lui tourne. Alfred n'est pas l'homme d'équipage porté disparu. Alfred est le fils de Hardcastle.

— Quand il a eu cinq, six ans, Sydney a décidé de le vendre.

Eliza a le souffle coupé ; elle reste bouche bée.

— Quoi ? dit-elle, dégoûtée.

— Il connaissait un Américain qui furetait du côté des fermes d'élevage. Il faisait des achats pour le cirque. Broad et Bartley, je crois, assez célèbre qui plus est.

La femme hoche la tête. Eliza sent la nausée lui serrer les entrailles.

— Il cherchait un "garçon boomerang" pour leur exposition sur les cannibales australiens. (Mme Riesly le dit tout simplement.) Sydney trouvait que c'était une très bonne idée et on lui offrait une importante somme d'argent. Mais votre père est intervenu. Billy lui avait parlé du garçon.

Eliza lève les yeux vers la femme.

— Ils avaient une drôle de relation, n'est-ce pas ? Votre père et le vieux Billy. J'ai toujours pensé que c'était louche. Mais bref, il se trouve que votre père ne supportait pas l'idée que l'enfant soit exhibé, aussi a-t-il convaincu Sydney de l'envoyer plutôt dans une de ces grandes missions à Adélaïde. Il y connaissait un pasteur, et l'on y proposait un bon programme pour les jeunes garçons. Votre père était d'accord pour payer les frais du voyage et pour verser tous les mois une somme d'argent à Sydney qui compenserait ce qu'il avait perdu en ne faisant pas affaire avec Broad et Bartley. Comme je le disais, c'était une somme importante. (Elle hausse un sourcil comme si Eliza devait être impressionnée.) Une fois la totalité atteinte, votre père a voulu conclure l'affaire d'une poignée de main, mais Sydney lui a mis le couteau sous la gorge et il a continué à payer.

Eliza cille, troublée.

— Que voulez-vous dire par "le couteau sous la gorge" ?

Mme Riesly se penche plus en avant, comme si elle s'apprêtait à lui offrir quelque chose de grande valeur.

— Eh bien, je n'ai jamais eu connaissance des détails précis, mais le bruit courait que Sydney savait des choses sur l'un des plongeurs de votre père. Qu'il partageait la vie de quelqu'un avec qui il n'aurait pas dû, je crois. Une femme aborigène. Sydney a accepté de garder le silence si votre père continuait les paiements. De toute évidence, M. Brightwell ne souhaite pas que cette information soit rendue publique. Il ne veut pas devoir renvoyer le plongeur. Il perdrait son atout le plus précieux.

— Un plongeur, dit tout bas Eliza.

Elle songe à Shuzo et à ses transactions avec le docteur. L'a-t-on obligé à aller aux Trois Pierres pour dissimuler la preuve d'une relation que le restant de la ville raillait ? Et son père ? Quels autres secrets cache-t-il ? Que peut-il avoir fait d'autre pour s'assurer que son plongeur qui lui procure le plus de gains ne quitte pas Bannin Bay ? Elle ressent l'aiguillon de la honte. Les faits lui laissent un goût particulièrement amer.

— Quoi qu'il en soit, Sydney lui a été reconnaissant au bout du compte. Il lui arrivait de demander des nouvelles du garçon de temps en temps – il a même songé à lui écrire un jour. Je pense que votre père n'était pas au courant de l'état civil de l'enfant. Mais il a payé tous les mois et Sydney n'aurait jamais rien fait qui pût nuire à la transaction. Il a énormément besoin de cet argent, vous comprenez.

Eliza a les yeux tirés à cause de la fatigue et du sel. Ses pensées se sont éparpillées. Croit-elle réellement que cet arrangement dissuaderait Hardcastle de se débarrasser de son père ? Et si Hardcastle n'est pas responsable, qui l'est alors ?

Les deux femmes demeurent silencieuses tandis que le bruit de la mer s'engouffre par les fenêtres.

— Pourquoi étiez-vous dehors, Jean ? Pourquoi sortez-vous aussi tard, le soir ? demande doucement Eliza au bout d'un moment.

La vieille femme se hisse à grand-peine du canapé. En l'espace d'un souffle, elle est à la fenêtre. Regarde les oiseaux s'agiter dans les branches. Lorsqu'elle finit par parler, elle s'adresse aux persiennes.

— Je pourrais vous poser la même question, ma chère. Mais je suppose que nous cherchons toutes les deux une façon de supporter les maisons vides.

24

Avec le soleil replié sous l'horizon, le bush environnant est sombre et frais. Des phalènes volètent maladroitement dans le demi-jour et des étoiles frigides regardent d'un air hésitant à travers la pénombre. Le corbeau avait fait le guet pendant que l'homme allumait un feu – depuis plusieurs jours maintenant il n'y a aucun signe de ceux qui sont à sa poursuite – et la fumée s'élève en spirale comme des écheveaux de soie gris-bleu. L'homme a trouvé de l'eau et à manger en quantité dans le bush. Il paraît fort vu d'en haut, vif, ses oreilles habituées à tous les grincements et grattements de la nature alentour. Aussi, doit-il être surpris d'entendre le martèlement de chevaux, comme un puissant roulement, venant du sentier. Et de voir en même temps un éclair de sergé bleu à travers les arbres.

Parker souffre, et paie le manque de nourriture et de sommeil. Ses pommettes finement taillées donnent à son visage une expression encore plus malveillante. Son uniforme est en lambeaux, les boutons, ternis par les rafales de poussière, sont devenus gris. Mais aussi voûtée que soit sa posture, vous le verrez toujours à cheval, jour après jour. Ses yeux ratisseront toujours le bush à l'affût de qui ose se montrer.

Tout à coup, le pisteur lève une main et les deux hommes mettent leurs chevaux à l'arrêt. Au-dessus de leurs têtes, un uraète plane dans le ciel. Le bush retient sa respiration. Le pisteur se tourne, porte un index sale à ses lèvres. Parker le regarde basculer une jambe par-dessus sa selle pour descendre de sa monture et s'écarter du sentier, repoussant les branches et les feuilles avec ses bottes à mesure qu'il avance. En les déplaçant, il finit par déterrer un tas de braises incandescentes. Le pisteur s'agenouille, tâte la poussière autour du feu du bout des doigts. Une fois satisfait, il se redresse, lève un bras.

— Il est passé par là.

25

Eliza a déjà vu des hommes souffrant le martyre. Les tympans déchirés ; les poumons gonflés d'infection ; les mains attaquées par des serpents de mer et couvertes de plaies suppurantes. Elle a vu des vestiges d'hommes que les requins et les crocodiles ont dépouillés de leurs tissus mous. Elle a vu des hommes si affaiblis par le scorbut qu'il fallait les porter à terre pour qu'ils meurent. Elle se souvient de ces nuits sombres quand son père, les yeux hagards, se dépêchait de rentrer par les rues où la lune dardait ses rayons. Il installait l'un de ses plongeurs sur un lit de fortune, puis filait à l'autre bout de la ville chez le Dr Blithe, qui arrivait et secouait lentement la tête. Les plongeurs geignaient dans les ténèbres – les articulations ankylosées et les corps pliés en deux, assaillis de crampes parce qu'ils étaient remontés trop vite du fond de la mer. Elle avait regardé un soir, à travers la moustiquaire soigneusement tendue, un plongeur gémir dans les affres de la paralysie. Son père était dans tous ses états, appliquant des cataplasmes sur ses bras et ses jambes jusqu'à ce que l'homme se mette à s'agiter si violemment qu'il devait le maintenir couché en pesant de tout son poids sur lui. Ils frissonnaient de conserve en attendant que le soleil matinal pénètre à coups de griffe par les croisillons de la fenêtre. À son réveil, le silence régnait.

Elle n'avait jamais pensé qu'un jour c'est elle qui souffrirait le martyre. Cela fait une semaine maintenant que Mme Riesly a brandi sa canne dans l'entrepôt, et deux atroces semaines depuis que le *Starling* est rentré, son drapeau à mi-hauteur du mât. Et bien qu'Eliza, confinée dans son bungalow, souhaite de toutes les fibres de son corps parcourir les rues à la recherche d'indices, même faire un pas lui est une épreuve. Toutes les deux secondes, elle a envie de hurler qu'elle doit partir à la recherche de son père. Toutes les nuits, elle a affronté l'horreur de se dire qu'il était peut-être perdu, seul, en pleine mer. Elle s'est apaisée en inventant des histoires ; des récits d'hommes se noyant sauvés par des navires de passage, de marins avalés par des baleines puis recrachés sur des rivages ensoleillés. Il y avait une histoire que son père aimait raconter plus que toutes les autres, au sujet d'un schooner qui avait sombré lors d'une tempête avec tous ses hommes sauf un. Le seul survivant avait été balloté dans l'eau et avait uniquement réchappé à la noyade en s'accrochant à un tonneau qui flottait. À terre, les jours s'écoulaient et se transformaient en semaines ; sa famille pensait qu'il s'était noyé et commençait peu à peu à faire son deuil. Presque un mois plus tard on l'aperçut chancelant le long de Sixty Mile Beach, totalement nu, brûlé par le soleil, tirant sur le sable un fou de Bassan mort qu'il tenait par le cou.

À présent, dans le bungalow, un lieu entrelacé d'ombres, les matins viennent avec des cris d'oiseaux stridents. Ils donnent le mal de tête à Eliza – le fluide *couuu hi* des courlis, les jacassements des marouettes qui se disputent. Ils apportent avec eux de douloureux souvenirs de son père. “Écoute ça – *coo, coo*, disent-ils. Tu sais que lorsque la pie grièche chante, il arrive des malheurs.”

Le troisième jour de son confinement, un kookaburra vint se poser avec un éclair d'aile bleue sur la rambarde de la véranda, et pendant tout l'après-midi il poussa son cri perçant. Elle avait essayé de le chasser, avait agité les volets anti-tempête pour le déloger de son perchoir, mais il se contentait de tourner ses yeux pâles vers elle et d'aboyer comme un chien. Il revint le lendemain, également, et elle remarqua que ses ailes captaient la lumière. Le quatrième jour, elle approcha lentement sa chaise de la fenêtre et regarda la brise ébouriffer les bandes orange à festons qu'il avait sur le dessous. Quand il revint une dernière fois, il apporta une grenouille dans son bec. D'un doux *bang* qui retentit à plusieurs reprises, il frappa son corps contre la rambarde, puis la goba en entier avant de rejeter la tête en arrière et de lâcher son caquètement.

Axel était arrivé avec empressement chez Mme Riesly, exactement comme il l'avait dit, pour venir la chercher et la ramener ici. Sans un mot, il avait supporté le poids d'Eliza sur son épaule et l'avait soutenue jusque chez elle. Lorsqu'ils avaient atteint la véranda, elle avait marqué une pause, ne sachant pas comment elle pourrait monter les marches. Après un rapide coup d'œil pour vérifier que personne ne les regardait, il s'était penché et avait tendu le bras vers ses jambes.

— Non, l'avait-elle mis en garde, et il avait souri bien que son visage se fût empourpré.

Une pointe de culpabilité l'avait alors saisie et elle lui avait offert son coude, pesant de tout son poids sur lui bien plus lourdement qu'elle n'en avait réellement besoin.

Une fois à l'intérieur, alors qu'il l'aidait à aller jusqu'au fauteuil, elle avait ressenti les débuts de quelque chose. Quand il s'était incliné pour l'asseoir doucement sur les coussins, il s'était tenu si proche d'elle que leurs nez s'étaient presque touchés, et elle avait éprouvé une sensation de chaleur au niveau du nombril. Il était resté là, ses yeux fouillant les siens. Elle savait ce qu'il devait voir. Les nœuds dans ses cheveux. Sa robe sale, son visage tuméfié. Mais il la regardait comme s'il avait du mal à déglutir. La peau d'Eliza avait frémi d'impatience. Elle n'arrivait pas à se rappeler la dernière fois qu'on l'avait touchée avec délicatesse, et fut surprise de découvrir qu'elle en mourait d'envie. Elle aurait pu se tendre et l'attirer contre elle, sentir son corps contre le sien. Mais elle ferma les yeux et dans le noir, une image vacilla devant elle comme illuminée par la lumière d'une lampe-tempête. Un petit enfant se tourna vers elle en riant. Elle ouvrit les yeux. Axel la relâcha, recula et toussota.

— Alors, c'est cela, le bungalow d'un maître perlier, dit-il.

Consciente qu'il était vu avec des yeux neufs, elle ne put s'empêcher de remarquer la poussière tourbillonnant dans les rais du soleil, l'odeur si caractéristique de l'humidité et du vieil encens. Mais Axel était sous le charme, comme s'il s'agissait de la chose la plus magnifique qu'il avait jamais vue. Il passa lentement devant le piano, balayant de sa main le bois de rose, puis se dirigea vers la bibliothèque.

— Quelle collection, dit-il en parcourant du regard les rangées de livres – la plupart, reluisant sous l'éclat doré de leurs caractères, appartenaient à son père.

— C'est que nous sommes une famille de lecteurs, répondit-elle avec un sourire triste.

Axel papillota des yeux et les avait promenés tout autour du bungalow vide.

— Et qui sont ces deux-là ?

Il tenait un cadre à la lumière. La photographie blanchie représentait deux enfants, leurs visages barbouillés de boue. L'un d'eux n'était guère plus qu'un bébé, souriant de toutes ses gencives à l'objectif; l'autre, une jeune fille à l'air grave, les boucles de ses cheveux en désordre. Eliza s'éclaircit la voix.

— C'est moi, et mon frère.

— Vraiment ? Quelle photographie. (Il la reposa sur l'étagère et Eliza vit que ses mains tremblaient.) C'est curieux, cela dit, car Thomas est sûrement plus âgé que vous, n'est-ce pas ?

Eliza se tortilla dans son fauteuil. Axel la regarda pendant trop longtemps.

— C'est mon autre frère. Ned.

Ne sachant pas quoi répondre, il annonça avec une hâte trahissant son trouble qu'il devait partir. Il lui souhaita un bon rétablissement, lui recommandant de se reposer encore quelques jours et de faire des gargarismes avec de l'eau salée.

— Y a-t-il autre chose que je puisse faire pour vous, Eliza ? demanda-t-il avant de la quitter.

— Allez à la prison, le supplia-t-elle. Vérifiez les nouvelles. Toutes les informations que vous obtiendrez.

Mais quand il revint, il n'avait rien d'important à lui rapporter. Parker n'était pas rentré de sa chasse à l'homme.

Maintenant qu'Axel est occupé sur les plages, l'air s'est épaissi – il est si ouateux que même les mouches se tiennent en suspension. Seule Min est passée avec des marmites fumantes remplies à ras bord et des bouteilles de citronnade amère.

— Cadeaux dit-elle. Offerts par Mme Riesly.

Mais Eliza n'avait pas faim.

Min lui avait néanmoins souri d'un sourire apaisant tout en soignant ses blessures. Elles avaient parlé tout bas de leurs parents – du parfum de sa mère que Min se remémorait. Des premiers souvenirs qu'Eliza avait de son père. Elles avaient parlé de ce qui arrivait aux âmes de ceux qui mouraient, puis Eliza avait demandé à Min ce qui, chez son propre père, lui manquait le plus.

— Sa voix, avait-elle répondu dans un murmure caverneux. Ses mains.

Elle décrivit des ongles rongés jusqu'au sang, les paumes rêches et tout éraflées des prospecteurs. Une brûlure en forme d'étoile à cinq branches.

— Je ne veux pas les oublier. Eliza, fais en sorte de ne jamais oublier.

Elles avaient pleuré cependant que le soleil dardait des rayons soyeux à travers les persiennes.

Min lui avait également raconté que Hardcastle avait quitté Bannin en toute hâte pour les fermes d'élevage ; quand ses hommes étaient arrivés à l'entrepôt de conditionnement, ils n'avaient rien trouvé hormis une porte soigneusement verrouillée. Ils avaient soutenu qu'il était parti à la recherche de nouveaux hommes d'équipage pour sa flotte, mais elle savait, tout le monde savait, la vraie raison pour laquelle il s'était discrètement éclipsé.

— J'espère qu'il se fera mordre par un serpent dans le bush et j'espère qu'il mourra d'une mort lente et douloureuse, dit Min un jour, le désir de voir le sang versé brillant furtivement dans ses yeux. Ou par un scorpion. Ou une araignée. Lequel est le plus horrible à ton avis ? Eliza ?

Eliza l'avait regardée avec un sourire obligé, mais elle était distraite.

— Peu importe lequel, de toute façon, ce sera mérité, poursuivit Min. Un odieux perlier. Songe à ce qu'il aurait pu te faire, ou me faire, dans cet entrepôt. Songe à ce qu'il fait tous les jours à ses plongeurs. Il est d'une… c'est quoi le mot… *cupidité* maladive, voilà. Tout comme les autres.

Min continuait de parler, mais ses mots étaient étouffés par les pensées qui fourmillaient dans l'esprit d'Eliza. Celles qu'elle avait essayé, maintes et maintes fois, d'écarter. Au bout d'un moment, elle avait fini par faire face à son amie.

— Est-ce que tu penses que mon père est une bonne personne ? demanda-t-elle.

Min avait battu des paupières, maintenu une physionomie calme.

— Peut-il être une bonne personne si tous les jours il a fait comme les autres ? Envoyer des plongeurs ramasser des coquilles. Mettre des hommes en danger. Courir après la fortune avec la même frénésie que tous les perliers. (Elle jeta un coup d'œil aux croissants de poussière rouge sous ses ongles.) Peut-on faire cela et être quand même bon ?

Min avait soupiré.

— Je ne sais pas, Eliza. Et qu'est-ce que "bon" peut bien signifier dans une ville comme celle-ci ?

Dehors, des cacatoès corellas poussaient des cris stridents en se battant.

— Suis-je quelqu'un de bon ? Es-tu quelqu'un de bon ? Est-ce aussi simple que cela ? (Elle tourna le visage vers la fenêtre.) Je pense que je suis les deux. J'ai mes bons côtés et mes mauvais côtés. Personne n'est tout l'un ou tout l'autre, quoi que nous fassions. Tout le monde a quelque chose à cacher.

Eliza avait acquiescé d'un hochement de tête et eut un petit sourire, mais elle ne pouvait ignorer le sentiment de malaise qui s'implantait en elle.

— Je pense que cette ville a peut-être une emprise sur mon père, dit-elle après un moment. Je pense qu'elle l'a endurci au point qu'il n'est plus celui que je pensais qu'il était.

26

Elle se repose sur le fauteuil, contrariée et amère. Le rotin laisse de profondes marques sur sa peau et le bruit d'un marteau qui aboie au loin emplit l'air. Elle imagine avec envie le tumulte indistinct qui règne sur la laisse de mer – des hommes brossant avec acharnement des bateaux ; calfatant des coutures de pont avec de la poix ; remplissant soigneusement des caisses en bois avec des huîtres. Elle songe aux ouvriers retirant les anatifes fixés à des coquilles calleuses. Appuyant leurs langues contre leurs joues chaque fois qu'ils incisent le muscle adducteur avec la pointe d'une lame.

Les jours sont de plus en plus chauds à présent, l'air est saturé de l'odeur limoneuse de la boue et de la sensation démesurée de quelque chose en construction. Dans l'ombre dérisoire de la véranda, alors que les heures s'écoulent lentement, Eliza s'est vue naviguant le long des chenaux et sur une mer agitée. Elle s'est imaginée être un oiseau dans le ciel, observant les bateaux quittant leur ancrage, glissant au-dessus des récifs qui écorchent leurs coques comme de la peau morte, passant devant des ravitailleurs et des schooners, des flottes éparpillées et plus que ballotées par les flots. Tout autour d'eux, les vrilles des mangroves saignent comme des veines ouvertes, et la nuit, quand tout est calme et sombre, l'eau se love profondément, comme un sommeil sans rêve.

Elle s'est demandé si ce qui reste de sa famille lui reviendra un jour, hantée par les fantômes de ceux qui ne sont plus là. Elle avait au moins réussi à parcourir la petite distance qui la séparait de la poste. À l'entrée, un tableau est réservé aux annonces de décès des plongeurs. Cette saison, la mort n'a pas chômé au fond de l'océan. Mais elle avait lu la liste des noms deux fois et n'avait trouvé aucune mention de son père parmi eux. Le garçon au guichet – couvert de taches de rousseur et engoncé dans son gilet – avait évalué du regard ses entailles en pinçant les lèvres et en avalant ses mots. Il n'était pas rare de croiser un homme dans Bannin la peau arrachée comme un poisson appât. Mais une jeune femme du statut d'Eliza ? Cela n'arrivait pas souvent.

Il n'y avait pas de lettre pour elle de Thomas, avait annoncé le garçon, et le corps d'Eliza avait ployé sous un poids plus lourd. Alors qu'elle se tournait pour repartir, le garçon avait de nouveau parlé, l'air sifflant doucettement par les espaces entre ses dents

— Voilà un moment que je ne vous ai pas vue, mademoiselle.

Il indiqua la fenêtre de la main et Eliza aperçut, à quelque distance, encadré dans son châssis, son bungalow.

— Attention, je dis pas que je vous épie. (Il avait rougi.) C'est juste que je ne peux pas faire autrement que vous voir quand c'est calme ici. Tout va bien ?

Eliza avait hoché la tête rapidement avant de se détourner, de peur qu'il remarque les larmes dans ses yeux.

Elle était revenue trois fois pour demander si un message lui avait été envoyé. Chaque fois, le garçon avait répondu en secouant tristement la tête. Elle allait devoir écrire à nouveau à Thomas, même si elle craignait que sa dernière lettre ne lui soit jamais arrivée. Le besoin de voir son frère est à présent devenu oppressant. Elle s'est rejoué le jour, celui juste avant la dernière sortie en mer de son père et de son frère, se rappelant comment elle leur avait préparé un repas en fin de journée pendant qu'ils s'installaient sur la véranda. Ils s'étaient entretenus à voix basse, mais l'avaient-ils vraiment fait ? Ou s'étaient-ils simplement tus à son approche ? Quoi qu'il en soit, ce qui était certainement arrivé, c'est qu'une pie avait heurté la moustiquaire si violemment qu'elle était tombée par terre. Son père avait bondi de son siège tandis que Thomas s'était levé lentement. L'oiseau n'avait plus bougé, ses ailes de travers et ses yeux vitreux inertes.

Des espaces s'ouvrent dans son esprit et des pensées pleines de gravité y pénètrent. Son père doit sûrement être mort, son corps emporté à jamais par la mer. Si ce n'était pas le cas, elle aurait eu des nouvelles à l'heure qu'il est. On aurait vu quelque chose, un message, qui aurait roulé jusqu'à elle avec la marée. *Le Déboucheur des Bouteilles de l'Océan.* Elle a essayé toutes les pistes auxquelles elle a pensé et n'a pas été capable de trouver des réponses. Que faire maintenant ? Elle se sent cautérisée, écrasée comme un pou. Lentement, elle se lève et s'approche de la fenêtre. Sur le littoral, elle voit un petit canot, vide et abandonné. Dans un coin de sa mémoire : une vision soudaine. Un bateau sur la laisse de mer ; un garçon aux cheveux blancs. Eliza sent des picotements sur sa peau. Cela commence par les orteils et remonte jusqu'à ce que ses doigts se mettent à fourmiller. Ses pieds déplacent son corps bien que son cerveau leur ordonne de n'en rien faire. Elle est lasse, mais ils la portent pour qu'elle avance, se glissent d'eux-mêmes dans des bottines en cuir souple, lui font traverser le bungalow et la conduisent vers les rues à vif, écorchées. Le cimetière n'est qu'à quelques minutes à pied, mais le soleil lui ronge la peau. L'éclat aveuglant de la mer l'éblouit. Elle porte une main à ses yeux pour se protéger.

Lorsqu'elle arrive, les pierres tombales – côte à côte, une grande et une petite – sont bien entretenues et propres. Les inscriptions tracées avec soin s'élèvent au-dessus de la terre sèche. Elle regarde les autres pierres du cimetière, tout ce qui reste des mères, des sœurs et des fils. Certaines sont passées et illisibles, d'autres brillent comme des galets humides. Il y a des touffes d'herbe clairsemées sur le sol, qui font comme une tête qui perd ses cheveux. Des scarabées avancent lentement en serpentant autour d'elles. Alors qu'elle observe leur défilé, elle se souvient du jour, cinq ans auparavant, où le ventre de sa mère enceinte ne pouvait pas grossir davantage.

Ce matin-là, les aiguilles de tous les baromètres de la maison étaient brusquement tombées à zéro, et la terre était inondée d'une lumière glaciale qui avait embrasé les baobabs d'une étrange opalescence. Lorsque Eliza passa la tête dehors, elle ne remarqua que le silence, car les oiseaux avaient cessé de chanter dans les arbres.

Toute la journée, la famille était allée et venue en attendant que les nuages grossissent, et le soir, quand Eliza et

Thomas furent au lit, un hurlement de pure douleur retentit à travers la maison. Eliza se précipita à la porte et vit son père courir plus vite qu'elle ne l'avait jamais vu faire. Il n'avait pas eu le temps d'enfiler sa chemise et son pantalon blancs et avait l'air légèrement ridicule à s'élancer ainsi dans la rue en chemise de nuit. Il ne tarda pas à revenir avec, marchant sur ses pas, le Dr Blithe qui paraissait aussi ravi d'avoir été réveillé à cette heure qu'un opossum d'être tiré de son nid. Les murs avaient tremblé sous les gémissements de sa mère ; la pluie vint aussi. Commençant peu de temps après l'arrivée du docteur, elle s'abattit en un lourd déluge sur Bannin. Eliza ne dormait pas. Elle s'assit dans son lit, à l'affût du moindre bruit dans le bungalow. Sa mère lui donnait l'impression de n'être rien de plus qu'un animal. Une bête prise au piège. Elle était gênée et, alors que les hurlements devenaient plus forts, alors qu'elle entendait la porte s'ouvrir et des corps entrer et sortir, elle plaqua les paumes de ses mains sur ses oreilles pour étouffer les cris de sa mère se couvrant de honte. À un moment, très tôt le matin, quand le ciel n'avait pas encore été caressé par le soleil, la maison sombra dans le silence, puis remua comme si elle expirait. Eliza tendit l'oreille, guettant les pleurs de l'enfant. Mais c'est autre chose qu'elle entendit. Quelque chose qu'elle n'avait jamais entendu auparavant. Quelque chose de si intense qu'elle dut fredonner pour essayer de repousser le sentiment d'effroi qui lui venait. Plus tard, elle saurait ce que c'était : le cri d'un cœur brisé.

Son père laissait échapper des bruits des plus glaçants – une lamentation grave qui s'élevait pour finir en une énonciation brutale et répétée.

— Non, protestait-il.

Non. Non. Eliza se figea. Son instinct comprit avant le reste de son corps. Elle se précipita dans le couloir ; la porte de la chambre était à moitié ouverte et dans l'entrebâillement elle vit le Dr Blithe penché sur le matelas. Le visage de sa mère était immobile, ses cheveux noirs trempés. Elle était presque translucide. Ses yeux fixaient le plafond, et les draps autrefois blancs étaient tachés d'un rouge criard. Lentement, le docteur tendit la main et tira le drap pour lui couvrir le visage. Un coup d'œil à sa montre gousset lui confirma l'heure. Comme poussée par l'horreur de ce qu'elle voyait, Eliza ouvrit un peu plus la porte. Son père était là, un minuscule ballot rose dans les bras, les larmes se frayant un chemin sur son visage dévasté. Il berçait l'enfant et avec chaque mouvement de gauche à droite il continuait de psalmodier tout bas : trois lettres ciselées avec douleur. Quand les genoux d'Eliza se dérobèrent sous elle, l'enfant se mit à hurler.

Avec un cri strident poussé de concert, une bande de cacatoès corella passe au-dessus de sa tête. Les oiseaux la ramènent brusquement au présent et elle regarde de nouveau les tombes. Ses yeux s'accrochent à quelque chose au pied de la pierre tombale de sa mère. Elle bat des paupières. Il y a des lys. Fraîchement cueillis et odorants, exactement comme ceux que sa tante Martha apportait jadis à sa mère. Ils ne peuvent pas avoir plus d'un jour. Un sentiment de malaise s'insinue en elle en même temps que ses yeux s'attardent sur leur sève gluante. Elle tend la main pour les toucher, comme s'ils n'étaient pas réels, ses doigts effleurant les pétales doux comme du daim. Personne ne dépose de fleurs ici. Pas depuis des années. Pourtant, les lys sont bel et bien là – éclatants et railleurs, les têtes sur des tiges raides comme des os. Sa peau se hérisse. Elle regarde autour d'elle au cas où elle verrait quelqu'un s'en allant, quelqu'un l'épiant, tapi dans l'ombre. Mais il n'y a personne, excepté la silhouette solitaire d'un aigle voyageant dans le ciel.

Lorsqu'elle retourne sur le chemin, des hommes courent à fond de train dans sa direction. Sa respiration se bloque. Un trouble confus lui glace le sang. Les hommes sont enchâssés dans un nuage de poussière orange, mais à mesure qu'elle se dissipe, Eliza voit que leur figure est tordue par la rage. L'un d'eux brandit un balai au-dessus de sa tête. Elle regarde derrière elle. Ce n'est sûrement pas pour elle qu'ils viennent. Devrait-elle tenter de se sauver ? Le bungalow n'est pas très loin ; elle pourrait l'atteindre si elle arrive à supporter la douleur. Elle scrute frénétiquement les alentours à la recherche de toute autre personne qu'ils poursuivraient.

Mais il n'y a qu'elle sur la route.

Ses oreilles bourdonnent ; ses pieds sont ancrés dans la poussière. Les hommes se rapprochent. Elle sait qu'il faut qu'elle se sauve, mais son esprit fourmille de questions. Ils ne sont plus très loin. Elle sent la fureur émaner d'eux comme la chaleur. Lorsqu'ils arrivent à sa hauteur, elle est enveloppée dans la puanteur des corps masculins et elle ferme les yeux très fort pour se préparer au choc.

Il ne vient pas.

Lentement, elle ouvre un œil, se tourne et voit que les hommes sont passés à côté d'elle. Ils ont dû l'éviter, là, au milieu de la route. Elle lève les yeux, les protège du soleil avec sa main. Oh. Elle comprend maintenant ce après quoi ils sont.

— Maudit voleur, crie l'un d'eux. Rapporte ça tout de suite ou je te tranche la gorge.

Au-dessus d'eux, le cacatoès de Grant descend en piqué et plane. Eliza plisse les yeux et le voit serrer un petit bocal entre ses griffes. Le soleil étincelle sur le verre, comme un clin d'œil conspirateur.

Elle suit du regard l'oiseau qui se perche dans un arbre.

— Ce fichu cacatoès a mon bocal de condiments !

L'un des hommes, vêtu de blanc, virevolte et peste contre personne en particulier.

— Il y a des pierres, à l'intérieur. Cet oiseau est un voleur. Un receleur !

D'ordinaire, Eliza aurait trouvé cela amusant, et elle sourit presque à la perspective de raconter l'histoire à Min. Mais quelque chose d'autre s'échafaude dans son esprit. Elle sait que ce n'est pas la première fois que l'oiseau agit de la sorte. Mais comment le sait-elle ? Elle secoue la tête pour essayer de mettre de l'ordre dans ses pensées.

— Curr-ur-rup, curr-ur-rup.

Les gloussements du cacatoès sont une imitation affectée du rire. Ils font enrager celui qui tient le balai, et il saute en l'air et frappe l'oiseau à toute volée de manière fort peu élégante. En réponse, le cacatoès tourne le dos à tout le groupe et se met à brailler une chanson de marins grivoise.

Les hommes rugissent à l'unisson, mais Eliza n'arrive pas à se concentrer. Ses oreilles ne cessent de tinter. Les pensées se heurtent les unes aux autres. Elles arrivent sous forme d'arcs électriques. Des explosions. *Là*. Elle parvient à voir la page maintenant. Elle a lu des choses là-dessus ; l'oiseau de Grant avait l'habitude d'user de cette supercherie. Mais il *y avait* une autre information sur cette page qu'elle avait alors bêtement négligée. Elle la voit maintenant et ce qu'elle voit l'incite à repartir en courant.

Bientôt, elle franchit les portes du bungalow, ignorant la douleur qui lui brûle les côtes. Elle se rue sur la table ; ce qu'elle cherche est là, posé au milieu. Les mains tremblantes, elle tourne tant bien que mal les pages du journal de son père. Elle le trouve, le voilà, le passage sur les perles de contrebande ; le récit d'après lequel l'oiseau de Grant, le voleur invétéré, avait dérobé les billets au Kingfish des années auparavant. Mais ce n'est pas cela qui l'intéresse. Elle fait courir son doigt directement vers le bas de la page jusqu'à ce qu'elle tombe sur le nom de son frère. Elle s'arrête sur la phrase, consternée d'avoir pu ne pas en tenir compte.

Il passe beaucoup de temps dans les camps de Hardcastle. Souvent en compagnie du jeune matelot à l'œil bizarre. Winters, je crois qu'il s'appelle.

Elle referme le journal d'un coup sec. Ce sont les mots qu'elle a entendus quand elle écoutait la conversation des perliers à la réception. Le jeune homme porté disparu. Celui avec un œil de verre, disaient-ils. *Winters*. Ce doit être le nom de l'homme d'équipage que Hardcastle a perdu. Et c'est à présent un lien avec sa famille qu'elle ne peut simplement plus nier. Son pouls bat fort à la base de son crâne. Elle a attendu assez longtemps, s'est retenue jusqu'alors, car elle avait peur de Thomas, peur de ce qu'elle risquait de découvrir. Mais maintenant son frère ne lui échappera plus.

27

La journée est oppressante. Eliza sent le manque d'air dans ses poumons tandis qu'elle passe le bungalow au peigne fin, prenant de l'argent dans le coffre-fort et se figurant le revolver dans la cabane d'Axel. Elle ferme son sac ; ses yeux se portent à la fenêtre. La saison des pluies ne va pas tarder. Elle hisse le sac en toile sur son épaule.

Lorsqu'elle arrive sur la plage, elle est moite de sueur. Il la regarde, sourit, attrape son chapeau.

— Très bien, allons-y.

La route pour Cossack est à vif, creusée d'ornières, et ils se fraient un chemin acharné à travers la poussière. Axel a loué des chevaux, deux juments alezanes qu'ils montent à califourchon. Les bêtes soufflent et piaffent dès qu'elles sont mises à l'arrêt. Le dos droit et portant les étriers longs, Eliza a échangé sa robe de tous les jours pour un pantalon de pyjama de son père. Elle a enfoncé le bas dans des bottes, a remonté ses cheveux et les a cachés sous un chapeau à larges bords. Comme elle est grande et de forte carrure, elle est sûre que de loin ils passeront pour deux perliers se rendant vers le sud pour faire du commerce.

S'ils ne s'arrêtent pas en route, ils devraient mettre trois jours. Leurs sacoches contiennent toute la nourriture qu'ils pouvaient sauver des blattes, deux matelas et de la toile sous laquelle ils pourront s'abriter la nuit en cas de besoin. Elle a repris le Webley à Axel et il pèse lourd à sa taille. Mais elle aime sentir son poids, la promesse du pouvoir qu'il lui confère.

Alors qu'ils avancent au petit galop au milieu des acacias cendrés du Pindan, les chevaux agitent leurs oreilles pour chasser les mouches qui les accompagnent. Le soleil les trouve et étend sa chaleur sur leurs peaux, fait battre dans l'air le parfum des poires sauvages et de l'arroche. Autour d'eux, les kurrajongs arborent leurs feuilles en forme de cœur et les bauhinias croulent sous leurs grosses cosses brunes. Ils atteignent une piste, et il devient bientôt évident qu'elle n'a pas été souvent empruntée par des humains. La terre est criblée de petites flaques et tassée dans les sillons. Pendant un moment, Axel est régulièrement obligé de descendre de son cheval et de tailler un chemin à travers les couches de végétation afin qu'ils puissent passer sans encombre. Tout en attendant nerveusement sur sa selle, Eliza est certaine de voir des volutes de fumée bleue spiralant entre les arbres.

La piste s'élargit et la brise souffle doucement dans le stipe à feuilles dentées. Ici et là, des wallabies sortent la tête d'un trou. Plus loin, ils sont entourés par les hautes parois de gorges étroites et les ruisseaux ne sont plus qu'un maigre filet d'eau s'écoulant le long des crevasses entre les falaises. De temps à autre, Eliza s'imagine voir la forme de quelque chose de massif dans les broussailles – des ombres noires, troublantes, qui disparaissent en un murmure.

Elle se demande quelle sera la réaction de son frère quand il la verra arriver. Après la mort de leur mère, le chagrin de Thomas s'était expulsé lui-même de son corps comme de la colère. Alors que leur père tentait de se reconstruire, de devenir plus fort afin de combler le vide maternel que ressentaient ses enfants, Eliza s'était retrouvée à soigner les blessures que son frère accumulait en se bagarrant dans les bars. Elle savait se cloîtrer dans sa chambre quand il rentrait tard en titubant des lieux de débauche. Sa tante Martha avait fini par s'immiscer dans leur vie.

— Ce garçon a besoin de la parole du Seigneur pour le guider, disait-elle, tapant du poing contre les portes coulissantes, la bible coincée dans le creux de son bras. *Je puis tout par Celui qui me fortifie*, annonçait-elle. Les Philippiens 4:13.

Elle avait alors supplié Eliza de rejoindre le Cercle.

— Le Seigneur te délivrera de cette angoisse, promit-elle.

Un instant, Eliza fut tentée. N'importe quoi qui pourrait soulager la présence viscérale du chagrin. Mais son père l'en avait distraite grâce au travail sur les carnets, et avec le temps, elle avait appris à s'habituer tout simplement aux paroles désagréables de son frère.

Lorsque la piste rétrécit à nouveau, le martèlement des sabots soulève la poussière plus haut que les arbres. Alors que le matin devient après-midi, le bush s'agite davantage sous les pas des chevaux. De minuscules pipits s'envolent de l'herbe comme des papillons. Les insectes stridulent, les rats ricochent et les arbres s'inclinent avec arrogance tandis qu'ils continuent leur route pendant des heures. Eliza songe brièvement aux bushrangers*, s'imagine en croiser un paradant à cheval au milieu de la piste, tenant une carabine à canon scié et un sac rempli de tout ce dont il avait fait rafle. Instinctivement, elle tapote le Webley à sa hanche.

Le souffle régulier des chevaux est apaisant, et dans la chaleur languissante de l'après-midi, elle remarque que les épaules d'Axel s'affaissent. Elle le regarde qui lutte pour se redresser, mais finalement son corps s'écroule sur la selle et ses mains laissent peu à peu flotter les rênes. Ce qui signifie qu'il ne voit qu'au dernier moment ce qui pend de l'arbre. Le temps qu'il se ressaisisse, le cheval a bronché et s'est mis à paniquer. Incapable de repartir, il se dresse sur ses pattes arrière, les yeux grands ouverts roulant de terreur. Quand Eliza le rejoint, Axel est projeté de sa selle et atterrit sur le sol avec un bruit sourd et sinistre. Elle approche sa jument à la hauteur de celle d'Axel et met aussitôt pied à terre, calmant les deux bêtes avant de les attacher ensemble. Puis elle se précipite vers Axel, s'agenouille à ses côtés. La douleur est gravée dans son visage. Elle voit ses yeux qui se lèvent et qui regardent par-dessus son épaule ce qui se balance de l'arbre.

Elle se retourne et regarde à son tour. Voit ce que c'est vraiment. Tel un sac, décrivant des cercles au bout d'une corde attachée à la branche d'un bois de fer, un homme blanc est pendu. Nu. La chair bouffie dépasse autour de la corde sous ses aisselles. Il a les mains attachées dans le dos. Sa tête pend en arrière, le sang a séché comme de la boue dans les rides profondes. Sa bouche est crispée par un rictus et sous son menton, son cou bée. Il a été tranché et le

* Hors-la-loi du début de la colonisation en Australie qui vivaient dans le bush pour échapper aux autorités.

rouge s'est répandu sur tout son corps. Il a les yeux ouverts, le regard accusateur, fixé droit sur la piste.

Eliza aide Axel à se relever. Il grimace. Ils regardent le corps de l'homme avec effroi.

— Il y a des fermes d'élevage un peu partout ici, dit-elle, l'air sombre. C'est une région qui ne respecte pas la loi.

La corde grince et tourne. Des charognards arrondissent le dos sur des branches sèches au-dessus d'eux. Eliza a entendu des histoires sur les fermes d'élevage, comment au fil des années des hommes ont été complices d'actes indescriptibles. En plus d'infliger un châtiment de leur propre chef, certains parquaient les indigènes, les maintenaient captifs jusqu'à ce que les hommes de la ville viennent les chercher pour travailler sur leurs bateaux. Les Frères Lockyer vendaient des Aborigènes à des perliers avides huit livres par tête, lui avait dit Thomas. Ils les rassemblaient comme du bétail, leur brûlaient les pieds pour les empêcher de se sauver, et se gardaient les jeunes filles pour leurs propres usages et besoins sordides. Eliza incline la tête devant l'homme mort qui tourne au bout de la corde. Par terre, sous son corps, le mot VOLEUR a été tracé en rouge d'une écriture tremblante. Elle regarde ailleurs.

Il ne faut pas longtemps au bush pour se vider de sa chaleur. Eliza avait exhorté Axel à avancer, à s'éloigner du cadavre qui tournait lentement sur lui-même, puis à se reposer à l'ombre d'un baobab grisonnant. Il avait refusé dans un premier temps – le visage déformé de l'homme était gravé dans son esprit –, mais la douleur l'avait épuisé au point de le faire céder face au sommeil. Eliza s'était obligée à se reposer, elle aussi ; comme elle ne pouvait pas se permettre de dormir, elle se rejoua à la place une de ses conversations avec Balarri. Ils étaient en train de chercher des oursins le jour où les lougres avaient été amarrés pour toute la durée de la Wet. Les hommes étaient à bout de force, une masse solide titubant en direction des asiles de nuit. Au large, des nuages en forme de champignons vénéneux se formaient. De temps à autre, un éclair illuminait sans bruit leur ventre.

— Comment se fait-il que vous n'ayez pas de famille ? avait-elle demandé, appréhendant la façon dont il allait répondre.

Il avait marqué une pause, regardé la mer, et elle était certaine d'avoir vu passer sur son visage une curieuse expression.

— J'ai travaillé sur ces bateaux avant de travailler pour votre père, avait-il dit tout en s'agenouillant pour examiner quelque chose d'épouvantable avec des piquants violets. J'étais obligé.

Il lui avait alors raconté comment des hommes étranges étaient arrivés un jour dans la baie. Comment ils étaient apparus au lever du soleil, uniquement annoncés par le martèlement de sabots et la poussière à l'horizon. Ils hurlaient des ordres que le peuple de Balarri ne comprenait pas. Ils avaient des armes. Ils leur mirent des chaînes autour du cou. Pas seulement aux hommes : aux femmes et aux enfants, aussi. Certains s'étaient défendus, dit Balarri, s'étaient emparés de leurs lances, avaient résisté jusqu'au bout. Mais il était trop tard. Leurs maisons avaient été totalement détruites. La gorge d'Eliza s'était nouée, ses yeux suspendus aux lèvres de Balarri. Elle pensait avec un sentiment de malaise aux perliers. À l'équipage qui composait leurs bateaux. À sa place dans cette ville. À la terre sur laquelle son bungalow était construit.

— J'avais une famille. (Balarri hocha la tête, ses doigts effleurant la surface d'une flaque de marée.) Ma femme était de nouveau grosse. Nous allions avoir un autre enfant. Mais le patron a dit que les femmes avec un gros ventre, ça fait les meilleurs plongeurs. Il l'a obligée à aller dans l'eau, à plonger tout au fond pour ramasser des coquilles. (Il avait alors baissé les yeux sur le sable.) Elle a plongé, mais elle n'est jamais remontée.

Quand elle revient à elle en sursaut, son chapeau n'est nulle part en vue. Ses cheveux la grattent et font des nœuds épais dans sa nuque. Elle ôte les bardanes et les envoie d'une chiquenaude, une par une, dans les broussailles. L'écorce du baobab lui érafle le dos et elle relève le menton. L'arbre dégouline de pédoncules. Elle se demande jusqu'où ses racines vont. Depuis combien de temps il est là. Ce qu'il a vu.

Elle sort la toile de la sacoche et l'attache entre deux arbres pour former un abri. Puis elle fait du feu. La nuit est moite; il y a des sauterelles dans les broussailles et un engoulevent passe en un éclair en battant des ailes. Le feu envoie des braises qui jaillissent vers le ciel et elle sort une gamelle, trouve un vieux crouton de *damper**. Ils vont passer la nuit ici. Elle dirige ses regards vers la piste, à travers la clairière. Les juments sont toujours attachées au corymbia.

* Pain australien, confectionné par les Aborigènes pendant des milliers d'années avec toutes sortes de graines indigènes broyées, et cuit sans levain sur des charbons ardents.

Elles frottent leurs sabots contre le sol ; l'une d'elles lâche un épais jet de pisse dans la poussière.

Du coin de l'œil, elle voit Axel qui bouge.

Elle bondit sur ses pieds et attrape la lampe à huile. Il essaie de se redresser, mais la douleur le stoppe net. Il retombe en arrière contre l'arbre.

— Comment vous sentez-vous ?

Elle se tient au-dessus de lui.

— Ça va, mais mes épaules sont mal en point.

— Laissez-moi regarder.

Elle s'agenouille et pose doucement ses mains sur son bras.

— Cela devrait être l'inverse, vous ne croyez pas ?

Axel sourit faiblement.

— Vous n'aimez pas votre rôle de damoiselle en difficulté ? demande-t-elle d'un ton pince-sans-rire.

— Ce n'est pas exactement ce que je voulais dire. (Il rit.) J'ai suivi une petite formation à l'Hôpital de Londres il y a quelques années, aussi suis-je censé savoir une ou deux choses permettant de rafistoler quelqu'un.

Elle lui tient l'épaule et l'aide à se mettre debout, puis le guide lentement jusqu'à une bûche qu'elle a approchée du feu. Il s'assoit avec précaution.

— J'étais très mauvais, bien sûr, continue-t-il. Je me suis uniquement retrouvé là à cause des prétendues relations de mon père. Il faut quelque chose pour maintenir l'épaule en place. Je vais faire en sorte de ne pas la bouger et on verra comment je me sens demain matin. Je ne crois pas m'être cassé quoi que ce soit, grâce à Dieu.

Elle le laisse près du feu le temps de trouver ce qui pourrait immobiliser son bras dans la bonne position. Alors qu'elle fouille dans le sac, une petite tige verte se balance légèrement à côté d'elle. Se déplace, se dresse et se propulse en avant sur des pattes grêles largement écartées. "Un phasme Goliath", murmure-t-elle tandis que l'insecte progresse lentement dans les broussailles.

Elle revient avec une chemise qu'elle a prise dans les affaires d'Axel. Elle s'accroupit devant lui, la lumière parcheminée des étoiles tombant sur son visage tandis qu'elle travaille.

— Eliza, je peux vous demander quelque chose ?

Les traits saillants de son visage sont tirés en une expression sérieuse, mais il grimace de douleur de temps à autre. Au bout d'un moment, elle acquiesce.

— Voulez-vous bien me parler de votre autre frère, Ned ? Que lui est-il arrivé ?

L'estomac d'Eliza se soulève. Elle avale sa salive, mais il y a quelque chose de doux dans les yeux d'Axel. Elle a déjà vu ce regard et elle le recherche dans les contours de sa mémoire. Quand elle le saisit pleinement, son corps se réchauffe. C'était ainsi que sa mère la regardait.

Elle jette un coup d'œil par-dessus l'épaule d'Axel dans l'obscurité du bush. Distingue les arbres, la poussière incrustée dans les exhalations historiques de cette région. Doucement, elle s'ancre au paysage, inspire profondément, et lui raconte.

— Nous étions excités ce jour-là. Père venait de rentrer après un long séjour sur le lougre. Tout le bungalow résonnait de sa présence, le genre de bonheur qui chante. J'avais quinze ans, Ned trois. Cela ne faisait que quelques années que nous vivions dans la baie. Il faisait chaud – quand ne fait-il pas chaud ? – et nous avions décidé d'aller à la plage.

Père avait préparé un pique-nique, des sandwichs au fromage caillé et une tarte aux prunes. Je m'en souviens parce qu'il avait dit : 'Autant offrir un festin aux mouches aussi.'

"Willem et Martha sont venus avec nous. Nous faisions des tas de choses ensemble à l'époque. Nous sommes descendus à pied à la plage et Mme Riesly nous a fait signe, et a demandé comment nous allions. Tout était normal.

"Je me rappelle ce bleu limpide, parfait. Le ciel. J'ai fermé les yeux pour me protéger de son éclat et j'ai vu des petites lignes danser à l'intérieur de mes paupières. J'ai retiré mes bottines et remué mes orteils dans le sable. Le soleil tapait, mais Père avait mis un petit chapeau de paille sur la tête de Ned. Il avait l'air si ravissant. Thomas installait un jeu de cricket. Martha et Willem étaient occupés à déballer le pique-nique. Ils avaient étendu une grande couverture pour que nous puissions tous nous asseoir. J'ai annoncé que j'emmenais Ned guetter les méduses au bord de l'eau. Il adorait faire cela. Il poussait toujours des cris quand il en voyait une.

Elle suspend sa respiration en entendant le battement des ailes d'une chauve-souris au-dessus d'eux.

— La chaleur était torride et à mesure que nous marchions, le ciel se remplissait de mouettes. Je tenais sa petite main dans la mienne et elle était chaude et moite. Je m'en souviens. Il adorait courir, et à un moment je l'ai lâché et il est parti en avant d'un pas mal assuré. Je savais toujours exactement où il se trouvait. Je le savais. Je le voyais. Et ses pieds laissaient de petites traces sur le sable.

"Nous sommes tombés sur un petit canot, une toute petite embarcation échouée sur le rivage. La marée roulait tout autour. Il suffisait de le pousser légèrement pour le mettre à flot. J'ai cherché du regard à qui il pouvait appartenir, mais il n'y avait personne. Nous n'avions qu'à le prendre.

"Les autres n'étaient qu'un point à l'horizon, mais je voulais montrer à Ned les poissons dans les bas-fonds, trouver peut-être une pieuvre sur le récif. Il aurait adoré. Aussi lui ai-je demandé de monter dans le canot. Il ne voulait pas. Il le poussait avec ses mains. Mais je l'ai soulevé de terre et l'ai installé à l'intérieur. Je lui ai dit que tout allait bien se passer.

"J'ai tiré sur les rames pour gagner le récif. Ned était plus intéressé alors et il regardait les poissons filer à toute allure. Il riait, tendait les mains, essayait de toucher leurs couleurs.

"J'ai regardé ailleurs une seconde.

"J'ai entendu un bruit sourd et un plouf et il avait disparu. Je l'ai cherché des yeux autour du canot mais il n'était pas là. Je me suis levée. Je ne le voyais pas. J'ai *crié* son nom. Je l'ai appelé de toutes mes forces, maintes et maintes fois. J'ai hurlé jusqu'à être sûre d'avoir la gorge en sang. J'ai sauté à l'eau. Le courant tirait sur mes jupes. J'ai nagé sous le bateau, je suis allée plus profond à sa recherche, mais il n'y avait que les rayons du soleil transperçant la mer. Cela me faisait mal de garder les yeux ouverts, pourtant il le fallait. Et puis, j'ai vu quelque chose au fond de l'eau. Qui ne bougeait pas. J'ai alors nagé pour l'atteindre. J'ai mis un moment – je ne m'étais pas rendu compte que nous nous étions autant éloignés ; le courant avait dû nous emporter. Quand j'ai touché le fond, j'ai vu que c'était l'ancienne voile d'un bateau. J'ai hurlé sous l'eau. Je me souviens des bulles qui remontaient à la surface.

"Quand je suis remontée, mes oreilles... explosaient. Quelque chose à l'intérieur s'était déchiré, mais je ne sentais même pas la douleur. Une fois à la surface, j'ai regardé désespérément autour de moi dans l'espoir de l'apercevoir. Et puis j'ai vu quelque chose.

“Dans l'eau près du rivage. Son chapeau de paille flottait. Je continuais de hurler son nom. Mes oreilles hurlaient aussi. Juste un cri, aigu. Qui bloquait tout.

“Au loin, j'ai vu Thomas qui courait sur la plage. Il avait dû nous voir entrer dans l'eau. Puis, près de moi, j'ai aperçu autre chose dans les eaux peu profondes. J'ai cru que c'était un poisson au début, un dauphin. Mais c'était lui. Ned. Il était là, à plat ventre dans l'eau. Ses cheveux, ses beaux cheveux blancs, étalés tout autour de sa tête. Thomas est arrivé avant moi. Il s'est jeté à l'eau et l'a sorti. Je criais après Thomas, je lui hurlais de faire en sorte qu'il respire à nouveau. Il a porté Ned sur la plage et j'ai empoigné Thomas par les bras. Je l'ai supplié de le sauver. Je ne savais pas quoi faire.

“Les autres nous ont rejoints. Père a pris Ned et l'a posé sur le sable. Il a essayé de le réanimer. Je n'entendais rien. Juste un tintement, un tintement dans mes oreilles. Martha se couvrait le visage avec ses mains. Le bruit devenait plus fort. Je voyais tout le monde qui criait mais je n'arrivais pas à entendre ce qu'ils disaient. Ils l'ont attrapé, ont appuyé plusieurs fois sur sa poitrine, ils lui ont donné tout l'air qu'ils pouvaient. Mais il n'est pas revenu.

Les larmes avaient laissé des traînées de poussière sur ses joues. Les yeux d'Axel brillaient à la lueur des flammes tandis qu'il la regardait.

— Vos oreilles, dit-il doucement. C'est à cause de cela. Le tintement.

Elle détourne la tête.

Au cours des mois qui suivirent l'accident, elle s'était convaincue qu'elle avait agi intentionnellement. Qu'elle avait dû le provoquer. Que d'une façon ou d'une autre, elle avait dû *faire en sorte* que cela arrive pour punir l'enfant de lui avoir pris sa mère. La culpabilité qui vint après était une présence physique. Elle se manifestait comme une éruption cutanée, ramenait son élocution à un bégaiement dès qu'elle osait parler. Elle était incapable d'imaginer comment elle pouvait mériter de manger, si bien que son père dut, pendant quelque temps, la forcer à s'asseoir pour lui donner à manger.

La culpabilité s'est atténuée à présent, mais elle est là, toujours, le fantôme de quelque chose à jamais ancré en elle.

Elle attrape la chemise à ses pieds et tient délicatement l'épaule d'Axel entre ses mains. Lentement, elle lui bande le bras, et leurs visages sont alors si proches qu'elle voit qu'il commence à avoir une barbe de plusieurs jours au menton.

— Ce n'est pas votre faute, dit-il tout bas. C'était un accident. Eliza, ce n'était pas votre faute.

Sans réfléchir à ce qu'elle fait, elle s'approche et lui plante un baiser sur la joue. Il est maladroit et finit par atterrir près de son oreille, et quand elle s'écarte, elle voit qu'il retient son souffle. Au bout d'un moment, il relève la tête. Il ne sourit pas, mais d'après les petites rides aux coins de ses yeux, elle sait qu'il est heureux. Lentement, il se penche en avant et pose ses lèvres sur les siennes. Eliza se sent partir ; les larmes coulent à nouveau sur son visage. Il n'y a pas le moindre bruit hormis le murmure du vent à travers les arbres. Les brins d'herbe et les branches se balancent, poursuivant leur danse silencieuse sous l'éclat de la lune.

28

QUAND ILS ARRIVENT à Cossack, les nuages ont grossi en imposants cumulus d'orage. Le vent chaud gémit et se plaint et les fleurs fragiles ont incliné leurs têtes face à l'insupportable humidité. Axel a toujours l'épaule bandée, et l'écharpe grossière lui irrite le cou. Ils ont pourtant réussi à chevaucher à une allure tranquille, se reposant aux heures les plus noires de la nuit. Ils ont fini hier leurs gourdes. Épuisés, ils ont lentement dirigé leurs chevaux vers la ville.

Cossack est fatiguée et abattue. Peu attrayante à force de s'être négligée. Bâtie sur une longue étendue de sable, elle est bordée de collines parsemées de rochers. Au loin, les dunes tremblent dans la chaleur. Devant eux, des vasières glissantes sont veinées et ridées. À la périphérie de la ville, des cabanes délabrées tiennent avec des chaînes. Quelques bâtisses en pierre offrent un semblant de solidité. Mais de façon générale, Cossack ressemble à Bannin Bay, pense Eliza. L'espace d'un instant, elle est découragée. Peut-être s'était-elle figuré Thomas vêtu de ses plus beaux habits, assistant à des réunions officielles avec des acheteurs américains et avec les Français. Il était important qu'il soit là, *nécessaire* qu'il vienne – afin de présenter des perles étincelantes sur du velours bleu, les remettant au plus offrant avec une poignée de main ferme et un cigare fraîchement allumé. Mais Cossack paraît étonnamment infortunée pour une ville qui vit des perles.

Alors qu'ils parcourent les rues au petit trot, le soleil clignote à travers les blocs de nuages marbrés. Ils passent devant une église en bois, quelques magasins généraux en pierre et longent un petit quartier chinois. Ils attachent les juments à l'extérieur d'une pension couverte de chiures de mouches et les bêtes plongent la tête dans l'eau trouble de l'abreuvoir. Eliza donne quelques pièces de monnaie au propriétaire et lui demande s'il connaît un certain Thomas Brightwell qui séjourne dans la région. L'homme, en chemise et bretelles, la sueur luisant sur sa peau tannée, fait simplement non de la tête avec un haussement d'épaules, tout en jetant un rapide coup d'œil derrière elle qui ne lui échappe pas. Elle se tourne et voit une taverne délabrée, aussi engageante qu'un chien sauvage au ventre vide. Axel tire de l'eau à la pompe, puis tend son gobelet à Eliza. Elle boit une longue gorgée du liquide. Il a un goût de métal et de pierre.

— Où pensez-vous que nous devrions commencer ? demande-t-il. Il pourrait être partout, j'imagine.

— Eh bien, je pense que nous n'allons pas avoir à le chercher très loin.

Elle désigne la taverne d'un geste au moment où un homme en franchit subitement les portes. Il titube pesamment, tanguant sur ses jambes et retournant une bouteille qu'il vide par grandes lampées, visibles à l'œil nu. Puis il la lance par terre dans un fracas de verre, éructe puis avance en trébuchant au milieu de la rue. Il fait quelques pas chancelants et s'effondre à terre, où il gémit et roule sur le dos, bras écartés. Eliza et Axel échangent un regard avant de l'enjamber et d'entrer dans le bâtiment.

Le calme règne à l'intérieur de la taverne, faiblement éclairée et à l'atmosphère renfermée. Eliza met un moment pour s'habituer à la pénombre. Quelques hommes avec de grosses moustaches sont vautrés sur des fûts retournés, serrant dans leurs mains aux articulations d'un blanc désespérément laiteux des timbales usées. Certains ronflent bruyamment, affalés sur leurs bras. D'autres marmonnent dans des coins sombres. À un bout de la salle, un groupe de matelots s'aboient les uns sur les autres en se donnant des tapes dans le dos. Un homme avec une mine de furet crache une chique de jus de tabac sur le plancher, puis sort de sa poche un paquet de feuilles à rouler et se met à lécher les bords collants. Un autre, aux épaules saillantes, enfonce ses pouces sous ses bretelles tandis que sa tête roule en arrière et se redresse brusquement quand une contracture douloureuse du cou le réveille en sursaut. L'endroit est aussi crasseux qu'un vieux poumon tout noir. Le Kingfish en comparaison a l'air d'un palace.

Il y a une jeune femme derrière le bar. Eliza est surprise par sa beauté, ses cheveux roux jusqu'aux épaules, ses traits soigneusement dessinés et ses lèvres fines peintes en rouge. Elle a des cernes violacés sous les yeux et le décolleté de sa robe est profond. À sa gorge une grosse perle brille. Peut-être est-elle l'épouse de quelqu'un. Il est plus probable cependant que ce soit une prostituée.

Elle les accueille d'un sourire figé et n'accorde qu'un bref regard au visage tuméfié d'Eliza. Elle frotte l'intérieur d'un gobelet avec un torchon sale.

— Vous deux, vous n'êtes pas de Cossack.

Ce n'est pas une question. Eliza discerne une fine cicatrice sur sa lèvre supérieure qui lui fait comme un léger rictus.

— C'est quoi, votre poison ? demande-t-elle. Gin ? Saké ? Opium ?

Sa robe d'un jaune passé révèle la forme des attaches de son porte-jarretelles. Elle se penche sur le bar et Eliza surprend le regard d'Axel plongé dans son décolleté.

— Nous cherchons quelqu'un, en fait, dit Eliza.

La femme hausse un sourcil et retourne au nettoyage du gobelet.

— Thomas Brightwell, continue Eliza. Est-il dans les parages ?

— Oui, je le connais.

Eliza remarque que la femme sourit à elle-même et elle rougit en songeant à son frère faisant appel à ses services.

— Il habite dans une des chambres. Mais je ne peux pas vous laisser y aller, par égard pour sa vie privée.

Elle range la timbale terne sur l'étagère derrière le bar. Eliza se hérisse.

— Il acceptera de me voir. Je suis sa sœur.

— J'ai reçu l'ordre de ne lui envoyer personne, j'en ai bien peur. (Elle hausse les épaules.) J'ai les mains liées.

Eliza marque une pause, réfléchit pendant quelques minutes.

— Je suppose que vous êtes payée pour respecter cet accord ?

La femme interrompt son rangement et lève les yeux vers elle.

— Je vous double la somme.

Le plancher grince sous leurs pas. Le couloir est sombre et froid et ouvre sur un petit palier qui donne sur trois portes verrouillées. La femme indique de la main la chambre la plus au fond, puis se tourne vers Eliza.

— Je ne vous ai jamais laissée venir ici.

Elle empoche les pièces et se sauve dans le couloir.

Eliza frappe à la porte mais n'obtient pas de réponse. Elle frappe de nouveau et colle une oreille contre le montant.

— Ffffoutez le camp.

La voix qui monte de l'intérieur s'étire comme de la colle.

— C'est moi.

Silence.

Eliza et Axel retiennent leur respiration jusqu'à ce qu'ils entendent le bruit d'une démarche traînante accompagnée de jurons. Puis le tintement sec de bouteilles renversées par un coup de pied. Finalement, la porte s'entrebâille, de quelques centimètres à peine. Deux yeux regardent, le blanc luisant.

— Bonsoir, dit Eliza tout bas d'un ton sec.

Lentement, la porte s'ouvre toute grande et Thomas apparaît. Mais ce n'est assurément plus son frère. L'homme exige de prendre une profonde inspiration. Le visage émacié, pâle, il porte un pantalon sans forme et une chemise jaunâtre qui flotte sur lui, les manchettes non boutonnées sur ses poignets. Thomas a toujours été grand et large d'épaules, et cette espèce de cachexie le fait paraître plus petit. Mais ses yeux écarquillés révèlent sa véritable identité. Ils sont semblables à ceux d'Eliza – gris comme des galets et perçants comme des épingles. Le genre d'yeux qui signifient chez un homme l'autorité mais qui, chez une femme, sont simplement considérés comme froids.

L'air qui s'envole de la chambre a des relents de lait fermenté, sucré par de la fumée d'opium. Les murs, derrière Thomas, sont sales et le plancher un océan de bouteilles d'alcool débouchées. À côté du matelas taché, Eliza aperçoit une bouteille de laudanum verdâtre, à moitié vide.

Elle baisse les yeux tandis qu'une blatte, bleue et huileuse, passe à toute vitesse sur les pieds nus de son frère.

— Thomas, que diable…

— Qui c'est ?

Son haleine est pestilentielle.

— C'est Axel. (Eliza se tourne rapidement vers son ami.) Il est venu avec moi. De Bannin. Je ne pouvais pas voyager seule, tu le sais.

Axel sourit à demi et salue en s'inclinant.

— Je pensais que tu serais rentré depuis le temps, dit Eliza à son frère.

— Tu as reçu la lettre, alors ?

Thomas plisse les yeux à cause de la lumière et se frotte le menton.

— Tu veux dire, ma lettre qui m'a été retournée ? demande Eliza.

Son expression est vague, comme s'il n'était pas vraiment là, à l'intérieur de sa tête.

— Axel, je vais aider mon frère à se débarbouiller. (Eliza ne quitte pas Thomas des yeux tout en parlant.) Nous vous retrouverons en bas, au bar.

Axel acquiesce et Eliza inspire profondément avant d'entrer dans la chambre. Thomas se laisse faire quand elle le déshabille avec les gestes d'une mère. Et quand elle prend ensuite un linge pour le laver sous les bras et ôter les croûtes de vomi séché sur ses joues. Parmi ses chemises, elle n'en trouve qu'une seule qui ne soit pas trop souillée et elle la lui enfile patiemment. Elle lui ordonne après de se rincer la bouche avec l'eau de sa gourde et mouille la poudre pour les dents avant de la lui introduire de force avec une brosse qu'elle ramasse sur le buffet. Il la prend et la passe de mauvaise grâce sur ses gencives.

— As-tu des nouvelles de Père ?

Sa question tient en peu de mots et est posée calmement. Thomas s'interrompt et lui répond par un léger hochement de tête. Eliza sent que ce à quoi elle se raccrochait lui échappe.

Une fois qu'il est dans un état à peu près correct, ils se rendent dans la salle. Axel se tient discrètement dans le coin du bar, observant la marée descendante par la fenêtre.

— Je pense qu'il vaudrait mieux qu'on aille sur la plage, dit-elle en conduisant son frère vers la porte.

Elle voit qu'Axel les a aperçus, mais il ne les suit pas.

Elle doit soutenir son frère pour l'empêcher de tomber tandis qu'ils se dirigent lentement en trébuchant vers l'océan. Bien que la bouteille de laudanum soit petite, elle la sent qui pèse dans son sac. Elle l'a prise à un moment où Thomas ne regardait pas. Elle connaît des hommes et des femmes qui se sont empoisonnés avec cette même substance.

Lorsqu'ils arrivent sur le sable, ils restent là un moment, contemplant les vagues qui se retirent lentement, laissant derrière elles leurs détritus – des coquillages retournés et des algues enchevêtrées ; des étoiles de mer à cinq branches et des crabes de la couleur des œufs de rouges-gorges.

— Rends-la-moi.

Thomas s'exprime d'une voix basse.

Eliza s'arrête et regarde son frère. Son visage est brisé par un rictus. Il répète les mêmes mots.

— De quoi parles-tu ? demande-t-elle faiblement.

— Ne fais pas l'idiote, Eliza. Passe-moi la bouteille.

Le dégrisement provoqué par le grand air a sans doute eu un effet presque instantané. La main de Thomas s'approche de la chair tendre de son bras.

— N…

Il tâte le sac qu'elle tient à l'épaule. Elle essaie de le repousser, mais il referme son bras autour de son cou tout contusionné. La douleur est fulgurante. Ses pieds repoussent désespérément le sable, dérapent. Elle s'est déjà retrouvée dans cette position, maintes fois par le passé, quand elle subissait la fureur de Thomas. La mer gronde à ses oreilles tandis qu'elle cherche à se libérer de sa main qui lui serre la gorge. Au bout d'un moment, il trébuche et Eliza sent ses poumons se remplir d'air.

— Je te la donnerai si tu me dis la vérité à propos de Père.

Thomas laisse tomber les bras le long de son corps. Il fait un pas en arrière. Puis lentement il tourne les mains vers le ciel, comme si ses paumes pouvaient être couvertes de sang.

— Je suis désolé. (Il secoue la tête dans un état d'agitation.) Je suis désolé.

Elle sort la bouteille du sac et la lui lance. Elle s'échoue sur le sable avec un bruit sourd.

— Tu sais pourquoi je suis ici. (Elle s'efforce de parler calmement.) Tu me dois des réponses. Une explication. Tu peux commencer en me disant qui est Winters.

Thomas expire d'un coup sec et fort par le nez, son visage l'image du ressentiment. Mais il finit par s'affaisser légèrement, puis il se prend la tête entre les mains.

— J'étais censé en avoir fini avec tout ça à l'heure qu'il est. J'étais censé avoir tout réglé.

Elle a sûrement mal compris.

— Je ne sais pas où est Père. (Thomas relève la tête et sa voix devient plus précipitée.) Je ne sais même pas s'il est encore en vie.

Eliza sent comme un poids dans son estomac. Thomas fait courir une main tremblante dans ses cheveux.

— Cela n'aurait pas dû se passer ainsi.

— Il était encore en vie, à ce moment-là ?

La question est enflammée. Elle lui brûle la bouche.

— Thomas. Était-il en vie ?

Elle a un haut-le-cœur.

— Je ne sais pas, lâche-t-il.

Il semble confus. La conséquence du laudanum, sans doute.

Elle ravale sa frustration.

— Père est-il en vie ? (Elle pose la question lentement, s'efforce de garder son calme.) Thomas ! (Son frère détourne la tête.) Tu sais, Willem, et les autres en ville, pensent que tu as quelque chose à voir avec ce qui s'est passé.

Elle va le provoquer pour obtenir plus d'informations.

— Tu les crois ? Tu crois Willem ?

Thomas serre les mâchoires.

— Je…

— Évidemment, que tu les crois. Écoute, si tu veux qu'on ait cette conversation – il lisse à nouveau ses cheveux sommairement du plat de la main –, il me faut un verre. Il me faut de l'alcool. Autrement je n'ai pas les idées claires.

Le propriétaire du magasin de spiritueux se déplace avec une lenteur atroce. Costaud et portant de longs favoris, il a le visage d'un homme que le soleil a frit comme un œuf. Son tablier est maculé de taches marron et ses yeux aux paupières lourdes les évitent tandis qu'il va et vient. Il semble bien connaître les habitudes de Thomas. Sans prononcer le moindre mot, il prend une bouteille de rhum et la pose sur le comptoir. Eliza se gratte les bras dans le seul but d'occuper ses doigts. Le silence est insoutenable. Thomas compte des pièces de monnaie sales et les pousse vers l'homme.

Dehors, le ciel, dont la blancheur évoque la chair des poissons, est bas et l'odeur de la vase flotte dans l'air. Alors qu'ils marchent vers la mer, Eliza a l'impression de se tenir à l'extrémité d'une falaise, avec ses orteils se balançant au-dessus du rebord. Elle doit prendre sur elle pour ne pas asséner des volées de coups sur la poitrine de son frère. Pour ne pas lui griffer le visage. Pour exiger qu'il lui raconte tout. Mais elle le connaît. Elle sait qu'elle doit attendre le moment où il se décidera à parler.

Il chasse les puces de sable et porte la bouteille à sa bouche. Elle laisse une traînée de liquide sur son menton. Il l'essuie et frémit, en proie au sentiment intense et divin que lui procure l'alcool.

Pour s'empêcher de hurler, Eliza scrute la mer, qui oscille légèrement devant eux, comme du velours rêche et lisse sous la main. Les questions s'embrasent à l'intérieur de sa tête. Elle veut les cueillir et les lancer à la figure de Thomas. L'obliger à parler.

— Je sais très bien ce qu'ils pensent tous, finit-il par dire. J'en ai tout à fait conscience.

Les mots restent en suspens dans l'air tandis qu'il boit une gorgée à même la bouteille.

— Willem et tous les autres. Ils pensent que j'ai des vues sur la flotte. Que je me suis débarrassé de Père d'une façon ou d'une autre afin qu'elle m'appartienne.

Eliza ne dit rien. Elle doit le laisser parler.

— Ce n'est pas ce qui s'est passé, continue-t-il en fixant le sable. Du moins, ce n'était pas le plan au départ.

Il boit une nouvelle gorgée de rhum et la respiration d'Eliza devient saccadée. L'air frissonne et à l'horizon les éclairs font scintiller les nuages moroses. Elle ne sait pas vraiment ce qu'elle présumait qu'il dirait. Avouer qu'il a tué son propre père ? Gémir et hurler et supplier qu'on le pardonne ? Non. Elle savait qu'il garderait son calme jusqu'à la dernière minute. Il avait toujours agi de la sorte. Il se tourne vers elle.

— Mais c'est ma faute s'il a dû partir.

Le journal de Charles J.G. Brightwell, maître perlier

La menace des baleines

Je dois noter par écrit ce qui s'est passé aujourd'hui, car je crains que ceux qui n'ont pas assisté aux événements refuseront de les tenir pour vrais.

J'ai perdu un homme. Un garçon gentil et travailleur, dans des circonstances épouvantables et des plus inattendues.

Je vais faire de mon mieux pour décrire ci-dessous les faits le plus fidèlement possible.

J'ai exposé en détail dans ce carnet les dangers que représentent les requins pour un maître perlier et son équipage. Nous sommes menacés par toutes sortes de créatures marines par ici, depuis les mérous géants jusqu'aux raies manta – c'est très étonnant la façon dont elles accrochent parfois les lobes céphaliques qu'elles possèdent de chaque côté de la tête au tuyau de prise d'air du plongeur. Mais il est clair que les baleines qui fréquentent ces eaux, léviathans paisibles se déplaçant aisément dans l'océan, peuvent être elles aussi agressives. Elles sont d'une curiosité tenace pour les plongeurs, étrangement attirées par les bulles qui montent des tuyaux de conduite d'air. Il arrive même de temps à autre que l'une d'elles confonde un lougre avec une autre baleine, et s'avance pesamment vers le bateau pour mieux le voir. Parfois, quand elle est proche, son corps en entier émerge de l'eau, et elle se secoue alors comme un chien mouillé, faisant voler les rémoras fixés à son dos qui atterrissent sur le pont du lougre. J'ai déjà vu des baleines se frotter contre la coque pour se débarrasser des anatifes (c'est une sacrée besogne de maintenir un lougre droit quand cela se produit), et je peux confirmer, sur la base de ma propre expérience, que les gémissements d'un bébé baleine perdu la nuit, à quelques centimètres de votre oreille, c'est quelque chose d'étrange et de très troublant.

Dès que l'on voit des baleines à l'horizon, on tape sur toutes les marmites et boîtes en fer-blanc à portée de nos mains pour les chasser. Souvent, elles s'approchent quand même et tournent autour du bateau, mais généralement nous avons le temps de remonter nos plongeurs et les mettre en sécurité avant qu'elles arrivent.

Aujourd'hui, j'ai réveillé mes hommes tôt. Nous avions mouillé au large des Cockatoos pour pêcher de la coquille quand deux énormes baleines à bosse ont foncé à toute allure sur le lougre. On voyait leurs yeux froids comme le marbre, les anatifes agrippés sur leurs têtes. Kurayami et Nishioka, mon second plongeur, fumaient tranquillement des petits cigares sur le pont en attendant que les baleines s'éloignent. Vers la fin de l'après-midi, l'alerte était passée et les deux plongeurs sont descendus comme prévu à seize brasses de profondeur. Mais comme Nishi l'a raconté après, il s'est senti brusquement happé par les pieds par une force invisible. Puis, une puissante traction sur sa corde d'appel le remonta dans l'eau. À travers les ténèbres stygiennes, il aperçut l'éclair pâle du ventre d'une baleine, et vit, horrifié, que sa corde s'était emmêlée autour de la caudale droite du cétacé. À la surface, l'assistant s'arc-boutait avec la corde qui sifflait entre ses doigts. La queue de la bête battait violemment et se raidissait jusqu'à ce que la corde glisse et échappe à l'assistant et que Nishi coule à pic en se débattant des pieds et des mains.

Pendant ce temps, la baleine enragée avait dû se retourner et elle s'attaquait au tuyau d'air de Kurayami, et à chaque grand coup de cette queue gargantuesque, son tube s'entortillait de plus en plus. Au bout d'un moment, Kurayami fut hissé à son tour du fond de la mer. La baleine à bosse vira et fit une embardée – on parle de quarante-cinq tonnes de muscles et de graisse fonçant à toute allure dans l'eau – puis elle fit sauter le plongeur sur sa puissante queue. Alors que l'eau se soulevait en vagues qui se fracturaient et que le soleil scintillait, nous vîmes, l'espace d'une seconde, un énorme corps noir. Nishi se signala comme un fou, referma sa soupape d'échappement d'air et jaillit à la surface tel un bouchon. Mais Kurayami, toujours accroché à la queue de la baleine, était traîné dans l'eau à une vitesse alarmante. Quelle terreur épouvantable a dû vivre ce pauvre, pauvre garçon. Tout à coup, nous sentîmes un choc énorme quand le tuyau de prise d'air se tendit au maximum. Il avait dû être arraché du casque. La baleine s'enfuit et l'océan se précipita de réclamer Kurayami. Il sombra comme une pierre jusqu'à ce que nous essayions désespérément de le remonter. Mais le temps que nous le récupérions, il était trop tard. Mon gentil et doux Kurayami était parti.

29

L'AIR est encore plus dense à présent ; épais comme de la soupe, il bout et couve. Des sternes rasent la surface de l'eau en poussant de longs cris métalliques. Du lointain de la mer, des lames de houle s'abattent sur la plage et se brisent en écume.

— C'est arrivé un soir, il y a deux mois, dit Thomas froidement. Sur la plage, à côté des hangars à bateaux. Quelqu'un nous a vus, de toute évidence.

Elle fronce les sourcils et cherche à croiser son regard. Il a le visage fermé. Il se détourne.

— C'est là que nous nous retrouvions quand son mari était en ville. Elle disait toujours que, s'il l'apprenait, il nous ferait égorger l'un et l'autre.

Eliza secoue la tête. Ses paroles tournent dans l'air, impossibles à attraper.

— Les hommes trempent leurs queues dans tous les bordels de Bannin sans sourciller le moins du monde. Ou alors ils prennent de force ce qu'ils estiment qu'ils méritent. Mais il n'y a pas pire crime que celui de coucher avec l'épouse de l'homme le plus puissant de la ville.

Il prononce cette phrase en singeant l'autorité d'un officier, mais sa voix se brise.

— Thomas, non.

— Tu es tentée de me désavouer ? Cela ne me surprendrait pas. La pureté, la monogamie, la chrétienté. C'est ce qu'ils disent au Cercle. Je me trompe ?

— Thomas, je… je ne comprends pas. Il ne peut pas s'agir de l'épouse de Parker, n'est-ce pas ?

Elle se représente la femme rondelette et à l'air godiche du médaillon de Parker.

— Stanson, dit-il distinctement en clignant des yeux. Septimus Stanson. Nous avons dû le lui cacher pendant des mois.

Les mots se mettent en place, des pièces de puzzle s'assemblant en silence dans son esprit.

— La femme est *Iris Stanson* ? Seigneur.

Le cœur d'Eliza s'effondre. On ne joue pas avec un homme comme Septimus Stanson. Elle se souvient des paroles de Min à propos des perliers : *Sous-estime-les et ils t'attaqueront comme des serpents.* Elle se demande depuis combien de temps son frère fréquente l'épouse de cet homme. Elle est plus âgée, c'est certain, mais indéniablement belle. Elle a toujours donné l'impression de ne pas être à sa place aux côtés de son mari, gringalet et cruel. Puis, les souvenirs viennent, d'Iris Stanson la regardant intensément pendant le dîner. Se demandait-elle alors ce qu'Eliza savait exactement ?

— Mais quel rapport avec le fait que Père ait disparu ? Où est-il ?

Thomas lâche un soupir, boit une longue gorgée de rhum et serre les mâchoires.

— Nous étions toujours très prudents. Nous ignorions qu'on nous avait vus avant que Père ne reçoive une lettre. Anonyme, bien entendu ; le filigrane avait été arraché et l'écriture maquillée, car ce n'était pas celle de quelqu'un que nous connaissions. (Il se passe la paume de la main sur la bouche.) La lettre disait que Thomas Brightwell avait été vu en train d'attaquer Iris Stanson du côté des entrepôts de conditionnement. Que la personne savait précisément quand et à quelle heure le crime avait été commis. Et qu'elle allait prévenir le mari, ainsi que la police, et toute la baie, sauf si Père abandonnait sa flotte et quittait Bannin sur-le-champ.

Eliza ne parvient pas à lutter contre la sensation de tomber qui s'empare d'elle.

— Je devais disparaître aussi. Car si je restais, les gens s'attendraient à me voir reprendre la flotte. Cette personne voulait se débarrasser de nous deux ; si Père se retirait de l'activité perlière, c'étaient des bancs d'huîtres à piller. D'énormes sommes d'argent à se faire, juste en comblant le vide qu'il laisserait.

— Mais… tu ne l'as pas agressée, n'est-ce pas ? demande Eliza.

— Pour qui me prends-tu ? Bon sang, siffle-t-il.

Elle opine aussitôt de la tête, tentant d'ignorer qu'un instant auparavant, il lui serrait la gorge.

— Cela fait un moment que… que nous nous fréquentons. Je suis amoureux d'elle. C'est pathétique, franchement.

— Dans ce cas, elle n'a qu'à l'expliquer à son mari, pourquoi pas ? Tu ne fais rien de mal aux yeux de la loi. On ne peut pas te mettre en prison pour adultère…

Thomas souffle bruyamment par le nez.

— Ta naïveté est exaspérante, Eliza, dit-il en se tournant brusquement vers elle. Est-ce que tu penses que Stanson préférerait passer pour un cocu doublé d'un lâche plutôt que pour un mari prêt à se venger de l'homme qui a souillé sa femme ?

Eliza perçoit une sensation de chaleur remontant lentement le long de sa nuque.

— Il a une réputation à tenir, et l'oreille de tous les officiers et magistrats à des kilomètres à la ronde. Ce que Septimus Stanson dit ne se discute pas.

C'est vrai, pense-t-elle. *C'est lui qui fait la loi.* Il avait ordonné que soit chassé de l'Association un homme qui avait simplement lorgné sa femme.

— Je me retrouverais en prison et Père serait banni de l'Association. La famille serait ruinée. On perdrait tout. *Tout* ce que nous avons réussi à construire ici, après tout ce qui est arrivé.

— Mais elle te soutiendrait, sans aucun doute. (Les mots jaillissent de la bouche d'Eliza.) Elle affirmerait qu'il n'y a pas eu d'agression du tout.

— C'est ce que tu penses. (Il avale une gorgée d'alcool.) Mais il semble que ce ne soit pas le cas. Elle a rompu dès que je lui ai parlé de la lettre et m'a dit qu'elle prendrait le parti de son mari si quoi que ce soit se savait. Elle a elle aussi une réputation à soigner, apparemment.

Eliza est surprise de ressentir une spirale de colère qui s'embrase dans ses entrailles.

— Comment as-tu pu mettre autant de gens, y compris toi-même, en danger ? Comment as-tu pu être aussi imprudent ?

Thomas la foudroie du regard. Des yeux prêts à en découdre.

— Je crois que tu n'aimerais pas le savoir, Eliza, parce que tu n'as jamais souffert des inconvénients du désir.

Les mots lui font mal et elle recule légèrement. Ni l'un ni l'autre ne parle pendant un moment. Devant eux, un bernard-l'ermite se dirige lentement vers de minuscules dunes.

— Bref, Père est tout simplement parti ?

Elle force le silence.

— Il vivait dans l'angoisse, finit par dire Thomas tout bas. Il l'a combattue, de toutes ses forces. Il ne voulait pas te laisser. Mais il savait que s'il ne disparaissait pas, du moins pendant quelque temps, ils mettraient leur menace à exécution. Je lui ai dit que cela n'avait pas d'importance, que je ferais face au châtiment même si je n'étais pas coupable. On s'est disputés, toutes les nuits sur le lougre. Mais tu le connais, Eliza. Il devait protéger sa famille et il est parti.

Elle songe au visage cruel de Parker. Le front du sergent est si lourd qu'il faut presque le soutenir. Elle voit les coupures de presse qu'elle a trouvées dans le bureau de son père. Parker serait prêt à saisir n'importe quelle occasion pour prendre l'avantage sur Charles Brightwell ; mettre son fils en prison serait une belle victoire.

Après de longues minutes, elle pose la question qui a lentement pris forme.

— Pourquoi m'as-tu alors menti ?

Thomas ferme les yeux. Au-dessus de leurs têtes, des puffins sont ballottés par le vent.

— Tu aurais pu m'en parler. Je t'aurais aidé. Je vous aurais aidés, tous les deux, mais tu as choisi de mentir.

— Tu sais pourquoi, répond-il sur un ton cassant. Ce n'est pas exactement quelque chose que j'aurais crié sur les toits, Eliza. Moins il y avait de gens au courant, moins il y avait de risque que cela se sache. Toi y compris. Je suis désolé, mais c'est comme ça.

Les mots la blessent.

— Et Père voulait te protéger de toute cette sale affaire. (Il change de position à mesure que sa voix se fait plus urgente.) Te mettre au courant, c'était te rendre vulnérable. Tu aurais pu agir de façon inconsidérée. Aller voir la police pour porter plainte contre le chantage. Essayer de nous sauver la mise, comme tu le fais toujours.

Elle grimace à l'idée d'avoir été trahie.

— Comment as-tu pu me laisser penser qu'il était mort ? Et qu'en est-il de Balarri ? Il sera pendu si Parker le trouve.

Thomas respire longuement, et lorsqu'il reprend la parole, c'est sur un ton plus léger.

— Nous avions un plan. (Il secoue la tête comme s'il cherchait à se débarrasser de quelque chose.) Il devait rentrer à Bannin à un moment ou à un autre.

Elle tourne brusquement la tête vers lui, fronce les sourcils.

— Si nous parvenions à faire croire que Père avait été blessé ou qu'il était tombé par-dessus bord alors qu'il était ivre, personne n'aurait été tenu pour responsable. Ce serait simplement un terrible accident, tu comprends ? Il ne serait plus à Bannin Bay, et nous aurions donc fait ce qu'ils voulaient.

Le cœur d'Eliza est un tambour, battant à contretemps.

— Nous avions besoin de quelqu'un pour l'aider à quitter le bateau sans se faire remarquer, et qui l'attendrait dans un petit canot. Nous ne pouvions pas utiliser celui du *Starling*. Winters a accepté.

Thomas baisse les yeux et fixe le sable.

— Winters, murmure Eliza.

Voilà donc le rôle du matelot de Hardcastle qui a été porté disparu.

— Le garçon… m'admire.

Eliza se souvient du journal de son père. *Le pauvre garçon semble suivre Thomas comme un chiot fou d'amour.*

— Je lui ai décrit en détail la lettre dans la plus stricte confidentialité. Il m'a répondu qu'il nous aiderait autant que possible. Il y tenait, vraiment.

Elle est submergée par une vague de honte en songeant au garçon, mêlé à quelque chose dont il n'était en rien responsable.

— Ils avaient des lampes-tempête, continue Thomas. Il n'y avait pas d'autres lougres à des milles marins à la ronde, pas de coup de vent annoncé. C'était censé être une nuit agréable pour se trouver en mer dans un petit canot.

Les paroles de Shuzo résonnent à ses oreilles ; comment il avait vu “deux lumières sur l'eau, qui brillaient comme les yeux d'un démon”.

— Nous étions convenus de mettre le cap droit sur les Rosellas. C'est un petit archipel d'îles, pas très loin des Lucettes, à quelques heures à peine en bateau s'ils maintenaient la bonne direction. Il savait qu'ils y trouveraient de l'eau en quantité suffisante pour eux deux pendant un moment. Ils pourraient pêcher du barramundi avec une ligne, attirer des crabes cachés dans la vase, construire un abri. J'avais besoin qu'ils restent là une semaine – deux au maximum –, et je devais ensuite aller les chercher avec le *Starling*.

— Une *semaine* ? Tu pensais qu'une semaine suffirait à les contenter ? Quand ce qu'ils voulaient, c'était se débarrasser à jamais de Père et de toi ? (La frustration a raison d'elle.) Et que diable envisageais-tu de faire ici ? Attendre et maltraiter ton foie ?

— Bien sûr que non. (Il lui lance un regard acéré.) La lettre de menace portait le cachet de Cossack. J'imagine que l'imbécile n'avait pas réfléchi à masquer cela. C'est pourquoi je suis venu directement ici pour me renseigner, en prenant toutes les précautions possibles, bien entendu – les murs des salles de jeux renferment bien des secrets qui ne demandent qu'à être percés. Nous nous étions mis d'accord pour que j'essaie d'obtenir la vente d'un ou deux lougres sous un autre nom, si je le pouvais. Nous espérions que si je découvrais l'identité du maître chanteur, cette vente les calmerait. Avec une somme pareille, ils avaient de quoi tenir jusqu'à la fin de leur vie. Nous n'avions pas d'autre moyen de réunir autant d'argent – Père est toujours aux prises avec des dettes –, mais si nous y parvenions, personne à Bannin n'aurait jamais été au courant et nous pouvions rentrer.

Eliza n'en croit pas ses oreilles. Comment ont-ils pu penser que c'était une bonne idée ? Comment ont-ils pu être aussi stupides ?

— Eh bien, que s'est-il passé ? demande-t-elle de manière pressante. As-tu réussi à trouver le maître chanteur ? Et où est Père maintenant ?

Thomas laisse retomber sa tête.

— Mes questions furent accueillies par des lèvres scellées et des portes fermées. (Ses joues se contractent.) Quant à mes efforts pour organiser la vente des lougres, ils se sont avérés infructueux. J'avais toutefois réussi à me constituer une belle somme d'argent dans les salles de jeux, mais, tard un soir, j'ai été suivi et soulagé de mes gains.

— Mais tu es quand même allé les chercher. Père et Winters. Oui ? Où sont-ils maintenant ?

— J'y suis allé, bien sûr que j'y suis allé. (Il parle vite.) Mais je n'ai trouvé aucune trace d'eux. J'ai fait le tour des Rosellas, je suis descendu à terre, j'ai fouillé chaque centimètre carré de ces îles. Ils n'étaient pas là.

Eliza reste bouche bée. Elle bondit sur le sable, consternée.

— Tu n'as pas suffisamment essayé, siffle-t-elle. (La colère fait trembler sa poitrine.) Tu les as abandonnés, comme tu le fais toujours.

— Qu'est-ce que c'est censé vouloir dire ?

— Pourquoi n'as-tu pas poussé plus loin ? Changé de cap pour les chercher ailleurs ? Et si le vent les avait détournés de leur route ?

— Eliza, ne sois pas ridicule. L'océan est vaste – s'ils avaient dévié de leur cap, ils se seraient noyés. Je ne pouvais pas courir ce risque, ou risquer de provoquer le naufrage du lougre avec le mauvais temps qui s'annonçait.

— Le *mauvais temps* ?

Elle marque une pause. La portée de ses paroles lui fait l'effet d'un bloc massif qui heurte le sable. C'est un miracle qu'il ne soit pas arrivé plus tôt.

— Tu n'as pas essayé de le retrouver parce que tu savais que, s'il n'était plus là, tu pourrais reprendre la flotte. As-tu délibérément organisé tout cela avec elle, avec la femme de Stanson ?

— Eliza. Non. C'est faux.

Ses mots viennent lentement.

— Tu as toujours voulu posséder la flotte, crache-t-elle. Tu as toujours pensé que Père était trop bon. (Le dégoût la fait aller et venir sur la plage.) Comment as-tu pu faire cela ?

— ELIZA ! (Il bondit. Sa voix est un rugissement à présent.) Tu te trompes complètement. J'ai fouillé toutes ces îles. C'était dangereux d'aller plus loin et cela aurait été de toute façon inutile. Ils sont morts. J'aurais préféré que ce ne soit pas le cas, mais nous ne pouvons plus revenir en arrière.

— Je vais les trouver, dit-elle, la voix ferme comme un roc.

— Eliza.

— Si tu n'as pas suffisamment de courage pour aller chercher ton père, qui a fait tout cela pour *te* sauver –

— Pour sauver l'entreprise familiale.

— À cause d'une imprudence de *ta* part.

Elle a l'impression que sa tête est un nid de fourmis, qui gratte et s'agite. Elle essaie de dénouer cet imbroglio à coups de griffe, de se frayer un chemin, de réfléchir distinctement.

— Je n'ai pas d'autre solution que d'y aller moi-même.

— Je viendrai avec toi, dit-il avec un soupir.

— Je n'y tiens pas. Je ne te fais pas confiance.

— Eliza. Ne sois pas ridicule. Tu ne sais pas naviguer. Tu feras naufrage. C'est ce qui t'attend à… à vouloir chercher un cadavre.

— Il… n'est… pas… mort.

Thomas ne répond pas tout de suite. Il regarde sa sœur comme si elle n'avait plus toute sa tête.

— Quelqu'un à Bannin, quelqu'un qui a un don de voyance m'a dit qu'il n'était pas mort.

— Qui t'a dit ça ?

— Quelqu'un que Min connaît, peu importe son nom.

— Pas cette prostituée qui passe pour une médium. (Son visage exprime un profond dégoût.) Tu es grotesque, Eliza.

— Elle dit qu'il est vivant et qu'il est entouré d'oiseaux. Elle a vu des oiseaux partout.

Elle se fiche complètement à présent de paraître ridicule.

— Seigneur, crache Thomas. Tu es encore plus naïve que je le pensais. Regarde autour de toi, Eliza, hurle-t-il en écartant les bras. Il y a des fichus oiseaux partout. N'importe quelle vieille prostituée fatiguée te dirait la même chose en échange de quelques pièces de monnaie.

— C'était différent.

— En agissant de la sorte, tu mets ta vie en péril et tu risques également de perdre tout ce que notre entreprise possède.

Elle s'arrête, croise les bras.

— Tu vois, dit-elle en serrant les dents, c'est exactement cela, le problème. Pour toi, la vie est une collection d'actifs. Et les gens qui t'entourent, des pions – tu t'es servi de l'affection de Winters pour le mettre en danger et maintenant, lui aussi est perdu.

Elle se tourne pour reprendre le chemin de la ville. Des lampes à alcool brûlent sous les porches plongés dans la pénombre et un bourdonnement de voix d'hommes se déverse des salles de jeux.

— Je vais y aller ! lui lance-t-elle. Je vais aller le chercher.

30

VIDEZ L'EAU d'une mangrove et la vie continuera d'y ronronner. Quand la marée se retire, emportant coquillages, galets et crabes, quand ses racines enchevêtrées sont exposées à l'air libre, glissantes et luisantes tels des organes – la vie continue dans la chaleur humide de ses entrailles. Tripotez la chair de cette mangrove, prenez de grosses mottes de boue dans vos mains, et vous verrez qu'elle finira par vous cracher ses secrets.

À leur retour à Bannin – après avoir poussé leurs chevaux au galop pendant deux jours et deux nuits –, toute la ville semble tendre le cou vers le ciel. La pluie ne va sûrement plus tarder, mais pour l'instant, elle attend dans des nuages bas, lourds de fureur.

Thomas les avait regardés appareiller au lever du jour, tandis que des cormorans aux longs cous se rassemblaient en une rafale sur le quai. Eliza avait jeté un coup d'œil derrière elle et la pensée lui avait traversé l'esprit que, si elle ne revenait pas de son périple pour rechercher son père, ou si

Thomas retrouvait le chemin des bouteilles vidées jusqu'à la dernière goutte, il était possible qu'elle ne revoie plus jamais son frère.

Elle était allée d'abord à la prison, s'y était ruée dans un tourbillon de poussière et de sueur. Quelles nouvelles de Balarri lui annoncerait-on ? Serait-il dans l'une des cellules ? Mais lorsqu'elle arriva, la prison était vide. Elle interrogea l'employé subalterne, lui demanda où était Parker. Il se contenta de la regarder de ses yeux gris d'un air morne et de désigner le bush au loin.

— L'est toujours là-bas, dit-il. Il cherche toujours.

Le cabanon de Min est affalé sur ses moignons, les volets soigneusement fermés, aveugles comme des paupières cousues ensemble. Tout autour, des bicoques affaissées, auxquelles personne ne prête attention depuis qu'elles ont été rasées par les vents violents du nord-ouest. Les arbres effleurent du bout de leurs branches le vieux toit rouillé, et des cacatoès rosalbins, rouge sang à force de s'être roulés dans le Pindan, traînent leurs corps sur la tôle pour gober des insectes. Il règne là un silence inquiétant, mais Eliza frappe à la porte avec impatience. Pas de réponse. Elle frappe de nouveau. Il y a une échauffourée sur le toit et les oiseaux s'envolent en gloussant, le battement de leurs ailes un chœur bruyant au-dessus de sa tête. Quelque chose bouge lentement à l'intérieur du cabanon, suivi d'un long bruit métallique. Eliza recule et voit Min, échevelée, ses petits yeux tout ensommeillés, ouvrir l'un des volets.

— Qu'est-ce que tu fais ici à me réveiller à une heure pareille, Brightwell ?

Min écarte ses cheveux de son visage et plisse les yeux à cause du soleil de la mi-journée.

Eliza lui fait signe de la main et Min rentre la tête et sort au bout d'un moment avant de refermer la porte derrière elle. Eliza ne l'a jamais vue aussi pâle ; malgré la chaleur, Min resserre son châle autour de ses épaules. Le chatoiement d'un fil d'or attire le regard d'Eliza. Elles s'assoient sur deux fauteuils en osier percés de trous béants.

— Je t'ai cherchée, dit Min. J'ai attendu au bungalow pendant des heures et j'ai fini par renoncer. (Elle se protège les yeux avec la paume d'une main.) Où étais-tu ?

La colère s'entend dans la voix.

— On est partis rapidement. Je suis désolée.

Elle raconte à Min leur chevauchée jusqu'à Cossack. L'état dans lequel elle a trouvé Thomas et, dans un murmure étouffé – au cas où le vent aurait des oreilles –, le secret qu'il lui a révélé.

Min laisse échapper un sifflement grave.

— Incroyable. Mais si Stanson est impliqué dans cette histoire, tu as raison d'être prudente.

— Tu ne dois en parler à personne.

— Tu me prends pour Jean Riesly ?

Son sourire est crispé, mais ses yeux se sont adoucis. C'est un portrait, se rend compte Eliza, fait à coups de pinceau empreints de pitié.

— Ton père, alors ? dit-elle en fronçant les sourcils. Il t'a abandonnée ? Du jour au lendemain ?

Eliza se redresse, mal à l'aise.

— Que vas-tu faire ? demande Min.

— C'est pour cela que je suis ici. Je suis venue te dire au revoir.

Min jette un regard circulaire, comme si elle sondait les arbres pour y trouver une réponse.

— Je vais aller le chercher. Les trouver tous les deux, mon père et Winters. Si j'y arrive.

Min la considère, bouche bée. Eliza lui saisit les mains.

— Il est en vie, Min, je sens dans mes os qu'il est en vie. Clementine l'a dit, non ? Et s'il est en vie, s'il a été dévié de sa trajectoire par le vent – Shuzo dit que cela soufflait fort cette nuit-là –, il se trouve alors dans une situation épouvantable.

Les lèvres de Min bougent, mais elle semble incapable d'y faire venir les mots.

— Balarri est toujours quelque part dans le bush, continue Eliza d'un ton animé. Avec Parker et son pisteur à ses trousses. Si je parviens à trouver mon père et à le ramener à Bannin, Parker devra renoncer à ses poursuites. C'est certain.

— Et où comptes-tu aller exactement ? interroge Min d'une voix incrédule qui surprend Eliza. Tu pourrais le chercher pendant des mois et ne jamais le trouver. Cela n'a rien à voir avec l'acte héroïque auquel tu penses. L'océan est plus vaste qu'on ne peut l'imaginer, Eliza. Tu pourrais mourir en pleine mer, la tempête ne va pas tarder à frapper !

Eliza regarde les nuages. Un pot de peinture bleue, grise et jaune a été renversé sur le ciel, puis étalé sur toute sa longueur avec un pouce gigantesque.

— Je sais que cela peut paraître absurde, mais si on parvient à atteindre les Rosellas, on peut s'y installer et, de là, fouiller les îles les plus proches. Il y a deux archipels : les Nevermores et les De Vitts. Selon la direction dans laquelle le vent soufflait, ils peuvent être dans l'un ou dans l'autre.

Axel et moi les avons déjà repérés sur la carte. Il ne nous reste plus qu'à nous y rendre le plus vite possible.

Min laisse échapper un long soupir.

— C'est complètement suicidaire, Eliza. Tu ne sais pas comment manœuvrer un lougre. Je veux dire, c'est ridicule – vraiment.

— Axel sait.

Min lui adresse un regard oblique. Puis s'affaisse légèrement. Après un certain temps, elle sort une cigarette de son étui.

— J'imagine que rien de ce que je dirai ne t'arrêtera ?

Eliza acquiesce et Min se laisse aller en arrière dans son fauteuil. Elles ne parlent pas pendant de longues minutes tandis que le soleil réchauffe leurs peaux. Au bout d'un moment, Eliza remarque que son amie semble préoccupée. Elle sait qu'elle a autre chose à lui dire.

— Je t'écoute.

Min finit sa cigarette et la jette par terre. Elle pousse un soupir de frustration puis se met à parler à toute vitesse.

— Si tu es décidée à y aller, il faut que je te dise quelque chose.

Eliza attend qu'elle poursuive.

— Je ne voulais pas t'en parler car j'ignorais que tu voulais faire… *ça*.

Elle agite les mains en l'air.

Eliza l'adjure intérieurement d'aller droit au but.

— La vérité – le visage de Min est étrangement chiffonné –, c'est que Clementine est une escroc. Une charlatan. Ces dents ne sont qu'une mascarade pour les clients.

Eliza a un hoquet de surprise.

— Si elle savait autant de choses sur ton père, c'est parce que je les lui avais dites.

— Mais… les oiseaux. (La voix d'Eliza est désespérée.) Elle a dit qu'elle voyait des oiseaux.

— Ton père disserte sans cesse sur les oiseaux, Eliza. Avec ses carnets et ses notes. Cela ne prouve pas qu'il est en vie. C'est tout sauf cela.

Eliza tente de chasser de sa tête les paroles de son amie.

— Je suis désolée, je suis sincèrement désolée. Je voulais t'aider. Je sais ce que cela signifie de perdre un père, je pensais que tu y trouverais un certain réconfort…

Eliza se lève, se contient.

La pression grossit dans sa poitrine. Elle regarde Min – l'angoisse fait se plisser les coins des yeux de la jeune femme.

— Eliza, je t'en prie.

— J'irai quand même.

Le visage de Min s'effondre.

— Eliza, voyons. Ressaisis-toi.

— Il a besoin de moi en ce moment. Il est toujours là-bas, quelque part. Je vais aller le chercher.

31

C'EST MCVEIGH qui leur donne le lougre. Le *Starling* est toujours à Cossack avec Thomas, désarmé et caché dans les mangroves, à l'extérieur de la ville.

Ils avaient expliqué au missionnaire qu'ils projetaient de rejoindre les Rosellas et, de là, de fouiller les autres îles. McVeigh avait hésité. Froncé les sourcils. Tiré sur sa barbe qu'il tenait entre le pouce et l'index.

— Vous savez que je possède un lougre.

Bien que faiblissant, le soleil filtrait à travers la fenêtre, et le visage d'Eliza s'illumina brusquement d'un sourire. C'était un cadeau à l'origine, leur expliqua le missionnaire, qu'un riche perlier lui avait offert, des années auparavant, pour s'être déplacé et avoir donné à son fils les derniers sacrements.

— Il s'appelle le *Moonlight*, dit-il avec un haussement d'épaules. Je ne l'ai jamais conduit. Il est à vous.

Après qu'ils l'avaient remercié et s'étaient dirigés vers la porte, il les avait arrêtés. Le jacassement d'un oiseau comblait les silences entre ses phrases.

— Juste pour que cela soit bien clair. Il n'y a que vous deux qui allez sortir ce bateau ?

Ils opinèrent de la tête.

— Vous, une jeune femme, et vous, qui ramassez des coquillages ?

— C'est exact.

Eliza s'était efforcée de ne pas prêter attention au tremblement de sa voix.

— N'aurez-vous pas besoin d'un matelot ou d'un cuisinier ? Quelqu'un pour vous aider à… à naviguer ?

Eliza et Alex avaient échangé un regard, la foi qu'ils avaient en leur projet vacillant légèrement.

— Puis-je vous offrir mes services, mademoiselle ?

La voix était douce mais relativement confiante. Ils se tournèrent pour voir qu'elle venait de Quill, l'apprenti, qui avait de nouveau surgi à l'arrière de la mission sans que personne ne le remarque.

— J'ai appris à cuisiner avec les plus talentueux Chinois qui soient, et la menuiserie aussi, avec des Malais. Je suis même meilleur matelot que n'importe quel Philippin de Manille que vous trouverez. (Le garçon les regarda avec insistance de ses grands yeux clairs et stoïques.) J'ai travaillé sur beaucoup de bateaux. J'ouvrais les coquilles, je surveillais l'ancre, et je sais lire les marées et les courants. Je peux même aider dans certaines langues. On ne sait jamais sur qui on peut tomber en mer.

Eliza n'avait pas pu s'empêcher de rire.

McVeigh les avait observés, les sourcils haussés.

— Moi, je ne sais pas. Mais je pense que c'est plutôt une bonne idée qu'il vous accompagne.

Eliza avait marqué un temps d'arrêt, passant de Quill à Axel qui semblait peser le pour et le contre comme il pèserait de la farine.

— Combien vous payez ? demanda Quill, qui s'enhardissait à présent.

McVeigh avait blêmi et s'était excusé.

— Le garçon n'a pas besoin d'être payé, dit-il en rejetant sa demande avec dédain. Il a juste besoin de manger. D'un abri. Et de vêtements à porter sur le bateau.

Eliza avait examiné le jeune apprenti et s'était souvenue du livre qu'elle lui avait rendu la première fois qu'ils s'étaient rencontrés. Comment il s'en était emparé et l'avait serré fort contre lui. *Les Cow-boys des océans : aventures en haute mer.*

Quill avait soutenu alors son regard.

— Le matelot sera payé, dit-elle.

32

La tempête de sable arrive de nulle part et s'abat sur Parker comme un chariot. Si brutalement qu'elle vide l'air de ses poumons et qu'il se retrouve en l'espace d'un instant perdu dans un nuage d'ambre brûlant. Ils allaient à un petit galop régulier, sans rien à signaler de fâcheux à l'horizon, quand BOUM ! Il savait qu'il y avait une raison pour laquelle il ne s'était jamais aventuré aussi loin au cœur de ces plaines perdues. Il crache et halète, heurte son nez du coude. Il n'arrive pas à ouvrir les yeux et ses jambes s'arquent puis se contractent de peur, affolant son maudit cheval qui se cabre et brait tandis que le tourbillon de poussière les fouette de tous côtés. Parker s'étrangle tant le sable est sec, et suffoque comme un poisson dans un seau. Le vent a rassemblé des branches et des cailloux entre ses doigts. Ils lui entaillent la peau jusqu'à ce que des gouttes de sang coulent une à une sur son visage. Quelque chose de plus massif entre en lice et le frappe violemment sur la partie molle de son crâne. Le choc lui fait voir tout un chœur d'étoiles. Il appelle le pisteur, mais la tempête de sable a dû avoir raison de lui aussi. Avec un rugissement à faire trembler les entrailles de la terre, le vent forcit, lui arrache le chapeau de la tête et l'envoie tournoyer dans le ciel agité. Parker lève les yeux pour le regarder s'envoler, et ce faisant il sent quelque chose de lourd tomber de son paquetage. Il pousse un cri ; pourvu que ce ne soit pas son satané fusil. Il saisit les rênes en grognant et donne un coup de pied féroce à la jument qui part à fond de train. Parker serre si fort les rênes que ses articulations sont toutes blanches. Ils finissent par s'échapper, à bout de souffle, de la tempête.

Le calme soudain détonne, et Parker, jetant un coup d'œil par-dessus son épaule, voit le tourbillon traverser la plaine à toute allure. Il tourne la tête vers le pisteur qui attend, impassible, au bord du sentier, épargné par la poussière. Il baisse les yeux sur son propre pantalon d'une saleté répugnante, s'étale du sang chaud dans les poils de sa barbe quand il y passe les doigts. Il se penche brusquement et tapote sa sacoche de selle. Nom de Dieu. Une lueur d'effroi ; c'est son bidon d'eau que le vent a emporté.

33

Sous la lumière vaporeuse des premières heures du jour, ils chargent le bateau de provisions. Cela ne leur rendrait pas service que tout le monde assiste à leur départ. Un lougre qui quitte le port tout seul si tard dans la saison ? Les langues ne manqueraient pas de se délier.

À mesure qu'ils s'activent, le trouble d'Eliza ne tarde pas à se voir. Elle peut à peine regarder l'eau qui, telle une paume à plat, frappe le fond du bateau. Sa force lui rappelle une histoire que son père lui avait autrefois racontée. Comment un plongeur s'était retrouvé si cerné par un banc de harengs qu'il s'était presque noyé. Les poissons avaient surgi tel un nuage alors qu'il marchait sur le lit océanique et ils le submergèrent bientôt avec leurs minuscules corps frétillant frénétiquement. Ils se collèrent à son casque, grouillaient sur son torse, dans son dos. Quand il tira sur sa corde d'appel, davantage de poissons arrivèrent – plus gros, poursuivant leurs proies. Lorsque le plongeur remonta à la surface, on aurait dit une foule meurtrière, son casque en cuivre assailli de créatures s'agitant dans tous les sens.

Ployant sous le poids d'un sac de riz, Eliza ferme les yeux et prend une profonde inspiration pour calmer ses nerfs. Si elle ne prête pas attention à la présence de l'eau, elle peut se dire qu'elle n'existe pas. Elle peut oublier ce qu'ils s'apprêtent à faire.

— Dix mètres de long de la proue à la poupe.

Axel patauge dans les eaux peu profondes avec un large sourire. Il porte une tenue de navigation – une chemise au col lâche et un pantalon de moleskine. Son épaule est suffisamment remise pour qu'il n'ait plus besoin de porter le bras en écharpe. Mais elle lui fait encore mal et Eliza le surprend, de temps en temps, à masser son bras raide. La journée est chaude, malgré la brise matinale qui fait tressaillir les arbres.

— Douze tonnes, coque en bois de jarrah, carcasse stratifiée.

Elle opine sans parvenir toutefois à trouver l'énergie de lui sourire.

— Le tout provenant des arbres qui ont été abattus dans le bush. Cajeput ou eucalyptus, très certainement. Faible tirant d'eau pour que les plongeurs puissent facilement remonter à bord avec leurs tenues de plongée. Conçu pour dériver avec le courant. Un travail d'artiste tout simplement merveilleux, accompli par les constructeurs de Fremantle.

Des bécasseaux laissent des empreintes fourchues dans la vase environnante. Dans les broussailles, des méliphages sautillent sur leurs petites pattes frémissantes. Eliza regarde au-delà des passereaux la ville aux toits surbaissés, le Pindan rouge prenant une teinte dorée sous le soleil levant.

— Nous ne pourrons franchir la barre de sable qu'à marée haute, annonce Axel. Si on la prend de travers, on se retrouvera coincés sous le vent, ou projetés sur les écueils. Nos plans contrecarrés avant même de commencer. Deux idiots, voilà de quoi nous aurons l'air !

Eliza hausse un sourcil, laconique.

— Mais comme toutes nos provisions seront rangées dans la cale avant et que nous aurons plein d'eau dans le réservoir, on sera prêts à partir dès que la mer le voudra bien.

Eliza voit derrière Axel un héron au cou blanc perché sur un palétuvier qui, de son œil jaune, les observe stoïquement d'un air effronté.

Quand la marée soulève enfin le lougre, Axel et Quill lâchent les amarres, et, tandis que le bateau se faufile aisément à travers le chenal, Eliza balaie lentement du regard la baie puis remonte la plage. Ses yeux l'emmènent au-delà des dunes et par-dessus les lanières d'herbe rêche des spinifex, et vont jusqu'aux ondulations métalliques de la ville. Elle pense à Balarri, là-bas, poursuivi dans le bush par deux hommes à cheval. Elle voit le bungalow, assis patiemment sur ses pilotis. Et à l'intérieur une horloge à calendrier lunaire cirée. À chaque seconde, elle fait savoir son message : "Dépêche-toi, dépêche-toi, dépêche-toi."

À mesure que l'avant du lougre s'enfonce dans l'eau turquoise, des embruns passent par-dessus le plat-bord. Bientôt la ville n'est plus qu'un coup de pinceau à l'horizon, et finit par menacer de disparaître complètement. Eliza doit grimper plus haut. Elle ne peut pas l'abandonner comme ça, pas tout de suite. Elle pose un pied nu sur le plat-bord, attrape le gréement et se hisse sur le bordage. Bannin est une fine marbrure maintenant. Le vent s'engouffre dans ses manches. Ses jupes ondulent et se gonflent derrière elle.

— Tout va bien ?

Axel la regarde en clignant des yeux et elle redescend d'un pas lourd sur le pont.

— Venez, le vent forcit, dit-il.

Le bateau roule tranquillement en fendant les eaux, se frayant un passage en direction du large.

— Vous vous y habituerez d'ici peu, lance Axel de l'autre côté du pont tandis qu'Eliza vacille sur ses jambes à côté de la drisse.

Quill est occupé à examiner une vieille pompe à air à travers l'écoutille.

— On trouve déjà que vous avez le pied marin.

Eliza est loin d'en être sûre.

Tout en parcourant l'étendue de l'océan, elle imagine son père et son frère en pleine mer, se déplaçant tranquillement sur le bateau, réconfortés par le roulis. Elle aimerait avoir autant d'aisance sur l'eau que les mouettes. Son regard se porte sur le canot, attaché le long du bateau à l'aide d'un cordage. Il a l'air si petit vu d'ici. Si fragile. Si son père a pu naviguer dans l'un d'eux, elle le pourra sûrement.

Au bout de quelques heures, elle finit par se détendre et longe le bastingage en traînant les pieds et en regardant au fond de l'eau. Tout paraît si étonnamment proche, le lougre est si bas qu'on pourrait chatouiller les poissons de l'index. À peine à trois pieds en dessous du niveau de la mer, des méduses défilent comme de fugaces nuages. Une tortue ensommeillée, se prélassant à la surface, soulève sa tête périscopique avant de disparaître avec une vaguelette. Lorsque les requins arrivent, c'est toute une meute, leurs corps massifs se distinguant nettement dans l'eau lisse comme un miroir. Ils dansent plus qu'ils ne se déplacent, une oscillation liquide de la tête à la queue. Derrière eux, dans un fugitif éclair d'argent, des poissons sautent hors de l'eau et retombent avec un claquement sec.

Dans l'après-midi, elle s'assoit seule, à l'ombre des voiles, bercée par le chant du vent dans les haubans. Elle boit une tasse de thé sucré à petites gorgées et feuillette le journal de son père, étudiant chaque illustration, entendant sa voix grave dans chaque mot. Les mouettes encadrent le bateau de près, offrant une compagnie agréable. Elles plongent sans relâche dans le tumulte des embruns, dont elles émergent avec de minuscules poissons qui frétillent dans leurs becs. Axel est à la barre, surveillant tour à tour les voiles et le compas. Quill porte des marmites sur le pont, et prépare le repas du soir. Eliza observe l'apprenti, réfléchit pendant un moment ; cela la gêne d'en savoir si peu sur lui. Elle le rejoint, de l'autre côté du pont, et s'installe sur une bâche. Quill lui rend aussitôt son sourire mais sans s'interrompre pour autant dans sa tâche. Eliza lui sourit de nouveau, puis secoue la tête ; elle a déjà fait cela. Quelle pourrait être la meilleure manière d'entamer la conversation avec lui ? Elle a rarement parlé à des enfants, bien que Quill semble si à l'aise sur le bateau qu'on pourrait le prendre pour un homme.

— Tu aimes bien travailler pour McVeigh ? finit-elle par dire.

— Oui.

Quill hoche la tête en sortant un couteau de sa poche avec lequel il entaille le haut d'un sac. Elle se demande si l'apprenti se souvient d'avoir été dorloté par sa mère. Si elle lui chantait des chansons comme le font les mères, s'il se rappelle son parfum ou la douceur de ses caresses.

— Et… que préfères-tu ?

Quill lui adresse un rapide coup d'œil. Quelques grains de riz se renversent sur le pont.

— Le cricket.

— Le cricket ?

Quill acquiesce.

— Père McVeigh est un excellent batteur. Il m'apprend tout ce qu'il sait. On y joue au campement aussi, il y a des lanceurs de balle très adroits.

Eliza n'a jamais vraiment compris l'intérêt de ce jeu ; il semble que l'on passe beaucoup de temps à attendre. Mais les perliers considèrent le cricket comme un mode de vie pendant le désarmement, et toute la ville y participe. Les hommes de tous bords.

— J'aime lire des livres aussi, continue Quill. Il y a beaucoup à apprendre dans les livres.

Eliza sourit intérieurement devant le sérieux du jeune garçon.

— Est-ce ainsi que tu as appris à parler autant de langues ?

Quill saisit le riz dans ses paumes fines, le serre dans ses poings puis écarte lentement les doigts pour laisser glisser avec dextérité les grains dans la marmite.

— Oui, mademoiselle, ça aide, mais j'ai surtout appris la majeure partie de ce que je sais en naviguant sur des lougres.

Elle imagine l'apprenti en pleine conversation avec toutes les sortes d'hommes qui composent un équipage. S'indignaient-ils de la présence d'un enfant doté d'un tel esprit ?

— Ils prétendent que sans l'anglais, on n'arrive à rien, ici. (Quill se passe une main sur son front humide.) Que c'est la langue du pouvoir, dans cette région-là du monde. Mais c'est faux. (Il secoue la marmite.) C'est toutes les autres langues, celles qu'on parle depuis des générations. Il en existe des centaines. Père McVeigh et moi, on a fait une liste de tous les mots qu'on entend. On doit deviner l'orthographe, mais il dit que c'est important de garder une trace écrite des choses qui disparaîtront bientôt.

Quand avec les ténèbres, la mer devient étale, ils mettent le lougre à l'ancre pour la nuit. D'épais nuages obscurcissent tout hormis quelques étoiles brillantes, et ils dînent dans un silence amical à la lueur des lampes-tempête. Une fois la vaisselle rincée, Quill sort la bâche et grimpe dessus. Axel se lève et se dirige vers l'arrière du bateau, s'installant contre le rouf avant d'ouvrir un livre. Il fait signe à Eliza de le rejoindre. Elle marche précautionneusement sur le pont et s'assoit à côté de lui.

— C'est bien ? demande-t-elle.

La couverture du livre est vieille et tout abîmée. Il casse le dos du livre et commence à lire doucement à voix haute.

— *La nuit, qui parcourt le cercle opposé, sortait du Gange avec les Balances, qui tombent de sa main, lorsqu'elle s'allonge de sorte que, là où j'étais, les blanches et les vermeilles joues de la belle Aurore, croissant d'âge, devenaient orangées**.

Eliza regarde les étoiles, basses dans le ciel tels des anges déchus. Ses genoux embrassent de temps à autre ceux

* Extrait du *Purgatoire* de Dante, Chant 2.

d'Axel, bercés par le mouvement de l'eau. Les minutes s'écoulent une à une tandis que les petits bruits que fait Quill en dormant s'élèvent et s'apaisent dans l'air de la nuit.

— Je parie que vous ne vous attendiez pas à vous retrouver ici, dit Axel en posant son livre.

— En Australie ?

— Non. (Il sourit.) Sur un lougre au beau milieu de l'océan.

Elle sourit à son tour et incline la tête.

— Non, je ne pense pas que j'aurais pu prévoir cela.

— Mais pourquoi avez-vous atterri à Bannin, au fait ? (Il déplace le poids de son corps de sorte à lui faire face.) Était-ce une idée de votre père ?

Elle se tourne vers lui.

— En réalité, c'était une idée de mon oncle.

— Vraiment ?

— Mon père et lui ont toujours été proches. Nous n'avions pas beaucoup d'argent quand nous vivions en Angleterre ; Père gagnait sa vie en travaillant en usine. Mais il ne tenait pas en place, voulait désespérément se faire un nom en tant qu'homme d'affaires. Il prenait les économies que nous avions et les plaçait dans toutes sortes de nouvelles entreprises. Toujours plus farfelues les unes que les autres, et dans des domaines auxquels personne ne voulait être impliqué : les machines volantes, les lunettes de protection pour les poulets, les trappes pour les cercueils pour le cas où quelqu'un était enterré vivant. (Axel hausse un sourcil.) Mère s'énervait parfois, mais il lui répondait qu'il y avait toujours à manger sur la table. (Eliza bouge les jambes.) Cela a changé un jour. Il a placé son argent dans une affaire ambitieuse qui a mal tourné.

Il a toujours été un homme passionné et il peut prendre des décisions… sur un coup de tête. Quelqu'un de peu bienveillant dirait qu'il est incohérent. Fantasque, même. En fin de compte, il s'est fait avoir et le gentleman en question a disparu avec la totalité de l'investissement. Nous ignorions qu'il avait placé tout ce que nous possédions dans cette affaire. Pratiquement en l'espace d'une nuit, nous avons tout perdu. J'étais jeune alors, je ne me rappelle pas tous les détails. Mais Willem a fini par piocher dans ses économies pour emmener toute la famille ici – nous, lui et Martha, à Bannin Bay, afin que nous nous construisions une nouvelle vie.

— Je ne savais pas, dit Axel en hochant la tête. Votre père a assurément renversé la situation.

— Et votre famille ? demande-t-elle. Vous en parlez rarement.

Il la regarde mais ne répond pas, rejetant la question d'un signe négatif de la tête.

— Nous sommes ici, en pleine mer, à la recherche de *mon* père, insiste Eliza. Vous savez pour Ned, pour Thomas, vous savez comment ma famille a atterri ici. Qu'en est-il pour vous ?

Il soupire.

— C'est normal, allez. Écrivez-vous souvent à vos parents ? Je suis sûre qu'ils adorent que vous leur racontiez vos aventures.

Elle l'incite à parler en lui donnant un petit coup d'épaule.

— Pas vraiment.

Ses mots claquent.

Eliza hésite, troublée.

— Je croyais que vous m'aviez dit que votre père était négociant. Vous avez dû mener une belle vie en Allemagne.

Il s'écarte très légèrement d'elle. Ce n'est pas beaucoup, mais suffisant.

— Je ne suis pas proche de ma famille comme vous l'êtes, dit-il, gêné. Je n'ai pas de frère et sœur. Pas de cousins. Mes parents et moi, nous ne parlons pas beaucoup.

— Pourquoi ? C'est avec leur argent, je suppose, que vous avez les moyens de voyager comme vous le faites ?

Axel pousse un brusque soupir et regarde la mer.

— Si vous voulez savoir la vérité, mon père a dilapidé tout l'héritage qui m'était dû. (Il bouge et croise les jambes.) Il l'a bu. Jusqu'au dernier penny, englouti dans les maisons de jeux.

— Je suis désolée.

Elle l'observe prudemment. Elle ne lui connaît pas cette colère sourde.

— Ce n'est pas grave. Il a eu ce qu'il méritait. C'est ce que ma mère disait tout le temps. (Il secoue la tête.) Je ne suis pas sûr que l'on m'ait tout raconté en détail, mais il était atteint d'une maladie vénérienne qui l'a rendu fou au bout d'un moment. Il a fini par être placé dans une institution. D'après ce que je sais, il est toujours en vie, plus ou moins. Je n'ai pas eu de nouvelles attestant du contraire, aussi…

— Axel.

Il hoche de nouveau la tête de droite à gauche avec véhémence.

— Ce n'était pas un homme bon. Il était adultère. Il avait la main lourde. Il pouvait être violent ; il ne nous traitait pas bien, ma mère et moi.

Elle laisse à ses mots le temps d'être digérés. Il lui avait donc menti quand il lui avait parlé de sa famille, quand il lui avait dit que son père était commerçant. Elle imagine qu'elle aurait fait de même à sa place.

— Votre mère, au moins. Elle doit se demander comment vous allez ?

— Elle est partie quand mon père est tombé malade. La honte était trop forte pour elle ; elle ne supportait plus que l'on parle dans son dos. J'ai reçu une lettre, deux ans plus tard, où elle m'annonçait qu'elle allait se remarier avec un officier de marine. Je n'ai plus jamais eu de ses nouvelles par la suite.

— Quel âge aviez-vous quand ils sont partis ?

Les creux dans ses joues ont avalé l'obscurité.

— Je devais peut-être avoir quatorze ans. Je travaille pour subvenir à mes besoins depuis, je poursuis ma route d'une ville à l'autre. Cela procure un formidable sentiment d'aventure et la conviction profonde que personne ne s'intègre jamais vraiment où que ce soit. Ce qui explique pourquoi, je suppose, je change continuellement d'endroit. Peut-être trouverai-je un jour celui qui me conviendra et que je m'y installerai, mais pour l'instant…

Sa voix se tarit peu à peu.

L'eau autour d'eux miroite comme de l'huile. Eliza hoche la tête lentement. Elle n'est pas la seule à vivre avec ses fantômes du passé.

— Je suis contente que nous nous soyons rencontrés, dit-elle.

— Oui, répond Axel en se rapprochant pour combler à nouveau l'espace entre eux. Je crois que nous étions tous les deux un peu perdus.

Ils restent ainsi sans bouger pendant un moment, assis l'un près de l'autre mais loin par la pensée. Axel finit par prendre une longue goulée d'air avant de se lever et de se tapoter les jambes.

— Maintenant, Eliza, j'ai une question très importante à vous poser.

— Je vous écoute.

— Je crois que nous devrions boire un verre de rhum, qu'en dites-vous ?

34

Dès qu'elle se réveille, elle sait que la journée sera différente. Le bateau est immobile et l'air étouffant, oppressant comme deux mains autour de la gorge.

Elle s'habille en vitesse et tire grossièrement ses cheveux pour en faire une tresse, grimpe les quatre barreaux de l'échelle, soulève l'écoutille du pont et se fige. À droite du dessus du rouf, elle voit Quill occupé à faire ses ablutions du matin. À sa gauche, à l'abri des regards, Axel est toujours endormi, mains jointes, dans son hamac. Elle s'apprête à redescendre dans la cabine afin de préserver l'intimité de l'apprenti mais quelque chose d'étrange l'arrête. Quill est accroupi au-dessus d'un bol dans lequel il lâche un jet d'urine, au lieu de se pencher par-dessus bord pour se soulager, comme elle a entendu dire que les marins faisaient. Peut-être y a-t-il trop de vent, pense-t-elle, pourtant elle continue de regarder alors qu'elle devrait se détourner. Une fois que Quill a remonté son pantalon, Eliza le voit qui retire sa chemise en la passant par-dessus sa tête, révélant des épaules étroites, des bras minces et une poitrine bandée avec un tissu épais et blanc.

Eliza laisse échapper une bouffée de surprise. Elle sait ce que ce tissu cache : Quill n'est pas un garçon finalement. Elle lance un bref regard à gauche et aperçoit Axel qui bouge. Comme Quill ne l'a pas remarqué, elle sort sur le pont en faisant le plus de bruit possible. La tête de Quill virevolte, ses yeux s'embrasent d'effroi, mais dans un mouvement désordonné des bras et des jambes, la chemise est rabattue avant qu'Axel n'ait le temps de voir quoi que ce soit. Quill lui lance un regard furtif, comme s'il craignait qu'elle dévoile son secret. Mais Eliza ne dit rien. Elle observe une fois de plus le jeune matelot : cheveux tondus, poitrine bandée, les grands yeux bruns d'un enfant. Axel n'a pas besoin de savoir.

Il bâille et s'étire dans le hamac, s'excuse d'avoir dormi si longtemps.

— Je dors toujours mieux sur un bateau, dit-il. Cela a sans doute à voir avec la sensation de bercement, je suppose, comme si on était de nouveau un bébé.

Lorsque Eliza finit par regarder le ciel, elle est horrifiée par ce qu'elle voit à l'horizon : la sinistre couleur verte du ventre d'un poisson, illuminée d'éclairs effrayants.

— Je n'aime pas du tout ce qu'indique ce baromètre, dit Axel en donnant une petite tape sur l'instrument de mesure tandis que la menace sourde du tonnerre fond sur eux en chevauchant les vagues. S'il continue de baisser, nous allons devoir nous dépêcher de nous mettre à l'abri.

Eliza observe d'un air inquiet les nuages qui s'amoncellent et l'immobilité troublante de l'eau. Même les mouettes ont abandonné le bateau.

Ils attendent en silence sur le pont, le cœur serré, cependant qu'un grain de plus en plus violent tombe sur le *Moonlight*. Gardant le regard accroché aux nuages qui gagnent du terrain, Eliza serre ses bras contre sa poitrine pour se protéger du froid. Elle aimerait tant qu'ils soient en sécurité, dans un chenal bordé de palétuviers. À terre, les cyclones peuvent faire s'envoler des réservoirs d'eau de cinq cents gallons ; de toute évidence, ils pourraient réduire en mille morceaux un lougre comme le leur. Elle tremble, resserre ses bras autour d'elle. Le vent a des dents qui la mordent férocement à travers son chemisier en coton.

À bord, aucun d'eux ne parvient à détacher les yeux de l'horizon. Pourtant, quand la tempête arrive, elle les prend par surprise, et frappe comme quelque chose de solide. Le lougre se met à tanguer, s'écrasant par l'avant contre la houle sombre qui agite la surface de la mer.

— Affalons le foc ! crie Axel dans le vent, et Quill et lui entreprennent d'embraquer les amarres.

Ils s'activent autour d'Eliza tandis que l'eau se répand sur le pont. Axel donne des ordres à Quill qui les exécute sans s'accorder le moindre répit.

— Dites-moi ce que je peux faire pour vous aider.

La voix d'Eliza est étouffée par le vent. Avant qu'elle ne repose sa question, une énorme vague s'abat sur le lougre. Ses oreilles se remplissent d'eau et elle se retrouve enfermée mentalement. Aussitôt, le tintement commence. Elle secoue la tête, la penche d'un côté, tapote son oreille du plat de la main. Voyant que cela est vain, elle lève les paumes en l'air contre la pluie battante et regarde à nouveau vers l'horizon. Son estomac se noue lorsqu'elle s'aperçoit qu'elle ne le voit plus. Les vagues l'ont englouti, se dressant de toute leur hauteur telles d'antiques bêtes à qui on a ôté les chaînes. Le bateau, mis à rude épreuve, grince et tangue.

Autour d'eux, l'eau racle, siffle et bouillonne sous la vieille coque en bois. La proue plonge dans les vagues puis ressort, et les articulations d'Eliza blanchissent à mesure qu'ils affrontent le vent du nord-ouest épais comme de la boue.

Au bout d'un moment et sans prévenir, Eliza sent que le lougre change de trajectoire, donnant de la bande si dangereusement qu'elle craint qu'ils ne tombent tous les trois à l'eau. Elle lève les yeux, le tintement toujours odieux dans ses oreilles, et si obstructif que lorsque Axel parvient à traverser le pont et lui parle, elle n'arrive à comprendre que la moitié de ce qu'il dit.

— Nous… route… mer.

Il tend le bras pour désigner l'océan. L'eau ruisselle le long de son visage et s'accumule dans le creux au-dessus de sa lèvre supérieure.

— Courir… abri… Cockatoos.

Il paraît calme, mais ses yeux sont grands ouverts. L'eau dans les oreilles d'Eliza commence enfin à s'évacuer.

— Je vais le mettre face au vent, l'entend-elle crier alors que son ouïe s'affine. Ne bougez pas, Eliza.

Au même moment, une autre vague passe par-dessus le plat-bord. Elle se déchire en rugissant sur le pont.

— Je ne peux *pas* attendre sans bouger ! grogne Eliza. Dites-moi ce que je dois faire.

— Quill, prends la barre et mets le cap sur le grain. Eliza, venez. Vous allez m'aider avec le reste des écoutes.

Le bateau fait d'énormes embardées et les voiles claquent frénétiquement.

— Il faut prendre un ris dans la grand-voile et dans la misaine aussi.

Les doigts d'Eliza sont maladroits, désespérément inutiles.

— Là.

Axel lui montre comment faire et ils tirent sur les cordages une main après l'autre. La peau d'Eliza devient toute blanche et fripée à force d'être mouillée, mais la jeune femme souque avec acharnement malgré la douleur dans ses bras et ses doigts. Pendant ce temps, la mer siffle et crache comme une louve et Eliza lutte de toutes ses forces pour ne pas basculer et rouler sur le pont. Au bout d'un moment, les voiles sont abaissées et attachées et ils se tournent tous les trois pour faire face au vent.

Pendant ce qui semble durer des heures, le lougre affronte le puissant courant, s'écrasant contre les vagues avec lesquelles il entre en collision, bataillant avec des rideaux d'eau d'une taille colossale. Des lames se précipitent autour d'eux, et des profondeurs du bateau monte un gémissement semblable au soupir d'un géant. Le ciel est tout noir à présent, mais Axel a dû allumer une lampe – elle le voit qui la tient en l'air.

Et puis, soudain, sans prévenir, la pluie cesse. Une vile accalmie s'abat sur le lougre.

— C'est l'œil du cyclone, dit Axel doucement.

Ils se regardent tous les trois, leur poitrine se soulevant. Le silence est monstrueux: il les presse entre ses poings. Eliza lève les yeux – une cheminée noire conduit à une poche de ciel bleu. L'accalmie ne dure que quelques secondes et avec un coup de tonnerre terrifiant, le cyclone revient vers eux, le vent hurlant furieusement une fois de plus.

Elle entend Axel qui l'appelle.

— Il faut jeter l'ancre ! (Sa voix est fatiguée, son bras bloquant la bôme.) C'est notre seul espoir. Laissons-la tomber et espérons que le vent change de direction.

Quill ne perd pas un instant et descend la chaîne dans un bruit de ferraille, tandis qu'ils prient tous les trois pour que l'avant du bateau, profondément enfoncé dans l'eau, ne se brise pas. Le lougre tangue, grince et grogne, le bruit du bois qui fend en éclats un supplice dans l'air. Des vagues galopantes se dressent devant eux. Ils sont perdus au milieu d'une sombre forêt d'eau. Eliza jette des regards éperdus autour d'elle ; elle n'arrive pas à croire à ce qui leur arrive. Tout à coup, avec un fracas de fureur et les rugissements submergés d'un navire en train de se disloquer, la mer déferle par-dessus le plat-bord, emportant Axel avec elle.

Eliza regarde, horrifiée, se traîne jusqu'au bastingage et scrute l'eau. Les vagues roulent si violemment qu'il est impossible de discerner quelque silhouette que ce soit qu'elles tiennent prisonnière. Une peur panique l'envahit tout entière. Elle hurle son nom.

— Quill ! Aidez-moi à le retrouver !

Elle jette un coup d'œil à l'arrière du bateau mais elle ne voit plus Quill. Elle l'appelle, fouille le pont du regard. Et aperçoit alors son corps coincé derrière le dessus du rouf. La bôme a dû assommer Quill. Sa perte de connaissance ne peut être que passagère. Elle se dit qu'il faut qu'il en soit ainsi. Pour l'instant, elle doit repérer Axel dans l'eau avant qu'il ne soit trop tard. Elle sait qu'il ne nage pas bien et qu'avec son épaule, il aura encore plus de mal. Elle scrute à nouveau la surface de l'eau. La mer est démontée – rien ne pourrait survivre à une telle furie, c'est sûr. Le bruit des flots couvre tout autour d'elle. Elle a un sursaut. Là, elle le voit : il s'accroche à une épaisse planche de bois. Elle se retourne et constate que le panneau de l'écoutille a été arraché par la tempête. Elle s'efforce de ne pas penser à l'eau qui s'y déversera, à l'éventualité qu'ils coulent. Au milieu des vagues, le corps d'Axel est à moitié affalé en travers du panneau. Il a les yeux fermés. Elle le regarde, ne sachant pas quoi faire, mais il ne bouge pas, ballotté par les vagues dans un sens puis dans l'autre. Elle l'appelle, crie son nom dans le vent jusqu'à avoir l'impression de cracher ses poumons. Il n'ouvre toujours pas les yeux. Sa peau paraît bleue.

Cela ne lui prend pas longtemps pour trouver ce qu'elle cherche. Toujours enroulé à sa place, secrètement armé contre les vagues, le filin est si gorgé d'eau qu'elle a du mal à le soulever. Mais, le visage tourné vers la tempête, elle l'attrape par un bout qu'elle introduit dans le filoir, fait un nœud serré, ses doigts la brûlant à chaque petite saccade. Puis elle le passe autour de sa taille, tire dessus de toutes ses forces et l'attache avec un nœud de chaise – le seul nœud marin que son père lui a appris quand elle était petite. Elle se rend compte à quel point son corps est secoué de tremblements quand elle grimpe sur le platbord et lance ses jambes dans le vide. Elles s'enfoncent dans l'eau et en ressortent selon les mouvements de roulis du lougre. Pourtant, bien que le bateau oscille d'un bord sur l'autre, elle se tient parfaitement immobile. Pendant quelques minutes, du moins, elle n'est pas là, mais se trouve en pensée sur un autre bateau, dans les eaux peu profondes de Sixty Mile Beach. Il y a un corps dans l'eau, un corps tout petit, avec des cheveux blonds qui dansent dans les vagues.

Elle prend une profonde inspiration et ses poumons s'emplissent d'embruns. Elle tousse. Inspire encore, et saute loin du flanc du bateau. L'eau est peut-être glaciale mais elle ne le sent pas, réchauffée de l'intérieur par quelque chose de plus chaud que le sang. Elle se laisse glisser dans l'eau jusqu'à être totalement submergée, en suspension sous les vagues qui déferlent, en silence, gracieuses l'espace d'un moment. Que voit-elle dans le coin de son champ de vision ? Est-ce quelque chose qui se déplace en fouettant l'eau avec sa queue ? La mer enfonce ses doigts indésirables dans ses oreilles ; Eliza sent la douleur qui lui gagne la mâchoire et elle pousse pour remonter à la surface, la respiration haletante. Regardant désespérément autour d'elle, elle cherche Axel, mais les vagues sont si hautes qu'elle ne distingue rien au-dessus de leurs crêtes. Elle ne bouge pas ; elle doit rester calme. Elle tente de suivre le mouvement de l'eau, gardant le menton à l'air libre, se laissant tirer vers le haut puis vers le bas à chaque vague. Si elle ne le trouve pas vite, la mer l'emportera à jamais. Il suffit juste d'une grosse vague pour lui arracher le panneau d'écoutille.

Elle tourne la tête ; l'horizon vacille et s'écroule. Puis, elle voit Axel à nouveau. À une dizaine de mètres. Peut-elle l'atteindre avec le filin ? Elle tire dessus, il tient bien encore. Elle inspire profondément et se propulse en avant, en se défendant de penser à ce qui patrouille en dessous d'elle. La mer est si agitée qu'elle doit mobiliser toute son énergie pour avancer d'un mètre seulement. Elle s'arrête, flotte sur place, puis un coup de tonnerre déchire le ciel au-dessus de sa tête. Le fracas la fait aussitôt se ressaisir, et elle se remet à nager, Axel apparaissant et disparaissant au loin à chaque spasme de l'océan.

Elle arrive enfin à sa hauteur, la gorge irritée, récurée par l'eau de mer grise. Tantôt le corps d'Axel se rapproche d'elle, tantôt il s'éloigne. C'est un cycle infernal. Elle n'est pas sûre qu'il respire encore. Il a toujours les yeux fermés.

Dans un dernier sursaut d'énergie, elle se lance en avant à grands battements de pieds jusqu'à ce qu'elle arrive à attraper le panneau. Le bois est glissant mais elle parvient à se hisser dessus. Elle s'empresse de passer la main sur le visage d'Axel dans l'espoir de le réveiller, elle le tire par l'épaule, lui assène une forte claque sur la joue. Elle a l'impression d'avoir entendu un gargouillement montant de ses poumons, mais le bruit est étouffé par le vent. Ne quittant pas le lougre des yeux, elle donne de furieux coups de pieds derrière elle pour faire avancer la planche, et leurs deux corps, lentement à la surface de l'eau. L'entreprise est tortueuse, car à chaque mètre gagné, les vagues les ramènent deux mètres en arrière. Avec le cordage, ce sera peut-être plus facile. Elle le saisit d'une main mais il glisse fluidement entre ses doigts. Elle recommence, l'attrape et serre ses fibres gorgées d'eau dans son poing. Bizarrement, elle arrive à ne pas lâcher prise, et lentement, une main après l'autre, elle les fait avancer. Tout brûle, chaque centimètre de sa peau est en feu, pourtant, progressivement, douloureusement, elle tire leur radeau de fortune vers le lougre.

Elle finit par être suffisamment proche pour toucher la coque, mais c'est un acte d'équilibriste – elle ne veut pas que le panneau s'écrase contre le lougre. Elle demeure là un instant, sans rien faire, le bateau à bout de bras. Son esprit se vide de toute pensée rationnelle. Elle n'avait pas réfléchi à la façon dont elle remonterait Axel à bord. Ils flottent pendant un moment et sa confiance commence à sombrer sous eux.

Peut-être ne pourra-t-elle pas le sauver, après tout. Qui sait si leur histoire ne se terminera pas avec eux deux se noyant. Elle tente toujours de le réveiller lorsqu'elle entend une voix au-dessus de sa tête.

Quill se penche par-dessus le plat-bord, le visage figé par la détermination, l'un de ses yeux grotesquement masqué par une boule de chair boursouflée comme un chou.

— Prenez ça ! (Quill lance un autre cordage qu'Eliza attache du mieux possible autour de la taille d'Axel.) Venez, Eliza, on s'occupera de lui après.

— Non, lui d'abord !

Mais elle sent que le cordage se tend. Quill tire dessus, l'amenant de plus en plus près du bateau jusqu'à ce que, au bout d'un moment, elle se cogne violemment à la coque. Le choc lui coupe le souffle.

— Je n'arrive pas à vous soulever. Vous allez devoir vous hisser à bord toute seule.

Quill peine en tirant fort sur le cordage. Eliza se retourne dans l'eau, retenant sa respiration en attendant la crête de la prochaine vague. Dès que celle-ci est au maximum de sa courbe, elle allonge les bras et s'agrippe au plat-bord. La douleur causée par la contusion est immédiate, pourtant Eliza parvient à se hisser lentement, ses doigts glissant sur le bois mouillé. Quill se penche à moitié au-dessus du bordage, l'attrapant par la taille pour essayer de la porter. Eliza se soulève de toutes ses forces, mais la mer lui enserre les jambes comme la vase goulue des mangroves. Elle finit par faire basculer son poids par-dessus le plat-bord et se laisse tomber sur le pont.

— Vite. (Sa voix est rauque, et le sel lui fait pleurer les yeux.) À son tour.

Et les voilà qui tirent violemment sur la corde attachée à Axel, faisant se balancer son corps en une valse railleuse, et qui, pour remonter son poids inerte lorsqu'il atteint le flanc du bateau, doivent tirer encore au point d'en avoir les yeux exorbités. Quand, enfin, il glisse par-dessus le plat-bord, c'est avec un mouvement d'ondulation, l'océan crachant son corps comme s'il s'agissait de viande tendineuse. Axel gît sur le pont, sans voir, sans bouger, les bras et les jambes écartés, formant des angles bizarres. Eliza se rue sur lui et tombe lourdement sur les genoux. Elle prend son visage entre ses mains, le tourne vers elle, crie son nom, soulève ses paupières froides à l'aide de ses pouces maladroits et acharnés.

— Il faut vider l'eau de sa poitrine !

La voix de Quill résonne d'une tonalité criarde. Elle ne peut pas échouer à nouveau. Elle joint ses deux mains ensemble à plat – elle est sûre d'avoir vu Blithe le faire avec des plongeurs qui s'étaient noyés – et les positionne fermement sur la poitrine d'Axel. Des petites rigoles d'eau s'échappent d'entre ses doigts. Elle se penche de tout son poids sur son torse et appuie plusieurs fois de suite. Vite. Vite. Vite. Pas de réponse. Elle plaque sa bouche sur la sienne, ignorant ses lèvres glacées. Elle lui pince le nez et lui souffle de l'air dans les poumons. Elle le supplie de se réveiller, comprime encore et encore son sternum. Le bateau tangue, faisant s'incliner l'horizon vers le haut, et ils se mettent à rouler sur le pont jusqu'à ce que le lougre se redresse brusquement. Eliza saisit Axel par les épaules, le clouant au plancher.

Quand cela finit par arriver, c'est comme le soleil. Axel tousse, tourne la tête sur le côté tandis que l'eau jaillit de sa gorge. Il se plie en deux, ses coudes contre ses genoux, en même temps que son estomac se soulève et se contracte. Sa respiration est haletante et ses yeux écarquillés cherchent quelque chose à quoi se raccrocher. Eliza se penche sur lui, elle lui prend la main, et leurs doigts s'entrelacent. Quill tombe en arrière, d'épuisement. Eliza sent un goût acide au fond de sa bouche. Elle se détourne, écarte les cheveux mouillés de son front, et vomit sur le pont délabré.

35

La tempête s'apaise, comme toutes les tempêtes, et ils s'activent pour rassembler tout ce qui est tombé. Ils se déplacent lentement sur le pont, écopant l'eau et réparant les voiles, leurs doigts las allant et venant diligemment pour tresser à nouveau les cordages et poncer les éclats de bois. L'œil enflé de Quill a grossi, passant du noir au vert, et il a suinté jusqu'à ce que la peau durcisse, et que la cornée évoque une vieille palourde pourrie. Axel est encore faible. Des ecchymoses sont apparues telles des ridules sur son corps et son front, mais il fait ce qu'il peut pour aider aux réparations.

Ils restent en mer pendant encore deux jours, cajolant le lougre pour qu'il reprenne son cap après avoir été si violemment dévié de sa trajectoire. Ils dorment et mangent dans un calme flou, se lavant la figure à l'eau de mer, réconfortés par le rythme vital de leurs propres corps. Bientôt, ils filent en direction des Rosellas ; ils devront y faire escale pour vérifier que les réparations du bateau sont solides. Ils ne peuvent pas lui faire courir le risque d'affronter une autre tempête.

Le vent a dérobé toutes les couleurs à la mer, les turquoise sont devenues étain, et sa surface est jonchée des corps des poissons presque morts. Quill revendique un matin la prise d'un énorme espadon voilier et le remonte à bord. Le poisson frétille et danse tout en mourant, et ils regardent tous les trois d'un œil avide se tortiller son corps affreux. Ils festoient en silence comme des hommes après le combat, le jus coulant lentement de leurs mentons à leurs clavicules cependant que le soleil fait ressortir la forme étagée des vagues. La nuit, ils dorment ensemble sur le pont, le visage embrassé par la blancheur immaculée de la lune. Quand point l'ultime matin, ils renaissent, leurs têtes inclinées se levant vers l'aube.

Lorsque les Rosellas apparaissent, aux premières heures du jour, elles ne sont rien de plus qu'une tache à l'horizon. Dans un premier temps, ils se méfient de ce qu'ils voient, car voilà des jours qu'ils n'ont eu pour unique compagnie que des oiseaux de mer et des poissons ailés. Mais Axel vérifie de nouveau le compas et étale une carte sur le pont blanchi par le soleil. Il survole avec son index un amas de formes.

— Ce sont elles, c'est sûr. Vous voyez la configuration très nette en fer à cheval ?

La carte montre une île au centre plus grande que les autres, avec une série d'esquilles plus petites se déployant vers le haut de chaque côté.

Ils se faufilent parmi la chaîne d'îlots et jettent l'ancre à l'abri de la plus grande île : le lougre devrait y être protégé du vent et la mer est assez calme pour leur permettre d'inspecter la coque.

Le rivage n'est pas loin mais ils détachent le petit canot.

Eliza scrute l'île à mesure qu'ils s'en approchent. Elle est surprise par sa petite taille. Elle ne doit pas faire plus de quelques centaines de mètres de long. Elle semble être presque entièrement verte, couverte d'une épaisse forêt tropicale, avec juste une fine bande de plage qui en fait tout le tour. Le sable quartzeux brille d'un éclat aveuglant, et l'eau est du bleu-vert du verre porté à la lumière.

Alors qu'elle fouille du regard les eaux peu profondes, elle voit de petits poissons filer autour du canot. Ils sont si intrépides que cela la surprend, et elle se penche pour essayer de les identifier. Un banc de poissons-chirurgiens passe en formant une tache bleu vif et jaune. Quelques poissons-perroquets oscillent avec prudence dans le courant. Puis un lent et massif dugong surgit en dérivant maladroitement. Eliza recule, sous le choc. Le dugong a la peau grise et tannée par rapport aux algues.

— Ça ressemble à un marsouin, et ça a un goût de cochon.

Eliza lève les yeux pour voir Quill qui scrute l'eau.

— C'est ce que les gens disent, en tout cas.

Son père aurait trouvé cela fascinant. Elle retourne sur le banc de nage et ses épaules se voûtent. Elle se demande s'ils trouveront un signe ou un autre attestant que Thomas est bien venu sur l'île. Il lui a juré qu'il y était allé, qu'il avait fouillé tous les îlots des Rosellas à la recherche de leur père. Peut-elle lui faire confiance ? S'il dit la vérité, il aura peut-être laissé un abri derrière lui qu'ils pourront utiliser ce soir.

Ensemble, ils tirent le canot sur la plage. Eliza fronce les sourcils en baissant les yeux. Il y a d'étranges motifs dans le sable, des lignes épaisses sur toute sa superficie, comme si des centaines de cordages noués avaient été remontés de la mer.

— Que dites-vous de cela ? lui demande Axel.

— Je n'ai jamais rien vu de tel.

Elle parcourt la plage du regard, au cas où elle verrait la preuve que Thomas y a construit un abri, mais il n'y a rien – ni hamac, ni calicot ou baluchon –, même si elle sait que les empreintes de pas qui auraient révélé son passage ont sans doute été depuis longtemps recouvertes par le vent et les marées.

Une fois le canot en lieu sûr, Quill part aussitôt en quête de petit bois. Eliza scrute la forêt : elle est dense, sombre et humide. Les cris angoissants d'oiseaux inconnus s'en échappent comme de la fumée.

— Eliza, allons y jeter un coup d'œil, d'accord ? dit Axel.

Elle acquiesce, impatiente de découvrir une trace de Thomas, ou même – elle s'autorise à l'espérer – de son père.

Alors qu'ils s'enfoncent dans la forêt, la lumière revêt une apparence granuleuse inhabituelle. La terre est humide et d'une fertilité tumultueuse, les branches des arbres exhibant de joyeuses fleurs blanches et roses avec des étamines jaunes pointant comme des trompettes. Dans les tranches de soleil qui passent à travers la canopée, elle remarque des milliers de spores en suspension qui tourbillonnent et scintillent. Elles semblent briller dans un lavis de pourpre, d'or et de vert. Eliza n'arrive pas à en détacher les yeux et Axel en recueille quelques-unes dans la paume de sa main. Elles s'agitent comme l'eau mais disparaissent complètement quand elles ne sont plus à la lumière.

Autour d'eux, sur le sol, des créatures invisibles grattent et détalent. De temps à autre, le gémissement d'une bête monte d'entre les arbres et fait se hérisser les poils des bras d'Eliza. Les branches qui les encerclent pendent, lourdes du parfum de fruits rouge sang, certains si hauts qu'ils ne pourraient jamais être atteints par des mains d'hommes. Tandis qu'Axel continue d'avancer, Eliza en décroche un de sa tige, le porte à ses lèvres, croque un bout. Elle lâche un soupir. C'est la chose la plus sucrée qu'elle a jamais goûtée. Axel se retourne à ce moment-là, et elle jette vite le reste de chair dans les broussailles, essuie ses mains sur ses jupes et le suit.

Elle ne s'est jamais trouvée dans une forêt comme celle-ci ; tout autour d'elle lui rappelle quelque chose d'un conte pour enfants. Elle s'attend presque à voir les arbres s'animer et enrouler leurs racines noueuses autour de son corps. Elle chasse la pensée d'un battement de paupières, et continue plus avant dans les ténèbres. L'air de la forêt est humide, mais ils finissent par sortir dans la lumière crue du soleil, après avoir examiné chaque arbre et chaque feuille qu'ils pouvaient atteindre. Pendant ce temps-là, Quill a fait un feu et arpenté le rivage à la recherche de ce qu'on pouvait trouver sur la plage.

— Rien, en conviennent-ils tous les trois, et Eliza sent que ses espoirs s'amoindrissent.

— Tout va bien, déclare Axel sur un ton optimiste. Nous savions qu'il n'était pas là, Thomas vous l'a dit. Nous fouillerons les autres îles de l'archipel en repartant demain, mais n'oubliez pas que nous sommes ici pour gagner les Nevermores. (Il indique vaguement d'un bras raide la direction du sud-ouest.) Et si c'est nécessaire les De Vitts. (Cette fois, il montre le nord-ouest.) Nous avons fait tout ce chemin, mais il nous en reste encore beaucoup à parcourir. Aussi, pour l'instant, le mieux à faire, c'est de nous reposer.

Ils mangent à la lueur du feu : du poisson salé provenant du lougre et tout ce qu'ils ont pu fourrager dans les eaux peu profondes. Ils ne parlent pas tandis que les braises s'envolent vers les bras des étoiles qui sont apparues pour les accueillir. Quill indique des constellations en forme de scorpion et de chasseur bandant son arc lumineux. Eliza n'en est pas certaine, mais elle se demande si elle n'a pas senti la terre trembler sous eux. Sur l'eau, le lougre les observe patiemment ; elle lui est reconnaissance d'être là, et de monter la garde contre tout ce qui pourrait être malveillant. Quand vient l'heure de dormir, ils s'allongent sur la plage. Axel est convaincu qu'il ne pleuvra pas cette nuit, et il fait suffisamment chaud pour qu'ils se passent d'un abri. Aussi s'étendent-ils sur le sable à proximité les uns des autres, s'efforçant d'ignorer les bruits surnaturels de la forêt qui rendent le sommeil plus difficile à étreindre. Les voix qu'entend Eliza viennent-elles des arbres ? Lorsqu'elle finit par s'endormir, les rêves qui se présentent tant bien que mal à elle ont le caractère pesant des hallucinations : son père et sa mère dansant lentement en haut d'une falaise au soleil couchant, le ciel tout autour resplendissant de la lumière orangée d'un feu de brousse. Eliza arrachée de terre et montant vers les cieux, portée par un aigle immense aux ailes dorées, ses serres faisant saigner la peau de ses épaules. Puis Thomas, dans l'attitude la plus anormale qui soit : avec Eliza sur ses genoux, lui caressant tendrement les cheveux tout en lui murmurant un doux poème. L'étrangeté de la scène est aussi dérangeante qu'un cadavre. Thomas joue avec les boucles de ses cheveux puis fait courir lentement ses doigts sur son visage. Mais ses doigts ne sont plus doux ; ses ongles lui griffent la peau. Ils lui lacèrent les bras et les jambes et les pieds et, de dessous la couverture du sommeil, Eliza laisse échapper un cri.

Quand elle se réveille en sursaut, la sensation de griffure persiste. Sa peau lui démange et fourmille, et elle secoue ses épaules pour essayer de se débarrasser de cette sensation désagréable. Peine perdue. Elle lève la tête, se redresse pour s'asseoir. Puis, lentement, et avec un léger sentiment d'horreur, elle tend les bras devant elle. Elle pousse un cri et bondit sur ses pieds. Il y a une explication à son envie de se gratter : elle est couverte de crabes de la tête aux pieds. Ils sont emmêlés dans ses cheveux, leurs pattes s'agitant aveuglément, coincées dans son col. Ils la pincent et courent sur sa poitrine, et quand ils tombent, ils se débattent comme quelque chose qu'on aurait abandonné. Balayant la plage du regard, elle est étonnée par ce qu'elle voit au clair de lune. Le moindre centimètre carré de sable grouille de crabes. Il doit y en avoir des milliers entassés dans ce minuscule espace, ondulant comme une vaste couverture mouvante. La lune fait ressortir chaque détail, chaque patte qui se déplace rapidement, chaque carapace – tout est illuminé. Les crabes détalent de la forêt dans une course ininterrompue, se dirigeant vers l'océan comme une multitude de corps s'empoignant. *Voilà* ce qui a dû laisser ces étranges traces dans le sable, se dit-elle. Quill et Axel se mettent à remuer. À leur tour, ils se lèvent d'un bond et hurlent d'effroi. Eliza arrache l'une des créatures de son bras pour l'inspecter : sa carapace est totalement translucide et elle voit ses entrailles battre à l'intérieur. Deux énormes pinces semblent démesurées par rapport à son corps, et ses yeux noirs et durs reposent sur des pédoncules qui tremblent.

— Fascinant, murmure-t-elle.

— Eh bien, je n'ai jamais rien vu de tel de toute ma vie. (Axel secoue ses jambes l'une après l'autre pour se débarrasser des crabes.) Aïe.

— Pourquoi veulent-ils à tout prix quitter la forêt ? demande Quill, et ils scrutent nerveusement tous les trois l'obscurité derrière eux.

— Écoutez.

Axel porte un doigt à son oreille. Ils retiennent leur souffle. De la masse grouillante des corps monte un grognement collectif.

Il leur faut un moment pour rassembler leurs lampes-tempête et décrocher les crabes de la coque du canot. Chaque pas nécessite d'être précautionneux s'ils ne veulent pas écraser les créatures. La lune est toujours éclatante et pleine, une assiette en argent poli, et alors qu'ils rament pour retourner au lougre, son éclat ride la surface de l'eau. Ils montent à bord et regardent du pont les crabes poursuivre leur exode. *Quel étrange comportement*, pense Eliza, *c'est comme si les arbres étaient des humains qui se débarrassent de poux*. Elle se précipite dans la cabine pour prendre le journal de son père. Elle tourne les pages jusqu'à en trouver une vierge et dessine soigneusement ce qu'elle voit. Elle inclut un petit croquis des crabes, ne manquant pas de mentionner la nature translucide de leurs carapaces et l'étrange grognement qui semble monter de leurs estomacs. Son père adorera ce détail. Il *faut* qu'elle le trouve. Elle doit lui raconter ce qu'elle a vu.

Le matin, il ne reste plus aucun crabe sur la plage, comme si, pareils à de la poudre, ils s'étaient dissous dans la mer. Ils se préparent à appareiller sous un ciel barbouillé de la lueur de l'aube. Le vent est agréable ; les Nevermores, d'après les calculs d'Axel, sont à moins d'un jour de navigation. S'ils partent maintenant, ils ont une chance d'arriver avant le coucher du soleil.

Leur départ est lent car Eliza veut s'assurer qu'ils inspectent chaque île avant de quitter l'archipel. Les plus grandes parmi celles qui restent ne font même pas la moitié de la première. D'autres ne sont pas plus grosses qu'une maison, une petite dune surmontée d'un unique arbre. Il n'y a pas le moindre signe de vie humaine sur aucune d'elles.

Aussi filent-ils vers les Nevermores, et pendant toute la traversée, Eliza scrute l'eau, levant de temps en temps les yeux pour suivre le comportement des nuages. Elle imagine son père à bord d'une petite embarcation, sur cette mer. Ballotté par les vagues. Frappé par le museau des requins.

— Je sais que tu as tenu bon, murmure-t-elle. Je viens te chercher.

— Ce doit être elles, dit Axel. Regardez, elles sont toutes éparpillées autour de nous.

Il se redresse pour contempler les terres émergées devant eux, s'élevant au-dessus de l'eau dans un flamboiement d'ocre déchiqueté.

— Elles ne sont pas habitées, du moins pas par des humains, j'en suis pratiquement sûr. Si votre père a été dévié de sa trajectoire par le vent, et a réussi à survivre dans un canot, il est possible qu'il ait atterri ici.

Eliza a brusquement la bouche sèche.

Ils hissent les voiles et le lougre file vers la plus grande île. Eliza attrape une longue-vue pour inspecter le paysage. Des dunes broussailleuses se dressent en retrait du littoral. La plage est jonchée de rochers, et des palétuviers mouchètent la lisière extérieure de l'île.

— Nous allons devoir jeter l'ancre ici et prendre le canot, dit Axel tout en commençant à détacher l'embarcation.

Des oiseaux tournoient dans le ciel au-dessus d'eux tandis qu'ils rament d'une main ferme vers le rivage. Eliza les observe attentivement – des frégates d'un noir brillant avec des gorges renflées rouge sang.

Lorsqu'ils atteignent la plage, ils descendent du canot et le tirent sur le sable. Ils le laissent là et regardent autour d'eux. Quill recule légèrement.

— Tout va bien ?

Eliza se protège les yeux contre le mur blanc du soleil.

— J'ai un mauvais pressentiment.

— Que voulez-vous dire ? Vous vous sentez mal ?

Elle met les mains sur ses hanches.

— Il y a quelque chose qui ne va pas ici, répond Quill. Je n'arrive pas à l'expliquer. C'est quelque chose qu'il ne faut pas prendre à la légère.

Eliza regarde les dunes de sable silencieuses, la brise effleurant du bout de ses doigts la cime des broussailles. Au loin, oscillent les touffes de spinifex marron doré. Au-delà, des falaises cramoisies sont creusées de failles et de gouffres.

— À mon avis, il faut que nous y jetions au moins un coup d'œil, dit Axel en regardant Quill d'un air méfiant.

C'est à ce moment-là qu'ils les voient. Sur la colline. Ils surgissent ensemble, en même temps – comme s'ils sortaient tout simplement de terre. Ils sont au nombre de quatre et se tiennent côte à côte, en silence, sans bouger, les muscles de leurs corps pâles rehaussés par les âpres rayons du soleil. Vêtus de loques, ils ont les membres supérieurs et inférieurs grisonnants et filiformes. Deux mâles, deux femelles. Immobiles comme des statues.

Les deux groupes s'observent mutuellement jusqu'à ce qu'Axel finisse par faire un pas en avant. Cela a pour effet de désunir le groupe sur la colline qui se sépare. Le mâle le plus jeune s'écarte et commence à descendre. Eliza déglutit.

— Qui pensez-vous qu'ils sont ? demande-t-elle tout bas à Quill. Une famille d'anciens détenus ou quelque chose dans ce genre-là ?

Quill et Eliza regardent les deux silhouettes aller l'une vers l'autre, des ombres se détachant nettement sur le sable blanc et fin. Eliza ne peut s'empêcher de remarquer à quel point ce paysage aride brille de grenat, d'ambre, de jade et d'aigue-marine.

Au bout d'un moment, Axel se tourne et leur fait signe d'approcher. Ils avancent dans le sable battu par le vent et il les rejoint à mi-chemin. L'homme derrière lui est mince et a l'air pensif. Il y a quelque chose du loup dans son visage. Des yeux prudents qui recherchent la lumière tandis qu'il cille. Il a un vieux revolver enfoncé dans la ceinture de son pantalon.

— Ce sont des prisonniers, si on veut, dit Axel à voix basse. Les plus vieux ont dirigé un temps cette île à l'époque où on y pratiquait la traite.

Eliza se sent soudainement mal.

— La traite de quoi ?

Mais elle n'a pas besoin d'entendre la réponse ; elle sait que les premiers perliers achetaient et vendaient des équipages d'indigènes sur des îles éloignées comme celle-ci. Elle regarde le reste du groupe. Une famille, sans aucun doute, elle s'en rend compte maintenant ; ils ont tous les membres fins fortifiés à force d'être exposés aux éléments. Elle se demande depuis combien de temps ils sont ici. Quel genre de vie ils ont menée pour s'en sortir. Si elle vaut la peine de cacher ce qu'ils ont fait.

L'homme se présente par son nom de famille, Kelly, et les conduit de mauvaise grâce le long d'un sentier en colimaçon qui monte vers une cabane. Bien faite et suffisamment solide pour résister au vent qui fait se courber l'herbe, elle est entièrement noircie par la fumée du feu de bois. La mère et la fille chantonnent tout en choisissant des marmites qu'elles remplissent d'eau, et posent une miche de vieux *damper* devant eux. Eliza ne peut résister à en croquer un morceau, mais il a un goût amer. Pendant ce temps, Kelly leur explique que sa famille vit ici depuis des années ; son père est venu sur l'un des derniers navires de convicts*, puis sa famille et lui furent engagés pour aider à surveiller l'île lors de la traite des indigènes. Quand les choses changèrent avec la loi, tous les autres convicts s'enfuirent. Sa famille resta de peur d'être capturée et jetée en prison sur le continent. Depuis, ils vivent de tout ce que l'île a à leur donner pour subvenir à leurs besoins :

* Dans les pays anglo-saxons, un convict est un criminel condamné à la déportation ou aux travaux forcés. À la fin du XVIIIe siècle, le gouvernement anglais décide d'envoyer en Australie ses condamnés de droit commun ou convicts qui encombrent les bateaux-prison des ports britanniques.

poisson, viande du bush, abri, clandestinité. Le père de l'homme les regarde de ses vieux yeux gris tandis que son fils parle. Eliza avale sa salive pour se débarrasser de l'amertume qu'elle a dans la bouche. "Cet homme, c'est quelqu'un de mauvais", lui avait murmuré Quill. Mais il ne faut pas qu'elle laisse voir son dégoût. Pas tout de suite. Ces gens pourraient détenir quelque chose dont elle a besoin.

Alors qu'elle s'apprête à prendre la parole, une autre voix vient de l'extérieur. Grave et autoritaire. Un bruissement se fait entendre et un homme passe la tête par la porte. Il a les bras et les jambes forts et la peau brûlée par le soleil. Lui aussi a ces mêmes yeux de loup.

— Je vous présente mon frère, Joseph, dit Kelly avant de cracher par terre.

Joseph entre et jette un couple de lézards morts sur la table. Leurs yeux brillants sont ouverts, immobiles, et leurs longues queues rigides. La mère se lève lentement et, de ses mains tremblantes, se met à les détacher de la corde. Joseph fait glisser un sac de son épaule et le renverse pour déposer des poissons tout gluants dans un seau en attendant qu'on s'occupe d'eux.

— C'est qui ? demande-t-il d'un air méfiant en désignant Quill du menton.

Eliza se redresse aussitôt.

— Nous venons de Bannin Bay.

— Nous cherchons quelqu'un, ajoute Axel avec un regard protecteur en direction du matelot.

— Hmm, grommelle Joseph en attrapant un couteau avec lequel il écaille une bonite.

Eliza remarque que l'air dans la cabane a changé depuis l'arrivée de Joseph.

— Vous avez quelque chose à voir avec ça ?

Il s'interrompt, plonge la main dans la poche de sa chemise, et en sort un compas.

Eliza sent son cœur qui chavire. Elle a déjà vu ce compas. Elle tend la main pour le prendre et il finit par le lui laisser. Le compas a perdu son couvercle ; le verre est maculé d'écailles de poissons ternes et grises, le cuivre chaud comme le sang à force d'être resté contre la poitrine de Joseph. Ses oreilles tintent tandis qu'elle l'examine. Il est froid et chaud à la fois. Précautionneusement, elle le retourne. Là, gravé au dos : BRIGHTWELL.

Joseph avait trouvé le corps sur le littoral de l'île voisine.

— Je l'ai sorti des bas-fonds, explique-t-il d'un ton froidement objectif. Je n'aimais pas trop l'idée qu'il soit déchiqueté par les requins.

Les femmes avaient alors adressé à Eliza un regard empreint de pitié qu'elle n'avait pu discerner dans les traits de leurs visages.

À présent, le bleu du ciel, dans l'embrasure de la porte, lui fait mal quand elle le regarde.

— Je l'ai tiré jusqu'à la limite des arbres. J'ai couvert son corps avec des brindilles et des feuilles. Histoire que ça le protège des pires prédateurs.

— Vous pensez donc qu'il s'est noyé ? demande Axel d'une voix tendue.

— Je dirais que oui. La mer par ici est aussi vampirique que les cuscutes.

Axel déglutit.

— Y avait-il quelque chose avec lui ? *Quelqu'un* ?

— Juste un petit canot, dans les eaux peu profondes. Sacrément battu par les flots. Il pourra nous être utile si j'arrive à le réparer. Je l'ai mis en lieu sûr, je ne pouvais le ramener ici tout seul. Il y avait aussi le compas.

Il jette un coup d'œil prudent à Eliza.

Elle sent qu'elle va vomir, mais si elle commence, tout le reste suivra sûrement – l'estomac, le foie, la rate. Elle serre ses bras autour de son corps et voit qu'Axel tend la main vers elle. Elle s'éloigne de lui, et tout se brouille tandis qu'elle sort de la cabane. Une fois dehors, elle tombe à genoux sur le sable en poussant un cri de désespoir.

— Vous devriez boire.

Les femmes lui ont apporté un bol rempli d'eau. Elle l'écarte ; même si c'était du champagne, cela aurait quand même un goût de vase. Axel s'assoit à côté d'elle sur le sable. Le soleil au-dessus d'eux est cuisant comme une claque.

— Il faut que je le voie, dit-elle en serrant les dents.

Elle voudrait rentrer dans un trou et y rester, sans vivre, sans mourir. Mais si elle ne voit pas son père, elle sait qu'elle n'acceptera jamais vraiment sa mort.

— Eliza. (Axel a un air hagard, des yeux mornes.) Je ne crois pas que ce soit une bonne idée. Une femme ne devrait pas voir une chose pareille. Cela ne vous aidera en rien.

Ses entrailles s'embrasent. Elle bondit sur ses pieds.

— Comment pouvez-*vous* savoir ce qui peut m'aider ? (Ses poings sont si serrés qu'ils pourraient se briser.) Êtes-vous celui qui a perdu son père ? Êtes-vous celui qui n'a pas réussi à le sauver, après tout ce *bazar* ?

Il n'ose pas la regarder.

— Je ne vous laisserai pas le voir. Ce n'est pas bien. Vous n'avez pas idée.

— Je ne suis pas une femme fragile ! (Ses membres craquent.) Je suis un être humain, comme vous.

Il n'y a aucune chance pour qu'elle parte sans avoir vu son père.

— Contentez-vous de me conduire jusqu'à lui. Je peux y arriver. (Elle serre la mâchoire.) Il faut que je le voie.

36

AUCUN D'EUX NE PARLE tandis qu'Axel tire sur les rames, le canot avançant petit à petit vers l'île voisine, plein d'une assurance toute solennelle. L'embarcation s'enfonce dans l'eau avec cinq personnes à bord. Joseph a accepté de mauvais gré de les accompagner en échange de vivres secs provenant du lougre. L'autre frère Kelly, Daniel, est venu aussi pour aider à ramener le canot échoué afin de le réparer. Eliza est contrariée par sa présence. Comment peuvent-ils envisager de prendre le bateau d'un homme mort ? Le bateau de son père.

Joseph lui avait rapidement expliqué à quoi s'attendre.

— Il y aura peut-être la trace d'activité animale, marmonna-t-il.

Les mots pèsent horriblement dans l'air.

Une fois sur le rivage, les deux frères se déplacent avec agilité. Eliza, Axel et Quill les suivent, trébuchant en tentant de ne pas se laisser distancer. Les puces des sables pullulent et le stipe à feuilles dentées leur égratigne les chevilles jusqu'au sang. Eliza est sûre que des serpents sont tapis, là, à l'affût, mais est-ce que ce serait un problème si elle se faisait mordre ? Est-ce que ce serait grave si elle tombait d'un rocher et se fracassait le crâne ?

L'île va en s'aplanissant et donne sur une autre plage. Au pied de falaises rouges, des gommiers se balancent légèrement. À côté d'eux, des eucalyptus, frappés par la foudre, sont à moitié brûlés. Des oiseaux blancs s'envolent des branches en douceur puis se dispersent dans un bruit assourdissant. Le vent est si fort ici qu'il gémit. Une odeur de pluie flotte dans l'air.

Joseph désigne d'un geste la limite des arbres à l'autre bout de la plage. Eliza soulève le menton pour mieux voir. Il y a quelque chose, là, à la base d'un tronc, mais d'ici, cela ne ressemble à rien d'autre qu'à un tas de petit bois abandonné. La mer bat et le vent tourne autour d'Eliza, pourtant elle est étonnée de constater qu'elle ne ressent rien du tout. Elle remarque que ses bottines sont toutes crottées et qu'elle a les ongles noirs, mais elle est en pensée sur une autre plage, regardant des baleines au loin lancer des jets d'eau, identifiant des oiseaux en plein vol à la forme de leurs ailes. Alors qu'elle cligne doucement des yeux, elle imagine le soleil qui se reflète dans les lunettes de son père. Elle sent la chaleur de sa main large et chaude sur son épaule.

— Eliza ? (La voix d'Axel fend la brume légère.) Je vais vous accompagner.

Elle secoue la tête et remonte lentement la plage seule. La mer veille, mais les oiseaux ont arrêté de chanter. Elle atteint l'arbre et se penche, les genoux tremblants.

L'amas devant elle est recouvert de feuilles qui grouillent toutes d'un millier d'insectes rampants. Elle le regarde de dessous ses paupières voilées, l'observant à la dérobée, se protégeant de tout ce qu'il est dans son intégralité. Des mouches volent jusqu'à elle et trouvent les coins de sa bouche. L'odeur qui imprègne l'air est obscène. Baissant derechef le regard, elle aperçoit l'éclat d'un bouton à travers le vert. À nouveau, elle cligne des yeux : coton blanc. Encore une fois : peau blanche. Mais ce n'est pas assez. Elle doit le voir, il faut qu'elle voie son visage, ses lunettes. Elle tend la main et écarte les feuilles.

Le cri vient comme celui d'un animal. Comme quelque chose pris dans un piège. Elle ne voit pas Axel qui s'élance derrière elle en courant, elle ne se rend pas compte tout de suite que c'est elle qui pousse ce cri. Lorsque Axel la rejoint, elle est à genoux, se détournant du corps, le nez enfoui dans son coude.

— Ne restez pas là, venez.

Il tend le bras et l'oblige à se lever. Il n'entend pas ce qu'elle dit car sa voix n'est qu'un murmure. Mais elle devine que tout au fond de lui il comprend le sens de ses paroles. Il se penche, les yeux grands ouverts, l'attrape par l'épaule, exige qu'elle répète ce qu'elle vient de dire. Ses mots, cette fois, portent plus fort que le vent.

— Ce n'est pas lui.

Elle n'a pas émis le moindre cri quand elle a vu les premiers restes du corps. Les animaux, une fois rassasiés, n'avaient pas laissé grand-chose, si ce n'est les os et les muscles et les cheveux de la couleur du safran. Elle s'est agenouillée, les yeux secs, pour le regarder de plus près, la puanteur de la viande pourrie souillant son visage avec une langue rampante. Mais sa gorge s'est serrée quand elle les a aperçues : les articulations des doigts jetées de côté et d'autre par les becs des oiseaux. Et puis elle a hurlé quand son regard s'est posé dessus – à moitié caché, baignant dans l'orbite comme une perle dans la chair d'une huître. Il miroitait : un œil de verre avec un iris peint en gris. Qui la regardait.

De retour sur la grève, elle a l'estomac noué par la vision d'horreur. Elle l'avait montré à Axel. Il fallait qu'il le voie, lui aussi. Et ils avaient immédiatement su qui c'était.

— *Winters*, avaient-ils dit tout bas.

Sur la plage, les Kelly avaient gardé leurs distances, mais à présent Axel leur fait signe et ils les rejoignent avec dans leurs bras les affaires de Winters trouvées dans le canot naufragé : un chapeau blanc déformé, une veste, une flasque vide. Au bout d'un moment, Joseph disparaît à nouveau et revient, sortant de derrière un rocher, avec une pile de coquilles. Elles étaient également dans le canot, dit-il. Elles ont toutes à peu près la taille de sa paume. Eliza en prend une, la retourne dans ses mains. Sa carapace est striée de rainures profondes qui font comme des vers de vase, et elle est remplie d'une substance dure et blanchâtre. Eliza y plante l'ongle du pouce et se demande pourquoi cela éveille en elle quelque chose de familier. Axel en porte une à la lumière et tapote la poudre compacte avec les articulations de ses doigts. Quill en renifle une et fronce les sourcils. Les pensées d'Eliza sont fluides et nagent dans sa tête ; elle essaie d'attraper quelque chose qu'elle n'arrive pas à saisir, semble-t-il.

— Pourquoi le compas de mon père était-il avec le corps ? demande-t-elle doucement alors qu'elle a l'impression que l'île tremble légèrement.

Axel se penche vers elle et baisse la voix.

— Eliza.

Il pose une main sur son bras. Elle la repousse d'un haussement d'épaule.

— Avez-vous songé que votre père se trouvait peut-être lui aussi à bord du canot ?

Il donne l'impression qu'il va être malade d'un instant à l'autre. Mais elle ne l'écoute pas : son esprit parcourt à toute vitesse les pages du journal de son père.

— Nous savons que c'est comme cela qu'il a quitté le lougre, continue la voix d'Axel, douce, calme. Parce que Winters était là pour l'aider. Pour ramer avec lui, et ils ont fini… ici, de toute évidence.

Il désigne les falaises érodées par le vent.

— Oui, je sais cela.

Les mots sonnent déformés et lointains.

— Ils ont dû avoir des problèmes – un petit canot comme celui-ci en pleine mer. Votre père a peut-être été emporté par… Eh bien. Il y a des crocodiles par ici. Des requins.

Il baisse les yeux vers le sol.

Au même moment, l'esprit d'Eliza se pose sur le passage qu'elle cherchait. Elle retient sa respiration tout en revenant sur la phrase.

Gris et nauséabond quand il est déposé; blanc et poudreux quand il sèche. L'or blanc !

— C'est du… guano, dit-elle.

Axel est stupéfait et sombre dans un silence bref et confus.

— Je suis désolé. Qu'est-ce que c'est ?

— Cette substance blanche – elle tapote dessus –, c'est du guano. (Elle gratte de nouveau la poudre.) De l'excrément d'oiseaux marins. On peut s'en servir comme fertilisant. C'est très recherché, surtout dans les Amériques. Au Pérou.

Axel la regarde d'un air de pitié.

— Eliza, vous devriez peut-être vous asseoir.

— Joseph, cela provient bien des oiseaux, n'est-ce pas ? demande-t-elle.

L'homme n'entend pas sa question sur le coup.

— Eliza.

Axel l'encourage à s'asseoir sur le sable.

— Ces coquilles viennent d'une île habitée par des oiseaux marins. (Elle en est certaine à présent.) Des multitudes d'oiseaux. Par milliers probablement. Il y a des îles au large de la côte sur lesquelles les dépôts s'amassent depuis des années sans qu'ils aient été découverts. Il y en a sur Brolga Island, je l'ai lu dans le journal de mon père. Il doit y en avoir d'autres tout près d'ici aussi. Les excréments se dessèchent avec le temps ; ils ont dû durcir et former des coquilles.

Elle secoue la tête ; les pensées bruissent comme des phalènes contre une lanterne.

— Eliza ! (La voix d'Axel a l'intonation d'une réprimande maintenant.) Pourquoi ne vous asseyez-vous pas ?

— Joseph, s'il vous plaît… Y a-t-il une île près d'ici sur laquelle nichent des oiseaux marins ? (Elle regarde la mer.) Ils ont sans doute vu la fumée sur cette île et ont apporté les coquilles et le compas dans l'espoir de les échanger, murmure-t-elle. Ils devaient être réduits au désespoir. En proie au délire, même. À la recherche de nourriture et d'un abri…

Axel la fixe comme si elle avait sincèrement perdu la tête. Mais tout lui vient d'un seul coup maintenant. Les paroles de Clementine ; peut-être n'est-elle pas un escroc après tout. Peut-être a-t-elle *vu* son père entouré d'oiseaux. Et si Min lui avait tout simplement dit cela pour la protéger, pour l'empêcher de venir ici ? Et si elle essayait de la préserver de tout danger ?

— Il y en a une, n'est-ce pas ? demande-t-elle tandis que Joseph se tourne vers elle. Il y a une île non loin d'ici où les oiseaux se rassemblent ?

Il acquiesce, perplexe, et lève une main en direction de l'horizon.

Le journal de Charles J.G. Brightwell, maître perlier

Crocodiles marins

De toutes les créatures qui rôdent dans les voies navigables de l'Australie-Occidentale, il y en a une, je dois l'admettre, que je redoute par-dessus tout. C'est une créature qui hante mon sommeil, qui vient tourner autour de mes lougres à l'heure du doux répit du crépuscule. On raconte qu'elle s'attaque aux hommes quand ils lavent les coquilles dans les eaux peu profondes, ou qu'elle capture les pêcheurs et les entraîne hors des mangroves – ne laissant que leurs chapeaux cabossés sur la laisse de mer.

Le crocodile marin est très grand (j'en ai vu certains qui faisaient six mètres de long) et c'est un carnivore opportuniste. Véritable superprédateur, il l'emporte sur pratiquement tous les animaux qui s'aventurent dans son territoire : requins, poissons, reptiles, oiseaux et mammifères – y compris, évidemment, nous autres humains. Un crocodile tuera sa proie soit en la noyant soit en l'avalant tout entière. Dans l'eau, il accomplit ce qu'on appelle le "rouleau de la mort", quand il tourne comme une turbine en rotation pour déchiqueter des morceaux de chair à ses proies. Les jeunes crocodiles marins sont également capables de se propulser entièrement hors de l'eau en un seul saut pour atteindre leurs proies qui seraient perchées sur une branche basse.

Le corps du crocodile est large et sa tête épaisse. Sa peau est d'un tel brun-vert saumâtre qu'elle paraît presque noire. Quand il nage, l'ombre d'un crocodile marin totalement immergée chargeant sur vous est une vision qui vous glace le sang, ses yeux reptiliens affleurant la surface de l'eau tandis qu'il fend aisément les puissants courants.

Le crocodile marin est connu depuis longtemps pour avoir attaqué des humains. Oh, oui. Sa morsure est la plus puissante de toutes les créatures de la planète. Ransford a été emporté par un crocodile des mers il y a quelques années ; il avait sifflé des litres d'alcool bon marché et était si ivre qu'il a tourné au mauvais endroit en sortant du Kingfish. Il a fini en pataugeant dans la mangrove sous un ciel sans lune, l'imprudent. Les ramasseurs de tinettes qui travaillent de nuit ont trouvé son corps, ou plutôt des lambeaux de son corps au petit matin. Ils ont fouillé tout le coin à la recherche d'indices. Il est apparu qu'il y avait un énorme crocodile marin à quelques mètres de là, engloutissant ce qui restait de son bras droit.

37

Axel avait supplié Eliza de passer la nuit sur l'île des Kelly. Ils prendraient la mer aux premières lueurs du jour, lui avait-il dit ; ils seraient bien plus efficaces une fois reposés. Sa proposition l'avait fait grincer des dents. Elle devait partir dans l'immédiat, même si le soleil avait commencé à se coucher, un quartier d'orange, laissant dans le ciel des gouttes de son jus épais.

Alors qu'ils se dirigent vers le canot, elle remarque une silhouette traînant derrière eux. Elle se retourne pour voir Quill, immobile à mi-chemin sur la plage.

— Que se passe-t-il ? lance-t-elle.

Quill la rejoint.

— J'ai peur, Eliza.

Elle secoue la tête, pose une main sur l'épaule de Quill.

— N'ayez pas peur. Nous avons survécu à cette tempête, n'est-ce pas ? Ce n'est rien, nous allons juste faire… un tour en lougre. Prenez-le comme ça.

Elle reprend sa marche en direction de la mer. Axel est occupé à préparer le canot.

— Des fantômes ! crie Quill derrière elle.

Eliza stoppe net.

— J'ai peur que votre père ne se soit transformé en fantôme de la mer.

Eliza fronce les sourcils, mais elle n'arrive pas à trouver les mots pour lui répondre.

Quill dessine du bout de l'orteil la trace sinueuse d'un serpent sur le sable.

— Si nous le trouvons, cela veut dire que la mer l'a recraché. Qu'elle ne voulait pas de lui. Cela veut dire que c'est un mauvais esprit maintenant.

Eliza ne bronche pas. Elle ne crie pas. Elle se contente de hocher légèrement la tête et de repartir vers le canot, laissant Quill sur la plage, qui les regarde s'éloigner.

Le lougre craque tout en fendant les vagues, il n'en peut plus. Le soleil bas jette un éclat sépia sur le pont et les voiles enflent avec le vent qui se lève. Sans Quill pour les guider, naviguer entre les récifs est une tâche dangereuse. Ils pourraient facilement se retrouver en détresse. À chaque minute qui s'écoule, la lumière diminue, le soleil mettant un pied dehors, puis deux, laissant la porte ouverte juste ce qu'il faut pour que passe un filet de lumière liquide. L'air est épais comme un marais, grouillant de gouttelettes de pluie qui picotent la peau. Eliza s'avance tant bien que mal jusqu'au bastingage, ses jupes ondoyant dans le vent. Elle saisit la longue-vue, scrutant chaque centimètre de sable devant lequel ils passent. Lorsqu'elle l'abaisse, le cuivre laisse un parfait rond rouge autour de son œil.

Le lougre vire vers l'ouest, contournant l'extrémité de l'île ; c'est à ce moment-là que l'orchestre commence à jouer.

La pluie tambourine sur le pont et le vent frappe, et ce sont des percussions haletantes en rythme avec le grondement de la mer.

Lorsqu'ils arrivent au large de l'île que Joseph leur a indiquée, le chenal devant eux est engorgé par les palétuviers. Il est bien trop étroit pour que le lougre puisse passer.

— On va devoir prendre le canot.

La voix d'Eliza est à moitié étouffée par le vent.

— Eliza.

— L'île est juste là. (Elle essuie la pluie de son visage.) On doit aller voir. Imaginez qu'il y soit resté pendant que Winters allait échanger les coquilles et le compas ? À moins qu'il ait réussi à y revenir à la nage si la tempête s'est abattue sur eux.

Les mots meurent dans sa gorge tandis qu'elle voit son père, épuisé, terrifié, essayant de nager à travers une telle étendue d'eau. Elle se redresse pour échapper à l'incertitude.

— Nous devons continuer. Allez.

— Non.

Trois lettres qui sonnent comme un coup de marteau. Elle regarde Axel : il a les épaules affaissées.

— On n'y voit plus rien. On va se perdre par un temps pareil. (Son ton est implorant à présent.) C'est plus sûr d'attendre ici, nous dormirons quand nous serons de retour sur l'île. (Il soupire.) Il n'est pas là, Eliza ! Nous avons essayé. Vous êtes trempée : estimez-vous heureuse si vous n'attrapez pas la mort. Vous grelottez. Nous avons fait tout ce que nous pouvions. Bon Dieu. (Sa poitrine se soulève.) Il est mort, Eliza, ne le comprenez-vous pas ?

Elle est surprise par son propre calme.

— Si vous n'êtes pas prêt à aller le chercher, j'irai seule dans ce cas. Je vous l'ai déjà dit plus d'une fois. Je vous l'ai dit le jour où nous nous sommes rencontrés.

Axel a une moue dédaigneuse. Il n'y a rien à ajouter. Elle se tourne vers le canot et commence à défaire les sangles.

— Eliza, ne soyez pas ridicule. C'est la mort assurée si vous prenez seule cette embarcation. Il fait nuit. Vous allez tomber à l'eau !

— Je ne suis pas venue jusqu'ici pour renoncer maintenant.

Elle pense à sa mère, à Ned. À ceux qu'on lui a déjà pris. Que lui reste-t-il ?

— Il est peut-être encore en vie.

Axel secoue la tête.

— Il y a une chance qu'il le soit. Une *chance.*

Le vent lance son gémissement retentissant.

— Nous avons bien retrouvé Winters. Tant qu'il y a une chance que l'on trouve également mon père, je *dois* la tenter.

Elle se hisse sur le plat-bord, ramène ses genoux contre son menton et attrape les nœuds. Axel la regarde tirer et haler. Elle ne s'arrête pas quand une rafale de vent menace de la renverser. Elle laisse la pluie ramener ses cheveux sur son visage. Mais le canot ne bouge pas. Au moment où elle s'apprête à pousser un cri de frustration, Axel s'avance et défait facilement les sangles. Son geste est mû par l'agacement, mais il met en branle toute une succession de mouvements. Le canot se décroche avec fracas et tombe à l'eau. Sans attendre, Eliza saute du lougre et atterrit lourdement dans l'embarcation. Elle chancelle dans la quasi-obscurité. La mer, tout autour, aspire le bois avec avidité.

— Je ne vous accompagnerai pas, Eliza. C'est une très mauvaise idée.

— Je ne vous ai pas demandé de venir. Passez-moi la lampe-tempête.

Il la prend à contrecœur sur le dessus du rouf et se penche pour la lui donner. La lampe crépite et crachote. Eliza la pose sur le banc de nage.

— Ça va aller, crie-t-elle en poussant au large. Venez me chercher si je ne suis pas de retour au lever du jour. À moins que Quill ne décide de venir.

Elle force sa voix pour se faire entendre par-dessus le bruit de la pluie de plus en plus abondante. Axel la regarde installer les avirons dans les dames de nage. Il longe le rebord du lougre pour ne pas la perdre de vue tandis qu'elle rame lentement. Elle contourne l'avant du bateau, sa robe blanche un fantôme brillant dans la nuit. Après avoir observé l'île puis le ciel, Axel se hisse sur la proue. Mais le moment venu, il ne peut pas. Ne peut pas rassembler tout son courage pour s'écarter du bord du lougre. Et il reste là, à la regarder s'éloigner, avalée par les palétuviers comme un insecte dans la gorge d'un immense oiseau.

En un clin d'œil, la pluie redouble d'intensité, mais Eliza garde les yeux farouchement fixés sur le chenal devant elle. Là, elle sera à l'abri du vent, et elle voit déjà au-delà les corps gris d'oiseaux tournoyant dans le ciel. Elle tente maladroitement d'écoper l'eau qui s'accumule sur le plancher. Les nuages se sont emparés de la lumière des étoiles. Elle se met à claquer des dents.

Lorsqu'elle atteint l'embouchure du chenal, c'est comme si le vent avait été mouché telle une chandelle. Les broussailles chuchotent cependant qu'elle passe lentement devant elles, leurs racines acérées raclant bruyamment le fond de l'embarcation. Elle entend le doux bruit de succion de la vase sur les rives, suffisamment épaisse pour l'avaler en entier, et agitée de créatures invisibles. Un oiseau pousse un cri dans les mornes ténèbres et un plouf tout près indique que quelque chose s'est jeté dans l'eau.

Elle s'empare de la lampe-tempête et la tient devant elle. Le chenal est rempli de bruits – cliquètements, crissements et craquements. Elle sent les coups de griffe d'animaux mordeurs, devine le poids des choses dans les arbres. D'une main tremblante, elle lève la lampe pour qu'elle éclaire plus loin, sa faible lueur illuminant les racines lisses et oléagineuses. Alors qu'elle dérive, le feuillage scintille d'un vif éclat dans le rayon de lumière, si vert et si brillant qu'il la fait penser aux bungalows de Bannin. Des grenouilles, aux minuscules silhouettes, sautent dans l'eau avec de légers plocs ; les mouches s'abattent sur la lampe en un nuage noir et grouillant. Et puis, elle commence à les voir. Ici et là, sous l'eau. Des yeux. Qui ne cillent pas et qui n'ont rien d'humain. Ils s'éloignent à mesure que le canot se rapproche, chaque paire glissant sous la surface de l'eau comme deux petites lunes qui seraient tombées.

Elle ne voit rien qui s'avance vers l'embarcation, mais elle sent sa large présence dans l'obscurité. En un éclair, et dans un jaillissement d'eau, quelque chose se propulse en hauteur et vient lui frôler le coude. Elle pousse un cri. Le canot se met à tanguer. Elle ne songe qu'à la lampe-tempête, son unique source de lumière. Elle jette un regard frénétique autour d'elle, la lampe faisant ressortir les vaguelettes qui s'étagent. Quelque chose bat dans un arbre. Elle lève les yeux. Un autre plouf lui éclabousse le bras et elle se redresse à moitié, affolée. Elle a cessé de ramer et le canot se met à tourner lentement sur lui-même. Quelque part dans sa tête une image se matérialise. Se montre à travers les ombres. Une rose, une rose blanche. Elle se souvient qu'elle froissait ses pétales entre ses doigts pendant que son père parlait, ses mots remontant le temps pour s'insinuer en elle.

"Il n'y a qu'une seule chose à faire si tu te trouves seule sur le territoire des crocodiles marins", avait-il dit.

Elle avait à moitié écouté, occupée à écraser des confettis blancs dans la paume de sa main.

"Eliza."

Elle avait levé les yeux vers lui, son visage encadré par le soleil dans son dos.

"Une chose, Eliza. Reste aussi calme que possible."

Elle attrape lentement les rames et les tient immobiles si bien qu'il y a assez de résistance pour arrêter le canot. Elle bande si fort ses muscles qu'ils frémissent. Dans cette position, elle peut dériver doucement dans le courant. Mais l'inertie est insoutenable; sa peau hurle son envie de bouger. Chaque parcelle de son corps veut se précipiter dans le chenal et atteindre rapidement l'île. Mais elle s'oblige à demeurer dans la même position. Au bout d'un moment, elle s'autorise à tourner lentement la tête de la gauche vers la droite.

Au-dessus d'elle, de lourds nuages se séparent pour révéler une pleine lune lumineuse. Ses taches sombres apparaissent comme des esprits aux aguets. L'air miroite. Elle voit plus nettement maintenant. Les berges s'animent de grêles palétuviers. Les planètes sortent pour regarder, elles aussi, ainsi que des étoiles dessinant une croix enflammée. Leur éclat apporte une étrange clarté au décor qui l'entoure. Le temps est suspendu tandis que le canot dérive dans la mangrove. Une brise murmure le long de l'eau. Eliza suit du regard son parcours et ses yeux se posent sur quelque chose de bizarre.

Il y a une silhouette là.

Dans les arbres.

Quelque chose qui ne devrait pas du tout être là.

Qui ne bouge pas, qui est solide, et bien au-dessus du niveau de l'eau. Elle n'arrive pas à se résoudre à respirer. Autour d'elle, l'eau cesse de bouger. L'obscurité a disparu et ce n'est plus qu'une rivière de lumière. Quelque chose a mis le feu à l'air, et il brûle d'un éclat si vif qu'elle parvient à voir, enfin, qu'elle est là où elle était censée être depuis le début. Des souvenirs la traversent, passant à toute vitesse comme des enfants qui jouent. Elle est sur la plage avec lui, cherchant des carapaces de crabe vides ; elle est dans ses bras, poussant des cris de joie excitée. Après un éclair dans sa tête qui laisse des taches brillantes à l'intérieur de ses paupières, elle le voit, revenant de la mer, descendant du *Starling* avec un sourire limpide et les bras grands ouverts.

Ses oreilles grondent tandis qu'elle tire sur les rames à présent, envoyant maladroitement le canot vers la berge. Est-ce un mouvement qu'elle perçoit ? Est-ce possible ? Elle est reconnaissante au clair de lune, éclatant comme le soleil, faisant ressortir les branches rendues lisses par les algues, éclairant quelque chose de pâle qui n'est pas à sa place parmi les ombres. Un gros plouf s'annonce tout près mais il est facile de l'ignorer. Elle lève les yeux jusqu'à ce que la lune dévoile autre chose : de la peau, de la peau humaine, charnue comme l'intérieur d'une vieille pêche. Elle veut cracher le goût amer qu'elle a dans la bouche, mais lentement, douloureusement, elle lève encore plus les yeux. Elle a l'impression que son cœur a été arraché de sa poitrine et bat dans l'air devant elle. Il y a une jambe. Là : un pied dans une botte. Plus haut, quelque chose autrefois blanc. Des boutons ternes s'accrochant à un vêtement gorgé d'eau. Et là ! Un bras fermement enroulé autour d'une branche, et au bout : une main, un doigt ceint d'une bague. Elle sent qu'elle va s'évanouir mais tente de toutes ses forces de se ressaisir. Encore plus haut, son regard se pose sur une masse de cheveux noirs, sur de la peau brûlée et deux yeux, des yeux de hibou derrière des lunettes brisées. Qui la regardent en cillant. Vivants.

38

L'homme a repris la route. Il s'est réveillé avant le lever du soleil pour entamer sa lente ascension ; d'un poste d'observation plus en hauteur, il pourra mieux surveiller ce qui, ou qui, le poursuit. Ses yeux ratissent le sol et trouvent des racines et des tubercules. À ses pieds, la terre dérangée indique qu'un bandicoot y a creusé grossièrement un terrier.

Les arbres se dressent pour le regarder passer. Au-dessus, le promontoire se découpe contre le ciel nu. Alors qu'il commence à gravir la pente, ses larges mains soutiennent le poids de tout son corps. Ses orteils se cramponnent à la terre tandis que des éboulis se détachent de sous les plantes de ses pieds. Il est suffisamment haut maintenant pour voir le dos des aigles. Le soleil tape fort et l'air est dense, mais, à la faveur de la solide noirceur de la nuit, il a réussi à tailler un bâton pour s'en faire une arme. Il la garde sur lui, s'en sert pour trouver des saillies auxquelles s'accrocher, se repose à l'ombre avec elle à son côté quand vient l'heure de ce réconfort. Mais la plupart du temps, sous l'éclat aveuglant du soleil, il incline la tête et continue de grimper.

En contrebas du promontoire, Parker sent que sa tête pèse lourd sur ses épaules. Cela fait des semaines maintenant sans nourriture cuite, sans l'abri du poste de police. Mais il doit continuer ; il représente la puissance civilisatrice dans cette contrée. Il a l'habitude de débusquer ceux qui osent lui échapper. Tous les marauds qui traînent par ici doivent se rendre ou payer le prix.

Il se repose un moment avec son pisteur au bord d'un ruisseau qui s'écoule aussi faiblement qu'un filet d'urine. Des flaques d'eau stagnante abritent de temps en temps un prédateur cuirassé. Une troupe de gommiers se déploie péniblement le long de la berge, mais les deux hommes s'installent à l'ombre d'un vieux baobab tout sec. Les chevaux poussent des hennissements aigres et s'agitent, de grosses mouches s'accrochant à leurs cils tremblants. L'arbre a un tronc si large qu'il faudrait compter une centaine de pas pour en faire le tour. Parker ne s'avise pas d'essayer, il ne s'avise pas de marcher avec ses lourdes bottes crottées, car il n'est pas sûr que ses jambes le portent et le ramènent à son point de départ. C'est un homme qui aime les certitudes.

Ses lèvres sont couvertes de cloques bouillantes, sa peau est d'un rouge intense, ses narines emplies de l'odeur fétide de son propre corps. Il s'écroule contre la fraîcheur de l'arbre, délirant de soif.

— Monsieur !

La voix du pisteur résonne comme un sifflement urgent.

Son fusil en bandoulière, Parker rejoint le pisteur et, comme lui, il tend le cou vers le haut. Le promontoire est parsemé de spinifex et il ne voit pas grand-chose d'autre dans la lumière éblouissante. Le soleil darde ses rayons droit dans ses yeux et il doit les fermer presque complètement pour les contrer. Quelque chose bouge là-haut, il en est sûr maintenant, et ses doigts se crispent en direction de son arme, la saisissant diligemment quand il voit émerger la sombre silhouette. Le cœur battant et les entrailles liquéfiées, il épaule son fusil et vise la silhouette. Elle se découpe contre le soleil couchant et une vive lumière se déverse tout autour d'elle. Parker plisse les yeux, presse la détente de son index le plus lentement possible, puis chasse les maudites mouches d'un battement de paupières au moment même où il voit la silhouette brandir de son côté une lance.

39

Axel avait été étonné de voir Eliza revenir au lougre qui l'attendait, le corps de son père affalé à l'arrière du canot. Mais il demeura bouche bée quand il comprit que l'homme respirait encore. L'heure n'était cependant pas aux explications alors qu'ils portaient son corps à bord en criant, en marmonnant hâtivement l'un contre l'autre, en évaluant ses blessures. Ils versèrent fébrilement de l'eau dans sa bouche, bien que sa gorge se contracte à chacune de ses respirations affolées et bruyantes. Une fois de retour sur l'île, Quill parvint à faire du troc avec les Kelly et revint avec de la teinture d'iode, des bandes, des aiguilles, du fil, un peu d'antiseptique asséchant et une fiole de laudanum.

Ils n'attendirent pas le lendemain matin pour rentrer à Bannin. Dès qu'ils furent assurés d'avoir tout ce dont ils avaient besoin, ils hissèrent les voiles et quittèrent prudemment l'archipel des Nevermores. L'air était humide et la lune avait commencé lentement à se retirer, et ce ne fut pas avant que le lougre approche de la côte, après que Quill eut sombré dans un profond sommeil et qu'Axel eut jugé de la gravité de chaque blessure sur le corps de son père, qu'Eliza s'autorisa à respirer de nouveau normalement. De ses mains tremblantes, elle s'empara d'une assiette en fer-blanc et la retourna pour regarder son reflet à la lueur de la lampe-tempête. Elle avait les joues barbouillées du sang de son père, et dans les plis de son cou, il avait séché. Elle passa grossièrement ses doigts sur ses lèvres et sentit le goût du fer, tira sur ses jupes souillées de taches rouge et tâta sa peau là où les branches l'avaient écorchée, elle aussi.

— Ses blessures aux jambes sont loin d'être superficielles et ses mains sont salement tailladées, dit Axel tandis qu'ils parlaient tout bas devant le rouf. Il va falloir désinfecter et recoudre, et il est dangereusement déshydraté. Cela pourrait encore s'avérer fatal. (Il avait jeté un coup d'œil par la porte puis était revenu à Eliza.) Mais pour commencer, comment *diable* a-t-il pu grimper dans ces arbres ? Que pouvait-il bien fabriquer ?

Eliza secoua la tête et regarda son père.

— Nous le saurons quand il sera suffisamment remis pour parler. Nous allons devoir attendre. Laissons-le se reposer pour l'instant.

Ses mots étaient calmes mais son cœur enflammé.

Elle ne quitte pas le chevet de son père pendant les trois jours suivants. Prenant ses repas auprès de sa couchette, portant un linge humide à son front pour tenter de faire tomber la fièvre. Attendant et attendant qu'il recouvre sa lucidité. Attendant qu'il parle.

Lorsqu'il ouvre enfin les yeux, qu'il gémit et se redresse avec un visage empreint d'une douleur atroce, Eliza est si soulagée qu'elle sent qu'elle pourrait hurler. Tout en elle s'apaise. Son père est vivant. Il est *vivant*.

Ils se regardent en silence pendant un moment, Eliza ne sachant si elle doit jurer ou pleurer. Il a les traits émaciés, creusés par le soleil. Ses lèvres sont abîmées, couvertes de cloques humides et luisantes. Sa moustache est rêche et longue. Il semble si perdu sans ses lunettes. Elle considère ce qu'il reste d'elles sur le coffre, à côté du lit.

— Que sais-tu exactement ? demande-t-il avec un timbre rauque.

Il y a quelque chose dans sa voix qu'elle n'arrive pas à déchiffrer.

Elle l'observe tandis qu'il tourne ses paumes pour examiner les points de suture d'Axel. Les chairs ont été grossièrement recousues, mais elle ne voit aucune des rougeurs provoquées par les sangsues dont Axel l'avait mise en garde en cas d'infection.

Elle se tortille sur le tabouret de pont.

— Je sais tout, je crois. Si Thomas m'a dit la vérité.

Son père opine ; malgré l'état de faiblesse dans lequel il est, il semble… impressionné ?

— Ainsi, tu l'as suivi.

Est-ce de l'amusement derrière ses paroles ? Ce n'est pas ce qu'exprime son visage, mais il y a quelque chose d'enjoué dans la façon dont il parle. Cela la rend momentanément furieuse.

— Était-ce un jeu pour toi ? Un autre projet imprudent ? Parce que des gens sont morts.

Sa tête se redresse trop vite et la douleur est telle qu'il doit tenir son cou entre ses mains.

— Pas Thomas. *S'il te plaît.*

Il a un regard hagard.

Elle fait non de la tête, assaillie par le regret. Elle observe son bras, recousu comme une mosaïque.

— Non, dit-elle plus doucement maintenant, pas Thomas. Winters. Son corps a échoué sur le rivage de l'une des îles des Nevermores.

Il baisse les yeux sur le plancher et elle voit ses épaules se relâcher.

— Nous n'aurions jamais dû courir ce risque avec une tempête pareille, murmure-t-il. Pauvre garçon. Nous devions seulement débarquer sur cette île. Nous pensions que Thomas nous y rejoindrait. Et nous avons attendu. Attendu.

Il porte ses mains à son front. Elle se demande si la tempête dont il parle est la même que celle qui a failli emporter Axel.

— Balarri, aussi, ajoute-t-elle tout bas.

Son père relève le visage et s'effondre à nouveau de chagrin.

— Il n'est pas mort. Mais en prison, s'empresse-t-elle de rectifier. Pour *ton* meurtre. Il s'est échappé, ce qui n'est guère surprenant. Aux dernières nouvelles, Parker était toujours à ses trousses dans le bush.

Son père secoue la tête vivement.

— Dire que nous l'avons renvoyé avant de partir pour que cela n'arrive pas. Maudit Parker !

Sa voix est dure maintenant, ses traits crispés. Il doit encore souffrir le martyre. Elle lui tend la fiole de laudanum mais il l'écarte. Elle approche le tabouret de la couchette et pose une main sur son bras. Le geste anéantit d'un seul coup sa colère et les larmes viennent la remplacer.

Elle se penche et repose sa tête sur la poitrine de son père. Il tressaille de douleur mais il la serre là, dans ses bras, tandis qu'elle pleure, ses larmes renforcées par la peine et la peur pour des hommes qui sont devenus des pions dans un jeu qui n'était pas le leur. Mais il y a aussi, elle le sait, du soulagement, même s'il la fait se sentir coupable. Dans ses heures les plus sombres, elle était persuadée qu'elle ne reverrait plus jamais son père. Mais il est là. Avec son odeur, et sa voix grave et grondante. Ses lunettes et sa bague et tous les objets qu'elle pensait perdus à jamais. Lorsqu'il ne lui reste plus de larmes, elle relève la tête et s'essuie les yeux.

Il lui parle alors, comme Thomas l'avait fait, de la lettre de chantage. Lui raconte comment Thomas et lui s'étaient affrontés avant de finir par se mettre d'accord sur un plan. Il lui explique comment, à la faveur de la nuit, Winters est passé le prendre discrètement sur le *Starling*. Ils comptaient gagner les Rosellas et y attendre Thomas, comme cela avait été décidé.

— Il y avait du vent cette nuit-là, bien plus violent que ce que nous avions prévu, dit-il. La journée avait été calme, sans problème du tout. En réalité, c'était totalement insensé que les conditions climatiques soient aussi clémentes. Mais quand la lune s'est levée, elle a amené avec elle un vent du nord-ouest à décorner les bœufs. Nous nous sommes bientôt retrouvés déviés de notre cap, malgré tous nos efforts pour ramer ou tenter de corriger la trajectoire. Nous avons passé deux jours en pleine mer sans rien – ni eau, ni nourriture, juste les requins qui commençaient à nous tourner autour. J'étais persuadé que nous allions mourir. Que nous allions nous noyer, renversés par un coup de vent ou que nous succomberions à la chaleur. Mais le troisième matin, alors que nous clignions des yeux sous le soleil, nous avons aperçu un chenal bordé de palétuviers et au-delà, la bosse verte d'une île. Nous étions persuadés que c'était un mirage, Eliza ! (Il rit presque.) Nous n'en revenions pas ; l'air au-dessus de l'île grouillait d'oiseaux. Alors que nous nous approchions, il nous est apparu clairement que c'était un endroit où l'on pouvait s'abriter. Nous avons avancé le long du chenal, atteint l'île et l'avons parcourue : aucun humain n'y habitait, il n'y avait qu'une colonie de fous de Bassan nauséabonds du côté est. Nous nous sommes fabriqué un abri, avons découvert un petit ruisseau à l'intérieur de l'île pour nous alimenter en eau de source. Nous pouvions trouver dans les hauts-fonds juste assez de nourriture pour nous maintenir en vie et nous n'avions qu'à tenir bon et à attendre l'arrivée de Thomas. Lorsqu'il comprendrait que nous étions allés au-delà des Rosellas, il élargirait sûrement ses recherches, pensions-nous. Mais – il fronce les sourcils –, tu connais ton frère, le pessimiste invétéré. Il n'est pas comme toi et moi, ou même comme ta mère. Quand il a vu que les Rosellas étaient désertes, il a dû penser que nous nous étions noyés. Oh, le pauvre garçon. Quels tourments il a dû endurer.

Eliza bat des paupières, sidérée. Elle n'arrive pas à croire que son père puisse être touché d'une telle compassion pour son frère. Comment il peut, confronté à la vérité, à savoir que son propre fils n'a pas suffisamment cru en lui pour partir à sa recherche, éprouver peine et empathie, et non fureur. Comment il peut ne pas partager ses doutes selon lesquels Thomas avait exactement prévu depuis le début que les choses se passeraient ainsi.

— Nous avons donc attendu, poursuit-il. Pendant plus de deux semaines, jusqu'à ce qu'il devienne évident que, à moins que nous ne prenions les choses en main, nous allions mourir sur cette île. Aussi, tous les jours, nous nous sommes mis à aller plus loin avec le canot et à faire le tour de chaque île de l'archipel dans l'espoir de trouver les traces d'un campement indigène, de croiser un bateau de passage, de tomber sur tout ce qui pourrait nous venir en aide. C'est alors que nous avons aperçu la fumée.

Eliza songe au feu des Kelly, à leur cabane sur la colline près du soleil. Elle savait qu'ils n'avaient pas pu manquer de les voir.

— Et vous y êtes allés avec le guano et le compas pour essayer de faire du troc.

Il la regarde, cligne des yeux d'un air incrédule avant que sa bouche ne se retrousse en un petit sourire.

— Tout à fait. Oui. Nous savions alors qu'il y avait des hommes sur cette île, mais nous ignorions qui ils étaient ou, à vrai dire, quel accueil ils nous réserveraient. Mais il nous fallait essayer, et c'est tout ce que nous pouvions troquer. Aussi inhabituel cela soit-il.

Il parcourt des yeux le plafond de la cabine noirci par les tuyaux d'évacuation. Il donne l'impression de réfléchir à ce qu'il va dire.

— Le ciel était crasseux le jour où nous sommes partis ; cela ne nous plaisait guère, mais nous avions assez attendu. Nous étions prêts à tout pour quitter cette île, surtout maintenant que nous savions qu'il existait un endroit où nous pourrions trouver du matériel, de la nourriture, même un bateau pour retourner peut-être sur le continent. Bref, nous nous sommes mis à ramer. (Ses mains abîmées s'agitent devant sa bouche.) C'était une décision irréfléchie, prise par deux personnes aux idées confuses. Nous étions sur l'eau depuis peu de temps quand le vent s'est abattu sur nous et nous a écrasés comme un poing l'aurait fait. Nous pouvions encore voir l'embouchure du chenal derrière nous. L'île sur laquelle nous avions aperçu de la fumée se trouvait un peu loin, droit devant. Nous nous sommes demandé s'il ne valait pas mieux faire demi-tour. Mais bientôt, la décision ne nous appartint plus. Les vagues ont commencé à grossir. J'ai essuyé beaucoup de tempêtes, Eliza, mais laisse-moi te dire que cela n'a rien à voir quand on est deux sur un canot.

Elle songe à Axel dans l'eau ; comme elle était persuadée que la tempête l'emporterait lui aussi.

— Les vagues étaient hautes comme des maisons. Nous n'avions aucune chance.

Elle serre plus fort le bras de son père.

— Je suis tombé à l'eau. Je n'ai jamais su ce qui était arrivé à ce pauvre Winters. J'ai juste nagé et nagé et nagé pendant ce qui m'a paru des heures. J'étais convaincu que j'allais me noyer, Eliza. Après tout ce qui était arrivé, cela ne faisait plus aucun doute pour moi que je périrais là. J'ai failli renoncer. J'étais à deux doigts de laisser mon corps être avalé par la mer. Mais j'ai alors pensé à toi.

Eliza a un sursaut.

— J'ai pensé à toi et à tout ce que tu avais enduré. Ma fille. Ma pauvre petite fille. J'ai pensé à quel point tu étais restée si merveilleuse malgré les épreuves qui t'avaient été envoyées.

Elle avale sa salive.

— J'ai pensé à ce que tu avais dû ressentir quand tu avais perdu ta mère et ensuite Ned, continue-t-il. La tragédie que c'était, et puis, Thomas et moi qui avions tout simplement disparu. Qui te laissions seule. Je me dégoûtais. Je savais qu'il fallait que je revienne sur cette île et que je revienne vers toi, d'une façon ou d'une autre.

Elle ne lui demande pas alors pourquoi cela lui avait été aussi facile de l'abandonner dans un premier temps. Pas maintenant. Pas encore.

— Je ne sais pas comment, mais par la grâce de Dieu, j'ai réussi à regagner le chenal. La mer n'y était pas aussi démontée, mais je n'étais pas non plus tout seul.

Elle sent un frisson la parcourir. Elle se rappelle qu'elle a presque chaviré dans ce même chenal.

— Alors que j'avançais difficilement, je voyais les queues cuirassées des crocodiles marins. Juste le haut de leurs corps, à la surface de l'eau. J'ai paniqué. Je savais qu'il fallait que je sorte de là, aussi me suis-je hissé tant bien que mal sur la berge et j'ai grimpé sur l'arbre le plus proche qui pouvait supporter mon poids. Ses racines étaient si pointues qu'elles m'écorchèrent la peau. Les branches m'entaillaient les mains et m'arrachaient la chair. Je me souviens que je regardais le sol et voyais que le sang avait teinté l'eau en rouge. Il fallait que je grimpe le plus haut possible si je voulais être en sécurité.

Elle repense au lougre battu par la tempête. Ils avaient mis deux jours avant d'atteindre l'île des Kelly dans l'archipel des Nevermores.

— Depuis combien de temps étais-tu là quand je t'ai découvert ?

— Cela devait faire trois nuits, répond-il. Les crocos ne partaient pas. Ils attendaient, se balançant dans le courant au pied de l'arbre. Je ne pouvais pas redescendre pour aller chercher de l'eau ou de la nourriture, je ne pouvais rien faire qu'essayer de leur montrer que je pouvais attendre plus longtemps qu'eux. Quand tu es arrivée, tel un ange surgissant dans le ciel, mon Dieu, j'ai vraiment cru que j'étais mort. J'en étais sûr.

— Mais tu es là.

Elle sourit, malgré la lassitude de son esprit. Elle rêve de s'allonger et de succomber à tout cela, mais elle sait que si elle ne lui pose pas la question maintenant, elle ne le fera jamais.

— Pourquoi ne m'as-tu rien dit ?

Il relève la tête, ses yeux cherchant les siens.

— Pourquoi ne m'as-tu pas dit ce que Thomas et toi envisagiez de faire ? Comment as-tu pu me laisser penser que tu étais *mort*, même pour un temps ?

Il se tait pendant un moment et elle scrute son visage.

— Parce que je savais qu'il était inutile que je te le dise, finit-il par répondre, avec circonspection.

Elle fronce les sourcils.

— Tu courais tout simplement moins de risques dans un premier temps en ignorant ce que nous projetions. Le fait de ne rien savoir devait te protéger de toi-même, t'empêcher de commettre quelque imprudence.

Elle garde la mâchoire serrée.

— Mais je savais aussi que s'il y avait un problème, tu me retrouverais. (Il bat des paupières et laisse sa phrase s'imposer.) Je savais qu'au moindre grain de sable dans l'engrenage, qu'à la moindre circonstance qui ferait que le plan irait à vau-l'eau, tu ne reculerais devant absolument rien pour me retrouver. Je n'ai jamais été plus sûr de quelque chose.

Elle lui lance un regard furieux. Elle semble ne pas pouvoir commander les mots.

— Tu avais le journal. Je m'en étais assuré. Et tu es là.

Elle baisse les yeux sur le plancher de la cabine. Elle pense à toutes les fois où son père avait semé des indices pour elle. L'amulette en forme de sirène, sa mission concernant les libellules. Les mystères qui traînaient comme des miettes de pain quand il partait. Son journal avait-il été l'indice le plus important de tous ?

— Tu pensais que Thomas ne viendrait pas te chercher ?

— Non, non, ce n'est pas ce que je dis.

Elle est certaine d'avoir vu l'ombre d'un doute flotter sur son visage.

— Ce n'est pas du tout ce que je veux dire. (Il s'éclaircit la voix.) Je voulais te donner la possibilité de faire quelque chose qui te permettrait de te pardonner.

Elle s'agite sur son tabouret. Elle est prise d'une grande chaleur dans la poitrine.

— Tu m'as sauvé la vie. Sans toi, je serais sans nul doute mort. J'aurais succombé, perché à mi-hauteur sur un palétuvier ensanglanté. Mais tu *m'as* sauvé. Il n'y aura plus de culpabilité maintenant. Plus de honte, Eliza. Je refuse que tu continues de te reprocher quoi que ce soit.

Les mains de son père se sont mises à trembler. Elle est troublée, elle a peur. Elle met un moment avant de comprendre ce qu'il est en train de lui dire. Elle retourne en pensée à cette chaude journée. Un bateau dans les eaux peu profondes. Un enfant porté par la marée. Comme elle s'est torturée pendant des années.

— Pardonne-toi, Eliza. (Il lui prend la main.) Je veux que tu te débarrasses de ce tourment. Je t'en prie.

Elle sent la colère monter.

— Non. (La tête lui tourne.) Je ne t'ai jamais demandé de faire cela. Je ne t'ai jamais demandé…

Elle retire sa main de son bras.

Il secoue la tête comme si elle ne l'avait pas compris.

— Je sais, mais je voulais juste…

— Que feras-tu si Parker trouve Balarri ?

— Balarri le sèmera sans problème dans le bush.

— Là n'est pas la question ! s'écrie-t-elle d'une voix haut perchée. Premièrement, il n'y serait pas, sans toi et ce plan ridicule.

Ses pensées dévient et rebondissent. Elle sait que tout ce que son père a fait, il l'a fait pour aider ses enfants. Mais le chaos que cela a entraîné ? Les torts considérables que cela a causés aux autres ?

— C'était la seule façon que j'avais de vous protéger, Thomas et toi. De protéger ma famille. Il fallait que je le fasse.

— Et la famille de Winters ? À moins que tu estimes qu'il ne t'était pas indispensable ?

Il se prend la tête entre les mains.

— Ce n'était pas censé se passer ainsi, évidemment, et j'aurais préféré que cela se termine autrement.

Elle le regarde, regarde son corps brisé, son visage marqué par le chagrin. Elle n'a plus la force de parler, aussi remplit-elle sa cruche d'eau et lui dit de dormir. Après avoir refermé la porte du rouf, elle se penche en arrière et laisse reposer sa tête contre la dureté du bois. Elle ferme les yeux, les paupières lourdes et douloureuses. Dans le noir, l'image est à peine visible : le garçon qu'elle n'a pas réussi à sauver.

40

Bannin, deux jours plus tard

Il ne faut pas que l'on voie son père à Bannin. Ils doivent être prudents ; tant qu'ils ne sauront pas qui a écrit la lettre, sa famille et les autres seront toujours en danger. Aussi Axel a-t-il accepté de le conduire à Cossack à bord du lougre. Il restera avec Thomas jusqu'à ce qu'il se rétablisse et qu'elle les prévienne qu'il peut revenir sans crainte, même si elle s'efforce d'ignorer la pensée torturante que cela puisse ne jamais se produire.

Elle est essoufflée quand elle arrive à la prison. Au-dessus d'elle, de menaçants nuages se disputent l'espace dans le ciel. Elle se demande comment la chaleur peut puiser une telle force pour persister. Même les mouches de sable cherchent à se mettre à l'ombre.

Elle est étonnée de trouver la prison sans surveillance et elle tape fort sur la porte pour attirer l'attention. Au bout d'un moment, le geôlier émerge du fond du bâtiment, s'extrayant de l'ombre en protégeant ses yeux du soleil. Il grommelle en guise de salut.

— Est-ce qu'un homme du nom de Balarri, du *White Starling*, a été amené ici ? s'empresse-t-elle de demander tout en regardant une procession de fourmis sortir par l'encadrement de la porte.

Une toux encombrée de glaires monte de l'une des cellules. D'une autre, un prisonnier gémit doucement puis entonne à pleine voix un chant aviné.

— Un homme amené par Parker ? insiste-t-elle.

Le geôlier laisse échapper un sifflement entre ses lèvres et fourre ses mains dans ses poches.

— Ça fait des semaines que je n'ai pas vu Parker. (Il s'appuie de biais sur le montant de la porte puis s'écarte pour écraser les fourmis.) Sa femme a envoyé une patrouille pour aller à sa recherche, c'est tout ce que je sais. Sont rentrés bredouilles, avec un mal au cul et des coups de soleil. Si vous voulez mon avis, il a foutu le camp dans une de ces fermes d'élevage. Il doit y mener la belle vie, c'est certain, et boire comme un trou, je parie.

Elle réfléchit à ces paroles mais ne peut concevoir que Parker ait abandonné du jour au lendemain son poste et le pouvoir qu'il lui confère. S'il n'est pas revenu, cela signifie-t-il qu'il n'a pas encore trouvé Balarri ? Cela signifie-t-il qu'elle peut s'autoriser à espérer même un tout petit peu ?

Elle s'en va et prend la direction de la ville, la feuille brûlante entre ses doigts agités de tremblements. Il n'y a pratiquement plus aucun mot lisible, mais elle la tient contre son cœur, comme s'il s'agissait de quelque chose qui a besoin d'être protégé. Elle l'a prise dans la poche de son père, la dépliant délicatement avant de poser sur le pont ce qu'il en restait : un tas d'encre séchée et de matière solidifiée, à peine identifiable avec du papier. Mais elle avait réussi à la faire sécher au soleil, à sauver un petit échantillon d'écriture, de longues lettres distinctes formant des boucles au milieu de ce fatras qui partait en lambeaux.

Les gens la regardent d'un œil pénétrant tandis qu'elle traverse la ville. Autour d'elle, ce n'est qu'une masse confuse de visages où seuls les plus petits détails se révèlent – un coup d'œil oblique ; un sourire laissant voir des chicots. Les regards noirs qu'on lui lance rebondissent comme des galets. Elle concentre son attention uniquement sur le garçon à qui elle doit parler.

Il se tient derrière le comptoir, comme d'habitude. Quand elle entre, la cloche fait entendre un puissant trille. Au-dessus, un ventilateur se débat lentement pour agiter l'air stagnant. Les yeux pâles de l'employé de la poste se posent aussitôt partout sauf sur elle, allant ici et ici autour de la pièce. Elle lisse ses jupes et plaque un sourire sur son visage. La façon dont ses joues se plissent lui rappelle sa mère. Elle s'avance vers le garçon sans bruit, à peine quelques pas fluides jusqu'au comptoir.

— Bonjour. (La douceur de sa voix l'étonne.) Est-ce… est-ce que vous passez une journée agréable ?

Le garçon est inquiet. Sa pomme d'Adam monte et descend derrière sa gorge couverte de taches de rousseur.

— Tout à fait, mademoiselle, parvint-il à bégayer. Le temps devrait se rafraîchir bientôt.

Ils parcourent tous les deux la pièce du regard, ignorant le fait que même les murs semblent transpirer.

Elle aborde immédiatement la raison de sa visite, gardant un ton plaisant afin de ne pas attirer l'attention des autres clients.

— Auriez-vous l'amabilité de me dire pourquoi je n'ai pas reçu une lettre qui m'a été envoyée ici il y a deux semaines. Une lettre importante. Elle était adressée à mon nom – Eliza Brightwell. Avec le cachet de Cossack.

Elle y avait songé à bord du lougre, quand ils rentraient à Bannin. S'était rappelé l'échange tendu qu'elle avait eu avec Thomas. Comment il lui avait demandé, dès qu'il l'avait vue, si elle avait reçu sa lettre. Elle n'avait pas relevé ni cherché à savoir de quoi il parlait ; s'il avait essayé de lui écrire, de la mettre au courant de son projet et de son échec à retrouver leur père. Elle n'arrive pas à croire qu'elle a laissé toutes ces questions lui filer entre les doigts.

Le garçon se balance d'un pied sur l'autre. Enfonce deux doigts sous son col.

— Ce serait dans votre intérêt de me dire la vérité, ajoute-t-elle en espérant que sa vague menace soit convaincante.

— Je vous présente mes excuses, mademoiselle.

Le garçon a les yeux hagards. Il jette un coup d'œil par-dessus son épaule dans l'arrière-salle où le receveur des postes se tient à mi-hauteur d'une échelle.

— Je ne pensais pas que je faisais quelque chose de mal, dit-il.

Le regard noir d'Eliza suffit à l'inciter à poursuivre.

— Elle m'a dit qu'elle vous connaissait. Qu'elle vous l'apporterait. Elle a uniquement proposé de me payer pour que je ne dise à personne que je la lui avais donnée.

— Qui était-ce ?

Eliza est abasourdie.

— Une femme. Je ne connais pas son nom, mademoiselle. Une femme tout à fait quelconque, qui n'a rien de particulier. J'ai pensé qu'elle était de la famille.

— Était-ce la femme d'un perlier ou une employée ?

— Les femmes des perliers viennent rarement ici, mademoiselle. Elles envoient leurs domestiques à leur place. Je suis désolé, mademoiselle. Vraiment. Je ferai tout ce que vous voulez, mais je vous en prie, ne me dénoncez pas. (Il jette de nouveau un coup d'œil vers l'échelle.) J'ai besoin de ce travail. J'ai besoin du salaire.

Sans marquer la moindre hésitation, elle sort la feuille de papier et la pose sur le comptoir devant lui.

— Dans ce cas, il faut que vous me disiez qui a écrit cette lettre. Je suppose que vous connaissez l'écriture de la plupart des gens de cette ville. Ils ne sont pas si nombreux à savoir lire et écrire.

Il semble ne pas comprendre ce qu'elle lui demande et se penche pour examiner la feuille en piteux état.

— L'eau a fait de sacrés dégâts ici, mademoiselle. Je ne suis pas sûr…

— Je sais, mais regardez bien, on voit encore quelques mots écrits. Là, et là.

Elle tapote sur les endroits où il reste de l'encre.

Il effleure des doigts la feuille, la soulève de mauvaise grâce et la porte à la lumière.

— Il n'y a plus de traces du filigrane. J'ai déjà vérifié. On l'a gratté pour l'effacer.

— Vous vous trompez.

— Pardon ?

Elle est interloquée par son ton.

— La marque a été effacée, mais si vous regardez de plus près, vous verrez que le haut des lettres est toujours là. Tenez. Elles sont un peu abîmées mais…

Il passe délicatement l'index tout au bas de la feuille.

— B.R.I.G.H.T.W.E.L.L.

Elle tourne brusquement le regard vers lui.

— Oui, Eliza Brightwell. C'est moi.

— Non. Ce que je veux dire, c'est que c'est du papier au nom de Brightwell. J'ai vu ce filigrane très souvent.

Elle a l'impression qu'on l'a frappée. La pièce se dissout pour n'être plus qu'éclaboussures. Ce n'est pas possible. Son père ne peut pas avoir construit tout cela, uniquement dans son intérêt à elle ? Il ne peut pas être allé aussi loin. Sa langue est collée à son palais. Elle la détache lentement.

— C'est tout simplement ridicule, j'en ai bien peur. Regardez de nouveau. Peut-être que quelqu'un a utilisé un filigrane semblable ?

Le garçon fronce les sourcils. Il tripote les boutons de sa chemise et de mauvais gré, il porte une nouvelle fois la lettre à la lumière.

— Mademoiselle, si vous vous mettez ici, vous verrez mieux. (Il se penche en avant avec la feuille à la main, les yeux fixés sur le visage d'Eliza.) Regardez le haut des lettres, là. Juste les traces qui restent.

Il attrape un buvard et un stylo et se met à écrire lentement les lettres.

— Et voilà, dit-il avec un hochement de tête satisfait une fois qu'il a fini. W.E. BRIGHTWELL.

Elle laisse tomber ses mains comme si elle s'était brûlée.

41

Les coquilles crissent sous les pieds d'Eliza tandis qu'elle s'approche du bungalow. Des rideaux pendent à l'extérieur des fenêtres que de vieux étais en bois maintiennent ouvertes. Les lys dans le jardin sont d'une blancheur immaculée, et d'une vigueur presque alarmante contre la tôle rouillée.

Elle avait pensé qu'elle aurait plus peur peut-être. Elle ne ressent rien qu'une sensation d'engourdissement maintenant.

Quand il paraît à la porte, il semble surpris de la voir, pourtant, il ne peut pas l'être. Il l'invite à entrer et elle le suit. L'air est vicié mais cliniquement lumineux, le soleil se découpant en tranches par les fenêtres ouvertes.

Il lui offre une tasse de thé. Elle la refuse. Pendant un moment, ils ne disent rien, le silence un fil tendu entre eux.

— Comment vas-tu, Eliza ? J'ai souvent pensé à toi.

Ce qu'il dit la déconcerte. Ses yeux survolent son corps à toute vitesse, comme si s'attarder trop longtemps sur quelque partie de son anatomie pourrait l'aveugler. Il a l'air si faible ici, ses bras et ses jambes maigres, tout en angles aigus et ombres. Quelle ruse subtile.

Elle parcourt la pièce du regard : une pendule indiquant les phases de la lune marque le temps ; des bibelots autrefois étincelants et à présent solennels sous la poussière. Dans le coin, un fusil attend patiemment sur son crochet. En dessous, une photo de son père, souriant derrière ses lunettes. Avant de prendre le temps de réfléchir, elle a traversé la pièce. Elle s'empare de la photo, la soulève au-dessus de sa tête et la fracasse contre le sol. Willem se redresse à moitié sur sa chaise mais se fige, déconcerté, et ne la quitte pas des yeux pour voir ce qu'elle va faire ensuite. Les bottines d'Eliza crissent contre les bouts de verre. Elle se baisse, ses jupes ramassant les fibrilles de verre dans leurs plis, et attrape la photo. Repoussant de la main les débris, elle la porte devant sa bouche, pince les lèvres et souffle sur les éclats à sa surface.

Elle sort ensuite la lettre de sa poche, marque une pause avant de la déposer par terre, aux pieds de Willem. C'est un geste cruel et elle le sait. Il lève les yeux vers elle puis regarde le plancher. Elle recule d'un pas et croise les bras. Elle observe son oncle qui entreprend de se pencher lentement, son bon genou supportant le poids de tout son corps. Le mouvement est gauche, et ses articulations blanchissent en même temps qu'il saisit le bord de la chaise. Sa jambe de bois commence à se tourner vers l'extérieur. Son visage devient tout rouge tandis qu'il tend le bras. Il l'avance encore un tout petit peu jusqu'à ce qu'Eliza n'en puisse plus : elle s'abaisse et ramasse la lettre d'un geste vif si bien que les doigts de son oncle attrapent le vide. Il retombe sur la chaise, épuisé et inquiet, et Eliza lui fourre la lettre dans les mains. Il la prend, examine ce qui reste de la feuille de papier à l'aspect feutré.

— Puis-je te demander ce que c'est ?

Elle pourrait cracher.

— Tu le sais très bien, Willem.

— Eliza, franchement je…

— *Assez.*

Sa voix est coupante comme de l'acier, elle s'en rend compte.

— Il a failli mourir à cause de toi. D'autres sont morts. Tout cela à cause de ton… ton avidité. (Les mots sortent en vrac, de manière maladroite.) Mais le chantage ? poursuit-elle. Comment as-tu pu ? Comment as-tu pu aller aussi loin ?

Il lit rapidement les mots épars encore visibles sur la page. Le changement sur son visage est subtil : ses rides remontent légèrement ; sa mâchoire se serre.

— Il s'agit de chantage ? demande-t-il.

Lorsqu'il relève la tête, Eliza voit dans ses yeux quelque chose qu'elle n'a jamais observé chez son oncle jusqu'à présent. Il se met debout en poussant sur ses bras osseux. Sans un mot, il traverse la pièce, les morceaux de verre craquant sous ses pieds. Il ne la regarde pas quand il passe devant elle et bientôt elle se retrouve seule, au milieu des ombres. Ses bras et ses jambes tressaillent d'incertitude. Doit-elle le suivre ? Non, elle va l'attendre. Elle balaie à nouveau la pièce des yeux, son regard glissant sur les boîtes laquées tandis que le soleil se reflète sur les bocaux vides. Elle bat des paupières, mais l'expression sur le visage de son oncle est gravée en elle, comment ses sourcils se sont cousus ensemble. Elle l'entend s'éclaircir la voix et appeler quelqu'un au fond du bungalow. Un long silence suit puis elle perçoit des bruits étouffés progressant à un rythme angoissant.

Lorsqu'il repasse le seuil de la porte, il a un bras posé sur l'épaule de sa femme. Il semble plus la pousser en avant que la protéger et il conduit lentement Martha au milieu de la pièce.

— Je pense qu'il y a eu une erreur, annonce-t-il. Peut-être pouvons-nous en discuter et essayer d'aller au fond des choses.

Une vive répugnance saisit Eliza. Mais cela ne la surprend pas finalement que son oncle, même la main au collet, compte sur le soutien complaisant de sa femme. À côté de lui, le visage de Martha est impénétrable, mais sa présence a un effet engourdissant dans la pièce. Willem regarde la feuille de papier, puis la passe à sa femme qui lui accorde à peine un coup d'œil. Il va jusqu'au secrétaire contre le mur, tend la main vers l'abattant, l'ouvre d'un coup sec et le baisse. À l'intérieur du meuble, un encrier attend avec un stylo à plume dans un socle en argent. Des papiers sont soigneusement empilés et attachés avec un ruban de soie. Il le défait, prend la feuille du haut et l'examine attentivement.

— Ce que nous devons établir dans un premier temps, c'est comment quelqu'un a pu voler notre correspondance dans le but de copier ton écriture, marmonne-t-il.

Eliza respire furieusement. Comment peut-il encore essayer de s'en sortir de la sorte ? Elle lui a montré la preuve de ses actes. C'est écrit là, très clairement à l'encre. Et. Et. Elle marque une pause. Bat des paupières. Il a dit *ton* écriture. Elle lève les yeux vers lui.

Son oncle adresse un regard noir à sa femme. Il serre les dents et elle voit que les muscles de sa mâchoire se contractent.

— As-tu une explication à fournir à cela, Martha ? Le nom de quelqu'un qui voudrait peut-être faire peser des soupçons sur toi ?

Eliza remarque que la feuille tremble dans la main de son oncle. Elle s'avance vers lui et la lui prend. Il lui faut moins d'une inspiration pour reconnaître les longues et élégantes lettres. *Très cher Willem.* Les boucles délicates et les traits en diagonale sont gravés dans sa mémoire depuis le temps. Elle n'a pas besoin de lire le contenu de la lettre pour savoir que l'écriture est la même que celle sur son bout de papier. Aussi, la soulève-t-elle lentement au-dessus d'elle, laisse la lumière filtrer à travers et voit le filigrane auquel elle s'attendait, clair et net. Elle abaisse la lettre. Au bas de la feuille, d'une écriture qu'Eliza connaît si bien maintenant : *Ton épouse aimante, Martha.*

Elle redresse la tête pour scruter le visage de sa tante : menton en avant, yeux qui ne cillent pas. Elle sait ce que cette expression veut dire, mais ce n'est pas celle qu'elle s'était imaginé découvrir. C'est un regard de défi.

La femme devant elle ne pouvait pas moins ressembler à quelqu'un capable de chantage. Comment une personne au physique aussi quelconque pourrait-elle pousser un homme à bout, l'envoyer en pleine mer pour protéger sa famille ? Ni le soleil ni le labeur n'a ridé son visage. Son corps est mou et quelconque, ses cheveux du châtain clair le plus ordinaire qui soit. Elle cligne des yeux en regardant Eliza, comme si sa nièce n'était rien d'autre qu'un chien.

— Comment as-tu pu ? demande tout bas Eliza, et à ce moment-là, elle comprend que c'est Martha qui a dû intercepter également la lettre de Thomas.

— Martha. Dis-lui. Explique-toi.

Son oncle respire par saccades.

— Dis-lui que ce n'est pas toi. Dis-lui que tu as dû te montrer bien négligente au Cercle avec l'une de tes lettes.

Silence.

— Martha, parle!

La fureur inquiète de son oncle est terrible. Mais Martha persiste à ne pas répondre. À la place, elle les évalue l'un l'autre de ses petits yeux durs. Eliza repense aux mots qu'elle a lus dans le journal de son père – une note au sujet des requins: *un œil noir, aveugle, qui glace le sang de n'importe quel marin.*

— Il a rendu la tâche si facile, finit-elle par dire.

Willem ferme les yeux, horrifié.

— Ton père est un homme faible. Sa famille a toujours été ce qui a provoqué sa ruine.

Eliza se débat pour allier la femme devant elle – la femme qui animait des débats sur la morale et la dévotion et la bienséance – aux paroles qui sortent de sa bouche. Le bourdonnement d'un insecte monte de quelque part dans la pièce. Dehors, la mer fredonne son chant mélancolique.

— Il est pathétique, au fond. Il ne mérite rien de ce qui lui a été donné, poursuit-elle, les traits du visage tendus. Cela a commencé avec ta mère. Il n'était pas prêt pour un autre enfant. Mais elle a insisté pour avoir ce bébé et ton père était trop faible pour la faire changer d'avis. C'est à cause de lui qu'elle est morte, en fin de compte.

Eliza sent que son estomac se soulève.

— J'ai observé ta famille, impatiente d'avoir des enfants, aveuglée par les perles, récupérant les bénéfices de ce qui aurait dû être à nous.

L'espace d'un très bref instant, Eliza avise les étagères le long du mur. Il n'y a aucune photo encadrée, aucun portrait peint d'enfants, les yeux plissés de rire.

— C'est nous qui avons payé pour votre traversée. Oui, *nous*. Et c'est nous qui avons permis à ton père d'avoir une position qui a fait de lui un homme riche. Mais quand il a perdu sa jambe – elle indique d'un geste son mari –, où était-il ?

Willem serre les poings.

— Tout ce qui le préoccupait alors, c'était sa femme. La moitié de cette flotte aurait dû nous appartenir, et en ce moment même, nous serions à la tête de cette ville, avec tous les bénéfices que cela nous apporterait. Au lieu de quoi, on nous accorde une somme dérisoire et on nous laisse glaner des miettes dans la poussière tandis que les dettes de ton père montent en flèche. Quand j'ai vu ce que ton frère était capable de faire, lui aussi, j'ai eu la confirmation de ce que je supposais. Un homme comme lui ne peut hériter d'une flotte.

Eliza contracte les muscles de ses doigts et fait un pas en avant. Martha ne cille pas.

— Eliza, il représente une menace, déclare Martha d'une voix plate et sans timbre. La luxure dont il est coupable est un fléau pour la baie et il doit payer pour son péché.

Martha tend son corps en avant et manque presque de tomber à genoux. Derrière elle, Willem se tient, un bras en l'air, les mains tremblantes, prêtes à tirer les flèches de la colère.

— Sors d'ici.

Il s'exprime sur un ton monocorde mais autoritaire, mais Martha ne relève même pas la tête. Ses épaules sont secouées de soubresauts tandis qu'elle rit d'un rire amer. Elle ne voit pas son mari qui gagne lentement le fond de la pièce et ôte le Webley de son crochet.

— Va-t'en, ordonne-t-il.

Les mots sont durs et cependant lourds de chagrin. Il est incapable de regarder sa femme, mais il pointe toutefois le fusil sur elle avec répugnance.

— Quitte cette maison. Quitte Bannin, et si tu essaies d'impliquer de nouveau ma famille dans quoi que ce soit, si j'entends encore parler de chantage, j'enverrai quelqu'un sur tes traces pour qu'il te tue, je le jure devant Dieu.

La fureur de Willem se craquelle. Il y a des larmes sur ses joues.

— Je n'hésiterai pas un instant.

Lentement, Martha redresse le dos.

— De toute façon, je ne resterai pas dans cette ville. Le diable tient ce lieu de corruption dans sa poigne. (Elle essuie sa bouche pleine de salive, rassemble ses jupes et se dirige vers la porte.) J'enverrai un garçon chercher mes affaires.

Willem serre les dents si fort qu'Eliza craint qu'elles ne s'effritent. Il ne se retourne pas pour regarder sa femme partir.

42

Les nuages se sont ouverts, déversant leurs panses sur Bannin Bay. C'est un bruit animal, comme si la terre était étripée par le chagrin. Eliza tient son chapeau contre le vent tandis qu'elle bataille pour atteindre la cabane d'Axel. Il devrait être de retour de Cossack à l'heure qu'il est et elle veut lui dire que son père et son frère peuvent revenir en toute sécurité.

Les cahutes sur la plage vibrent sous la pluie, qui s'abat comme des pierres. Quand elle arrive, ses bottines couvertes de sable mouillé, elle trouve Axel, bouche grande ouverte, un livre en équilibre sur sa poitrine. Il se réveille en sursaut lorsqu'elle entre doucement.

— Bon Dieu. (Il se lève d'un bond de sa couchette.) Vous êtes complètement trempée. Êtes-vous devenue folle ?

Elle retire son chapeau et le pose sur un fût retourné avant d'égoutter ses cheveux.

— Un peu de pluie n'a jamais fait de mal à personne.

Elle baisse les yeux sur ses jupes ruisselantes et ils éclatent de rire tous les deux.

— Tenez, il faut vous réchauffer. (Il attrape une couverture et lui couvre les épaules.) Je pourrais peut-être allumer un feu, mais j'ai peur que le bois ne prenne pas avec cette humidité.

Elle lui assure qu'elle va bien et s'assoit sur le tabouret dans le coin. Ils parlent de ce qui s'est passé dans le bungalow de Willem, comment ils sont certains maintenant que Martha a quitté la ville pour de bon.

— Avez-vous des nouvelles de Quill ? demande-t-elle.

— Il va très bien, répond Axel avec un petit hochement de tête. McVeigh était ravi de le retrouver. J'ai comme l'impression que le vieux bonhomme se sentait un peu seul.

Eliza sourit intérieurement en songeant au secret de Quill qu'elle garde précieusement, même si elle a du mal à réprimer sa peur lorsqu'elle songe à ce que l'avenir pourrait lui réserver.

— Je suis content que vous soyez venue, dit Axel, étirant ses doigts avant de poser ses mains sur ses genoux.

C'est un geste curieux et elle se demande si, pour une raison ou une autre, il ne serait pas nerveux.

Ses épaules s'affaissent.

— Non, ne me dites pas que vous partez, gémit-elle. Restez encore, restez ici, à Bannin Bay. S'il vous plaît. Je vous promets que vous vous y plairez.

Elle jette un regard circulaire d'un air sceptique.

Il éclate de rire.

— Ce n'est pas ça. Enfin, un peu – il faudra bien que je parte à un moment ou à un autre –, mais il y a quelque chose dont j'aimerais vous entretenir avant.

— Voilà qui est bien formel, se moque-t-elle.

Mais elle voit alors qu'il rougit.

— De quoi s'agit-il ?

— Eh bien, le fait est que…

Il bafouille et se lance. La pluie tombe dru sur la plage.

— Je pense qu'il est absolument impossible qu'il vous ait échappé que je suis amoureux de vous.

Eliza retient sa respiration. Elle ne sait pas très bien quoi faire.

Il prend son silence pour un encouragement à poursuivre.

— J'ai voyagé dans une foule de pays mais je n'ai jamais rencontré quelqu'un comme vous, Eliza Brightwell.

Elle le regarde, l'adjurant en elle-même de ne pas en dire plus.

— Je n'ai jamais rencontré une femme qui se comporte comme vous. Et, croyez-moi, c'est un compliment de ma part.

Elle se trémousse sur son siège.

— Vous me surprenez et – oh, comment dit-on – cela me met le cœur en joie d'être près de vous.

Elle ne l'a jamais vu aussi animé, et ce n'est pas peu dire.

— Non seulement vous êtes belle…

— Je ne suis pas belle, l'interrompt-elle comme s'il l'avait accusée de vol.

Elle sait bien qu'elle n'est pas belle, aussi ses paroles doivent-elles être vides de sens.

— Vous êtes *exquise*, Eliza. Une femme n'a pas besoin de ressembler aux femmes du monde pour être belle. Votre *âme* est belle et votre esprit est… est… (Il la rejoint à l'autre bout de la cabane.) Je ne me le pardonnerais jamais si je ne vous demandais pas de m'épouser.

Elle lève les yeux vers lui : vers ses traits agréables, ses yeux clairs et sincères. Elle réfléchit à sa proposition : elle ne connaît pas d'homme semblable à Axel Kramer. Quelqu'un qui se soucie si peu des contraintes auxquelles un homme est soumis. Il gonfle le torse ; elle sent que l'espoir naît en lui.

Elle le brise.

— J'ai peur de ne pouvoir accepter.

Son visage se décompose, puis il s'écarte d'elle, les yeux baissés.

— Bien sûr, oui. Je n'aurais jamais dû oser vous parler de cela.

— Je ne vous satisferais pas.

Il redresse la tête brusquement.

— Oh, si, Eliza. Je suis sûr que vous répondriez à tous mes vœux.

— Et vous ne me satisferiez pas.

Le vent gémit dehors. Axel s'est figé.

— Me comporter comme une épouse avec son mari ne m'intéresse guère, et si je voyage, je n'aimerais pas le faire au bras d'un homme. Un arrangement de la sorte, aussi charmant soit-il, ne pourrait dès lors me satisfaire.

Il acquiesce avec un petit ricanement.

— Je n'aurais jamais dû vous laisser aller seule dans ce chenal, dit-il.

— Que voulez-vous dire ? demande-t-elle en fronçant les sourcils.

— Si je vous avais accompagnée, votre réponse aurait peut-être été différente. (Il soupire.) J'ai baissé les bras. Vous ne supportez pas que l'on baisse les bras. Je le sais maintenant.

Il lui sourit d'un air amer et elle s'avance vers lui. Pose une main sur son épaule.

— Vous êtes véritablement l'une des personnes les plus remarquables que j'ai jamais rencontrée, dit-elle. Et je ne souhaite pas que vous partiez. Je pense que vous devriez rester ici. (Elle montre le sol du doigt.) Je suis certaine que beaucoup de femmes dans cette baie n'hésiteraient pas un instant à devenir votre épouse. Un aventurier allemand plein d'allant ?

Elle hausse un sourcil.

Axel sourit avec optimisme.

— Eh bien, si vous ne seriez peut-être pas satisfaite en tant qu'épouse, j'ai peur de ne pas être satisfait en restant toute ma vie au même endroit, dit-il. Je suis nomade de nature. Je ne vais pas tarder à bouger. J'irai peut-être voir de quoi il retourne en Nouvelle-Zélande, ou à quelle occupation me consacrer dans les ports de l'Orient. Et qui sait, je pourrais bien finir par me retrouver au bout du compte à Londres.

Elle lui sourit.

— Promettez-moi alors de revenir, même pour un bref séjour, dit-elle.

— Bien sûr que je reviendrai, Eliza.

Elle sait qu'il ne parle pas sérieusement.

— Rien ne pourrait me tenir éloigné de Bannin Bay.

43

Deux semaines plus tard

ELIZA MARCHE SOUS un tournoiement de perruches se teintant de rose contre le ciel. L'air au-dessus des bancs de vase est moins inerte maintenant que la pluie a fini par venir. Au-delà, dans le lointain, la mer inspire et expire comme une bête.

Lorsqu'elle atteint la dune, elle s'assoit et enfonce ses doigts dans le sable. Il est plus frais sous la surface et elle ressort ses mains pour le laisser couler le long de ses paumes. Elle se souvient très bien de ce moment-là, il y a des années de cela, avec Balarri. Comment les nuages avaient grossi à l'horizon, le ciel marbré comme des chairs meurtries. Elle a une sensation bien connue de sécheresse dans la bouche. Elle n'est pas sûre de s'en débarrasser un jour. Mais elle se fera un devoir d'attendre son ami, où qu'il soit. Elle n'a toujours rien entendu de nouveau à propos de la traque que mène Parker. Elle a commencé à se renseigner aussi sur la famille de Winters, bien qu'elle n'ait réussi à localiser aucun de ses membres pour l'instant. Elle gardera à jamais en elle ce sentiment de malaise. De chagrin pour un garçon que l'on a encouragé à accomplir un sacrifice qui ne pourra jamais être payé de retour.

Alors qu'elle retourne en ville, le tonnerre roule dans le ciel. Elle voit au loin des milans sacrés, perchés sur des branches de palétuviers, et des gobies se tortillant dans les eaux bourbeuses, en proie à cette sorte d'extase étrange qui est la leur. Elle regarde les oiseaux, brillants comme un sou neuf avec leurs longs becs pointus, arpentant les plages de vase sur leurs pattes filiformes à la recherche de vers de terre tandis que le monde continue de tourner lentement.

À la périphérie de la ville, les odeurs et le bruit fouettent l'air autour d'elle. Elle respire à fond, tourne le visage vers le ciel et s'accorde un instant de répit, interrompu à mi-course par un sifflement.

— Brightwell !

Min se tient au milieu de la route, un large sourire aux lèvres. Elle porte des seaux d'eau de pluie et les pose à l'ombre avant de se diriger vers Eliza.

— Tu… tu te promènes, c'est ça ? (Son ton est légèrement moqueur.) Qu'est-ce que tu fabriques ?

— Je rendais juste hommage à quelqu'un.

Min hausse les sourcils mais n'insiste pas.

Elles s'observent l'une l'autre pendant un moment, sans rien dire, mais leurs sourires pincés trahissent leur gêne.

— Je voulais te parler, finit par dire Min.

— Axel m'a déjà tout raconté.

Eliza ne lui laisse pas le temps de poursuivre et lève la main.

— Tu n'as vraiment pas besoin de t'expliquer. C'est une nouvelle formidable.

— Il faut que je t'explique quand même.

— Je t'en prie, crois-moi. Je ne pourrais pas être plus heureuse pour vous deux.

Min incline la tête de côté. Eliza voit à ses yeux qu'elle est amusée.

— Écoute, dit Min, je sais que je n'étais pas son premier choix. (Eliza commence à lever de nouveau la main.) En même temps, si l'on est honnête, il n'est pas non plus mon premier choix.

Eliza ferme les yeux et elles éclatent de rire toutes les deux.

— Mais il est gentil et beau et doux – et il n'a jamais frappé une femme.

Eliza fait non de la tête.

— Jamais.

— Il peut m'apporter quelque chose que l'on ne m'aurait jamais accordé autrement. (Min prend la main d'Eliza dans la sienne.) Grâce à lui, je peux partir d'ici. Voir des endroits dans le monde dont j'ai à peine osé rêver. Tous ces lieux dont nous parlions, Eliza. Je sais ce que tu vas dire ; tu vas dire, "Tu n'as pas besoin d'un homme pour faire cela." Mais *j'ai* besoin d'un homme pour avoir ce que j'ai toujours réellement désiré. C'est la vérité. Je veux des enfants – tu sais que j'ai toujours voulu en avoir –, en plus, cet homme semble disposé à ne pas s'arrêter aux choses que j'ai dû faire pour arriver à m'en sortir ici. Comme il aime nous le rappeler.

Elles pouffent de rire.

— Et l'argent que j'ai mis de côté nous aidera à nous installer ailleurs. Dans un endroit… différent.

Eliza s'efforce de ne pas penser au départ de Min et d'Axel. Elle ne les verra peut-être plus jamais. Mais son amie mérite d'être heureuse.

Elle attire la main de Min contre sa poitrine.

— Tu ne pouvais pas souhaiter âme plus…

Un bruit de roues se fait brusquement entendre sur la route.

D'un bond, elles se cachent dans l'ombre tandis que le fardier passe à toute vitesse, transportant sur son plateau une palette en bois et le corps énorme d'un crocodile mort.

Elles froncent les sourcils, prennent en silence la décision de suivre le chariot avant de le voir tourner dans une rue latérale où l'attend un groupe d'hommes. Eliza reconnaît le Dr Blithe ; il est avec une poignée de cavaliers, leurs Snider-Enfield en parfait équilibre contre leurs cuisses. Ils se rassemblent devant la boucherie du Chinois.

Eliza et Min échangent un coup d'œil tandis que le boucher sort. Il porte son tablier en cuir et des gants qui vont jusqu'aux coudes. Il salue les hommes d'un petit hochement de tête et lève une main qui tient un couperet.

Elles regardent dans un silence stupéfait les hommes soulever le crocodile pour le descendre de la palette. Ils s'y mettent à huit pour le porter et le suspendre au crochet sur le mur. Il se balance, doucement, comme un pendule. Il est tout simplement énorme, son corps gonflé et tout distendu de l'intérieur. Eliza sent que son pouls s'accélère. Min plaque sa main sur ses yeux puis écarte les doigts.

— Finissons-en avec ça, entendent-elles Blithe dire. Ne perdons pas de temps sinon on va attirer du monde. Allez, allez.

Eliza voit des commerçants passer la tête avec curiosité par la porte de leurs magasins.

Le boucher retourne dans sa boutique à grands pas puis revient avec un tabouret pour les pieds qu'il place sous le crocodile. Il monte dessus et d'un geste fluide, comme s'il pelait un fruit, il ouvre le ventre de l'animal d'un coup et un corps s'en échappe comme l'eau d'un réservoir.

Enfin, une partie seulement : le haut, parvient à distinguer Eliza, encore vêtu de bleu.

Les hommes fourrent leurs nez dans le pli de leurs coudes et examinent le sinistre cadavre. C'est un homme – c'est du moins ce que voit Eliza de là où elle se trouve. L'un des cavaliers se sert de sa botte pour lui relever lentement le menton. Les yeux du cadavre sont ouverts, et comme sa tête penche en arrière, ils sont tournés droit sur ceux d'Eliza avec une finalité glaçante. La respiration lui manque. Elle s'attend presque à ce qu'ils cillent. Elle voit à présent le reste de son corps : les narines cruelles, le front bas, la peau dure comme le tirant d'une botte. Parker.

— C'est fait, maintenant, annonce Blithe à travers son coude. Je pense que je peux déclarer avec certitude qu'il est mort, n'est-ce pas, messieurs ?

— Le pauvre vieux, marmonne l'un des cavaliers alors que les autres ont déjà commencé à s'éloigner et que les commerçants sont retournés à leurs affaires.

— Une minute, dit l'un des hommes. C'est quoi, ce qui sort de sa poitrine ?

Il se penche sur le torse de Parker, protégeant son nez avec la manche de sa chemise. De son autre main, il tire sur la veste du sergent, juste au-dessus du cœur. Il remue quelque chose qui bouge et un petit objet dur lui reste entre les doigts. Il le porte devant ses yeux pour l'examiner puis, avec un claquement de la langue, le jette par terre. L'objet ricoche sur le sol et atterrit là où Eliza et Min sont cachées. Eliza regarde cette chose qui a heurté le bout de sa chaussure. Sa forme est facilement reconnaissable : c'est la pointe acérée d'une lance maculée de sang.

Journal de navigation d'une naturaliste, Eliza M. Brightwell

17 mai 1898

La houle était régulière aujourd'hui et nous avions un bon vent derrière nous, aussi avons-nous tracé la route sur la carte et mis le cap vers l'est et les récifs entourant les Cockatoos. Quill était en mission de reconnaissance, et pendant que je hissais les voiles, plusieurs bons emplacements où nous aurions peut-être la chance de trouver des spécimens furent identifiés.

En surface, ces récifs ne ressemblent à rien d'autre qu'à une traînée brun foncé. Mais, comme Quill aime à me le rappeler, il suffit de plonger à proximité pour découvrir qu'ils grouillent de bêtes. De temps en temps, on me remet une poignée de créatures qui se tortillent, s'enroulent et frétillent dans le creux de la main. C'est assez pour grimacer plus ou moins de dégoût, mais bien sûr, en ce qui nous concerne, ce que l'on peut trouver dans ces eaux est réellement fascinant. Souvent, ces spécimens sont simplement si étranges – un ver entièrement translucide peut-être, ou un monstre flasque, mi-plante mi-animal – que je les laisse tomber dans un seau pour les rapporter à la maison afin de les examiner au microscope. Nos carnets commencent à être très détaillés à présent, et Père dit qu'un éditeur à Londres aimerait en imprimer quelques exemplaires.

Alors que je travaille habituellement sur le pont, aujourd'hui, je n'avais pas envie que l'on me présente ces créatures comme si j'étais une reine dans sa cour. Aujourd'hui, il fallait que je les voie par moi-même. Aussi, après avoir bien vérifié qu'il n'y avait pas de requins, je me suis déshabillée et j'ai plongé. Oh, c'était le paradis. Comme le soleil se couchait, mon corps était caressé par l'océan. Je me suis enfoncée dans l'obscurité jusqu'à ce que mes oreilles n'en puissent plus. Ce que je voyais à travers le verre de mes lunettes était véritablement spectaculaire : d'épais tapis de mousse grouillant de tortues, d'araignées et de mille-pattes ; d'insectes aquatiques aux nombreuses pattes qui dansaient, leurs appendices ondulant dans l'eau ; des vers marins luisants, des choses avec des pompons, le fond de l'océan vibrant comme s'il était lui-même une créature.

La nuit approchait, chaude et calme, et l'eau était remplie d'étincelles de phosphore ; les poissons filaient devant moi en laissant derrière eux des traînées d'étoiles. Cela m'a fait penser à Balarri et à la façon dont nous nous émerveillions devant les écailles scintillantes des poissons. Cela m'a fait penser à ce que j'avais trouvé sur la véranda en décembre dernier : un hippocampe. Complètement sec et raide. Une grappe de minuscules coquillages verts était accrochée à sa queue enroulée. Vraiment étonnant, comme s'ils avaient été enfilés pour en faire un collier. C'était l'une des plus belles curiosités de la nature que j'avais jamais vue. Père m'a assuré qu'il n'avait rien lu dessus, et parfois je me laisse aller à imaginer qu'il a échoué là pour que je le trouve.

Alors que je continuais de nager, d'autres lumières se sont mises à flotter, passant à côté de moi comme des parachutes de soie dans le demi-jour. Levant les yeux, j'ai vu tout un groupe de méduses, leurs tentacules ardents longs et ondoyants dans le courant.

Lorsque mes poumons ont commencé à n'en plus pouvoir, j'ai battu des jambes et je suis remontée doucement. Avec une expiration prolongée, j'ai percé la surface. Autour de moi, j'ai vu un océan embrasé des feux du couchant. Je me suis tournée vers le lougre, son mât solide, caressé de reflets d'ambre, attendant patiemment sur les vagues.

NOTE HISTORIQUE ET CULTURELLE

J'AIMERAIS REMERCIER Bart Pigram pour le rôle de consultant culturel qu'il a joué dans ce roman. Je suis également immensément reconnaissante à Steve Kinnane et au Kimberley Aboriginal Law and Cultural Centre pour leur avis et leur retour si généreux.

Bannin Bay n'existe pas, tout comme ses habitants, mais sa géographie est calquée sur des coins de la côte nord-ouest du Kimberley. Je remercie donc les propriétaires traditionnels du Saltwater Country*.

Je me suis inspirée pour Bannin Bay des premières communautés perlières d'Australie qui sont nées dans la sueur et la puanteur au XIXe siècle. Cela inclut Shark Bay dans la région de Gascoyne, Cossack près de Roebourne, et Broome – une ville envoûtante dont la clameur s'entend dans la mer jusqu'aux fins fonds du Kimberley. La géographie des îles qui entourent Bannin Bay est essentiellement fictive aussi, mais je me suis inspirée des étendues de terre

* Organisation indigène aux multiples facettes qui met l'accent sur le pouvoir symbolique des Aborigènes.

qui s'élèvent des profondeurs de l'océan au large de la côte nord-occidentale, en particulier Barrow Island, les Lacepedes et la péninsule de Burrup.

L'huître perlière, *Pinctada albina*, fut pêchée pour la première fois à des fins commerciales à Shark Bay en 1850, mais ce fut la découverte en 1861 des bans de *Pinctada maxima*, une huître beaucoup plus grosse, à Nickol Bay, qui attira les prospecteurs en masse en Australie-Occidentale. En 1898, Broome était le principal port dans le nord-ouest de l'Australie et il finit par produire 80 % des coquillages nacriers du monde. En 1900, l'industrie perlière était la quatrième plus grande industrie d'exportation après l'or, le bois et la laine. Ce boom dura jusqu'à l'émergence des perles de culture et de la production en masse des boutons en plastique, et les débuts de la Seconde Guerre mondiale, qui changea irrévocablement la structure d'une Broome multiculturelle.

Je n'aurais pas été capable d'écrire ce livre sans le travail des chroniqueurs sérieux des débuts de Broome et de ses habitants, comme Hugh Edwards et Susan Sickert, dont les ouvrages *Port of Pearls* et *Beyond the Lattice* m'ont été d'une aide précieuse pendant mes recherches, et dont les anecdotes réelles m'ont directement inspiré les carnets de Charles. Je suis également reconnaissante à toute l'équipe de la Broome Historical Society qui m'a laissée éplucher les archives un jour de mai où il faisait une chaleur inimaginable. Je me suis en outre appuyée sur les diaporamas très détaillés et les textes qui les accompagnaient tirés de *Lustre : Pearling and Australia*, une collaboration entre le Western Australian Museum, Nyamba Buru Yawuru et les peuples du Kimberley occidental, organisée par Bart Pigram et Sarah Yu.

Ce roman n'est pas historique, mais nombre de ses personnages sont inspirés de gens qui ont réellement existé, comme Conrad Gill – un maître d'équipage énigmatique venu des Caraïbes qui patrouillait les rues de Broome avec une boucle d'oreille en or et un perroquet parleur sur l'épaule (en réalité, Gill n'est pas arrivé à Broome avant 1900, mais son perroquet *était* quelque peu kleptomane) – et un fringant plongeur japonais du nom de Masajiro Sakaguchi, qui était devenu une célébrité dans la ville à cause des énormes quantités de perles qu'il rapportait. Je me suis servie de divers colons comme point de départ pour mes Brightwell, en particulier Eliza Broadhurst, une pionnière du féminisme née en Grande-Bretagne qui a survécu à la famine et à plusieurs naufrages avant de fonder une école dans les terres inhospitalières de l'Outback australien ; à son retour à Londres, sa fille Catherine devint un personnage clé du mouvement des suffragettes, s'attachant aux grilles du Parlement et entamant une grève de la faim en prison. Je me suis inspirée des journaux tenus par les maîtres perliers de Broome lorsqu'il était question des détails concernant les bateaux et les "pierres", tandis que les vieux récits d'aventuriers sur les mers abondantes autour de l'Australie-Occidentale m'ont fourni des informations cruciales pour les carnets de Charles. Je dois remercier tout particulièrement Ion Idriess et son *Forty Fathoms Deep*, dans lequel j'ai puisé avec avidité quand j'ai raconté la rencontre de Charles avec les baleines et les requins. J'ai pris cependant des libertés de romancier avec la chronologie. L'Association des Maîtres Perliers de l'Australie nord-occidentale a été créée en 1902, plusieurs années après que mon roman démarre.

En 1883, Robert A. Cunningham, un recruteur du cirque Barnum & Bailey, est allé non pas à Broome mais dans les territoires nord du Queensland afin de trouver des sujets pour sa nouvelle exposition "sensationnelle". Pour l'Ethnological Congress of Strange Tribes, il chercha à élargir sa "collection" d'indigènes, aussi "recruta-t-il" six hommes Aborigènes, deux femmes et un garçon parlant le Wulguru sur Palm Island et Hinchinbrook, et les amena par bateau en Amérique, où ils furent présentés comme des "cannibales australiens" et forcés à chanter, danser et lancer des boomerangs pour amuser la foule. Pendant les années 1880 et 1890, cela arriva à des enfants comme Alfred dans toute l'Australie et dans d'autres coins du monde.

La toute nouvelle mission du Père McVeigh est inspirée par l'histoire du Père écossais Duncan McNab. Après avoir servi comme aumônier dans la prison de Rottnest Island, l'appel d'en haut motiva McNab à créer une mission pour les Aborigènes dans la région du Kimberley. En juin 1885, il partit avec son lougre pour un voyage d'exploration dans la péninsule de Dampier, accostant à Swan Point, au nord-ouest de Derby, en pays Bardi. Il n'avait aucune formation, aucune connaissance des langues vernaculaires et pas vraiment de plan. Il venait d'avoir soixante-cinq ans. Au fil des années, il voyagea beaucoup dans la région, observant les indigènes et se mêlant à eux, construisant une église avec les arbres du bush, et créant un jardin et de petites fermes à la disposition des Bardi. Il se mit également à élaborer un dictionnaire de la langue Bardi et fit la connaissance d'un jeune garçon aborigène appelé Nybe (connu sous le nom de Knife), qui lui servait d'interprète.

Mais indépendamment des intentions des missionnaires, leur présence eut un effet catastrophique sur la population aborigène du pays. Beaucoup d'églises bannirent ou découragèrent l'utilisation des langues aborigènes et enlevèrent de force des enfants à leurs familles pour les emmener dans des missions et des institutions afin qu'ils soient "éduqués" et débarrassés de leur culture indigène.

Ce fut lors d'un voyage de recherches à Broome que je suis tombée par hasard sur un énorme monument dominant les eaux de Roebuck Bay. Il représente une pêcheuse de perles aborigène enceinte, jaillissant de l'océan avec une coquille dans les mains. On peut lire en dessous :

Leurs larmes précieuses comme ces gouttes tombées du ciel
dans l'Océan pour s'y changer en perles.
Thomas Moore[*]

Les premiers perliers préféraient les pêcheuses de perles enceintes à cause de leur prétendue capacité pulmonaire accrue. Ce n'est pas, évidemment, la seule façon dont les communautés indigènes ont été exploitées dans toute l'Australie. Les forces coloniales britanniques sont arrivées sur la côte occidentale de l'Australie en 1826. Mais, étant donné la stérilité des sols, la croissance démographique au-delà de la colonie de la Swan River, là où se trouve aujourd'hui Perth, était minime. C'est-à-dire jusqu'à ce que l'on y découvre de l'or dans les années 1880, une découverte qui attira un mouvement de masse concomitant avec le boom de l'industrie perlière. Cependant, une dépossession brutale des communautés aborigènes avait déjà commencé dans toute

* Tiré du poème *La Lumière du harem*, traduit par Mme Louise S.W. Belloc, Librairie de Charles Gosselin, 1840.

l'Australie, laquelle avait conduit à réimaginer la terre en "frontière".

Nombre d'événements auxquels ce roman fait référence, comme les violences policières, l'utilisation de chaînes de forçats et la pratique du "*blackbirding*" – des hommes, des femmes et des enfants aborigènes étaient kidnappés, vendus et obligés de travailler sur les premiers bateaux perliers –, sont basés sur des faits réels. Des extraits de la "*Open letter from Mr David Carley to the Secretary of State direct*", dans laquelle M. Carley lui demande d'intervenir auprès du gouvernement en réponse à l'asservissement du peuple aborigène et à la violence policière dans le nord-ouest de l'Australie, sont reproduits quasiment mot pour mot (seuls les noms ont été changés). Le State Records Office de l'Australie-Occidentale possède de nombreux dossiers énumérant les activités de *blackbirding*, et pour tous ceux qui seraient intéressés d'en savoir plus sur l'implication de la police dans l'expansion coloniale à la frontière du Kimberley, je recommande la lecture du livre de Chris Owen, *Every Mother's Son is Guilty*. Owen parle également de la pratique du "*kombolism*" – des femmes aborigènes, et parfois des enfants, étaient enlevés, vendus et prostitués aux perliers. Dans certains cas, ces femmes étaient habillées comme des gardiens de bestiaux, contre leur gré, afin d'éviter d'être repérées par les autorités. J'aimerais faire remarquer que si mon personnage de Quill choisit de s'habiller d'une certaine manière pour se frayer un chemin dans une industrie dominée par les hommes, historiquement beaucoup de femmes aborigènes du Kimberley n'avaient pas ce choix-là.

Il y a aussi un cimetière à Broome où plus de neuf cents Japonais sont enterrés. Des cimetières identiques existent dans les villes perlières du nord de l'Australie. Plonger avec un scaphandre était et est encore considéré comme l'une des pratiques les plus dangereuses au monde. Nombre de plongeurs liés par contrat – venant du Japon, de Chine, de Malaisie, du Timor, des Philippines et au-delà – sont morts de maladies, de la paralysie des plongeurs (les *bends*) et de noyades. Les enquêtes officielles qui ont été lancées n'ont pas suffisamment abordé les taux de mortalité élevés parmi les ouvriers des entreprises perlières, et leurs familles n'ont jamais été indemnisées. Ce livre est un hommage à tous ceux qui ont donné leur vie à cette industrie, comme les plongeurs, les skippers, les seconds et les équipages.

REMERCIEMENTS

MERCI à mes brillants éditeurs – Sam Humphreys, Carina Guiterman, Sarah St Pierre, Bev Cousins et Kalhari Jayaweera. Je n'en reviens toujours pas de l'intérêt que vous avez porté à mon livre, et de la patience et du dévouement que vous m'avez témoignés. Je n'aurais pu souhaiter être entourée par une meilleure – ou plus enthousiaste – équipe de femmes. Merci aussi à Alice Gray, Laura Carr, Hannah Corbett, Rosie Friis, Elle Gibbons, Bella Arnott-Hoare, Jess McKenzie, Lashanda Anakwah et à toutes les personnes à la conception, à la production, à la vente, à la publicité et au marketing de chez Mantle, Simon & Schuster et Penguin Random House Australia. Je vous suis si reconnaissante.

Maddy – agente, meneuse, grande protectrice des auteurs. Merci de m'avoir envoyé le meilleur e-mail que j'aie jamais reçu et qui a changé ma vie. Merci aussi à Rachel Yeoh, Liv Maidment, Georgia McVeigh, Georgina Simmonds, Liane-Louise Smith, Giles Milburn, Vanessa Browne, Ursula Buston et au reste de l'équipe à la Madeleine Milburn Agency pour toute la gentillesse, le soutien et les précieux retours sur mon manuscrit.

Je suis immensément reconnaissante à tous ceux qui m'ont permis d'utiliser leurs compétences pour *La Fille du pêcheur de perles*, en particulier Bart Pigram (une célébrité à Broome), dont la connaissance approfondie des débuts de l'ère perlière m'a aidée à construire ce roman et le personnage de Balarri. Toutes erreurs dans ce domaine sont entièrement ma faute. Merci à Vinnie Antony pour ses généreux conseils sur la flore et la faune du Kimberley (la prochaine fois, nous trouverons les petits chiens sauvages, d'accord ?), à Barry Kirkham pour avoir partagé son si nécessaire bon sens maritime, à Xiaolan Sha pour m'avoir aidée avec Hong Yen et Laura-Min et à Graham Kenyon pour ses anecdotes sur les crocodiles : j'espère retourner dans le territoire des LimilngaWulna et que nous pourrons nous raconter à nouveau des histoires de fantômes.

Merci à mes amis, aux membres de ma famille et à mes collègues qui ont lu les premières versions de ce roman et eu la gentillesse de m'encourager à poursuivre – Iona Sweeney et Kate Burke en particulier. Merci à ceux qui ont cru en moi dès le début quand je me suis lancée dans l'écriture et le journalisme, notamment Mr Palmer de l'école primaire St Mark à Salisbury, et Lisa Smosarski du magazine *Stylist* – une vraie héroïne de magazines féminins qui m'a laissé écrire *tous* les articles bizarres.

Merci à Richard Mellor et à Joe Minihane de m'avoir aidée à rester positive et responsable pendant le confinement de 2020. À Laura Adams et Robin Miller pour leurs fous rires et leur amitié de toute une vie, et à Anita Bhagwandas, Nikki May et Collette Lyons pour leur soutien sans faille tout le long du parcours de folie pour être publié. Je me sens très privilégiée d'avoir rencontré en même temps tant d'auteurs débutants talentueux via Twitter et Facebook. On y est arrivés ! Bravo à vous tous.

Je voudrais enfin remercier ma famille – Tom, Lucy, Martha, Rufus, Phoebe, Max et Sam – et tous les autres Pook, Kirby, Gardiner et Arnott. Je vous suis si reconnaissante de votre soutien et je suis vraiment désolée d'avoir volé vos noms pour les donner à des personnages moralement douteux. Merci à ma maman, la femme la plus forte que je connaisse et la seule personne qui ne me dira jamais que c'est bon quand ça ne l'est pas. Merci pour tout. Merci à Bobby, l'être le plus gentil qui soit et le plus fidèle. Je t'aime et t'aimerai toujours. Merci à Rose, l'autre moitié de moi (je ne pourrai jamais le dire en une seule phrase, alors voici à la place quatre-vingt mille mots). Et merci à mon père, qui n'est plus parmi nous, mais dont l'influence se ressent dans chaque page de ce livre. J'aurais tellement aimé que tu le voies.

DERNIÈRES PARUTIONS

Barry Lopez, *À ciel ouvert*
Paul Tremblay, *La Chant des survivants*
Piergiorgio Pulixi, *L'Illusion du mal*
Andrew J. Graff, *Le Radeau des étoiles*
Joe Wilkins, *La Montagne et les pères*
Tiffany McDaniel, *L'été où tout a fondu*
Larry McMurtry, *Adieu Cheyenne*
Peter Swanson, *Chaque serment que tu brises*
Jake Hinkson, *Rattrape-le !*
Gregory Brown, *Les Jours sombres*
Jenny Lund Madsen, *Trente Jours d'obscurité*
Aldo Leopold, *Almanach d'un comté des sables*
Chris Offutt, *Les Gens des collines*
Giulia Caminito, *L'eau du lac n'est jamais douce*
Todd Robinson, *Les Morts de Riverford*
JoAnne Tompkins, *Ce qui vient après*
Christina Sweeney-Baird, *La Fin des hommes*
Larry Watson, *L'Un des nôtres*
Elliot Ackerman et James Stavridis, *2034*
Ellen G. Simensen, *La Vertu du mensonge*
Phil Klay, *Les Missionnaires*
Pete Fromm, *Le Lac de nulle part*
Larry McMurtry, *Cavalier, passe ton chemin*
James Crumley, *Les Serpents de la frontière*
John Gierach, *Nature morte avec truite*
Maren Uthaug, *Là où sont les oiseaux*
Craig Johnson, *Western Star*
William Boyle, *La Cité des marges*
Lance Weller, *Le Cercueil de Job*
Kate Reed Petty, *True Story*
Helene Bukowski, *Les Dents de lait*
Kathleen Dean Moore, *Sur quoi repose le monde*
S. Craig Zahler, *Dédale mortel*

(VENDÉE) CET OUVRAGE A ÉTÉ COMPOSÉ PAR ATLANT'COMMUNICATION

ACHEVÉ D'IMPRIMER EN AOÛT 2022 SUR LES PRESSES
DE NORMANDIE ROTO IMPRESSION S.A.S., 61250 LONRAI
POUR LE COMPTE DES ÉDITIONS GALLMEISTER
13, RUE DE NESLE, 75006 PARIS

IMPRIMÉ EN FRANCE

DÉPÔT LÉGAL : OCTOBRE 2022
N° D'IMPRESSION : 2204121